B.C. Schiller
Böse Tränen

Das Buch

»Die Wahrheit ist böser als jede Lüge.«

An einem nebligen Herbsttag findet man bei Bauarbeiten am Donaukanal eine verweste Kinderleiche. Der grausige Fund ruft Ex-Kommissar Levi Kant und die Psychiaterin Olivia Hofmann auf den Plan. Das Opfer ist die kleine Rosa, eine hochtalentierte Ballerina, die vor fünf Jahren spurlos verschwand. Den Mord gestand der Schausteller Andreas Sperl, der seitdem im Gefängnis sitzt.

Doch neben dem toten Kind liegt ein Halstuch, in das der Name Juli eingestickt ist. So heißt die Tochter von Olivia, die ebenfalls seit fünf Jahren zusammen mit ihrem Vater vermisst wird. Wurde auch sie ermordet? Als Levi und Olivia den vermeintlichen Mörder befragen, glauben sie nicht mehr an seine Schuld. Je tiefer sie ermitteln, umso gefährlicher wird es für die beiden.

Die Autoren

Barbara und Christian Schiller leben und arbeiten in Wien und auf Mallorca. Sie waren über zwanzig Jahre in der Marketing- und Werbebranche tätig. Gemeinsam schreiben sie unter dem Autorennamen B.C. Schiller packende Thriller. Sie gehören zu den erfolgreichsten Spannungsautoren im deutschsprachigen Raum und haben bisher mit ihren Büchern über 1.500.000 Leser begeistert.

B.C. SCHILLER

BÖSE TRÄNEN

THRILLER

Deutsche Erstveröffentlichung bei
Edition M, Amazon Media EU S.à r.l.
38, avenue John F. Kennedy, L-1855 Luxembourg
September 2019
Copyright © der deutschsprachigen Ausgabe 2019
By B.C. Schiller

Umschlaggestaltung: zero-media.net, München
Umschlagmotiv: © Privatarchiv B.C. Schiller; © Evannovostro /
Shutterstock; © TJmedia / Shutterstock; © creativemarc / Shutterstock
1. Lektorat: Wolma Krefting
2. Lektorat: Cathérine Fischer
Korrektorat: Manuela Tiller & Herwig Frenzel (DRSVS)
Gedruckt durch:
Amazon Distribution GmbH, Amazonstraße 1, 04347 Leipzig /
Canon Deutschland Business Services GmbH, Ferdinand-Jühlke-Straße 7,
99095 Erfurt /
CPI books GmbH, Birkstraße 10, 25917 Leck

ISBN 978-2-91980-839-7

www.edition-m-verlag.de

1

»Ich verzeihe dir«

Seit fünf Jahren schrieb der Mann diesen Satz an die Wände seiner Gefängniszelle. Mittlerweile hatte er bereits eine ganze Wand damit vollgekritzelt und machte die Wärter ratlos und wütend.

»Was bedeutet dieser Satz?« Nicht zum ersten Mal stellte die Psychologin diese Frage, als sie ihm wie jede Woche gegenübersaß, um auf Anordnung des Direktors seinen Geisteszustand zu überprüfen. »Hat es mit dem kleinen Mädchen zu tun, das Sie getötet haben? Wo haben Sie die Leiche des Mädchens versteckt?«

»Ich habe damals ein Geständnis abgelegt«, antwortete der Gefangene. »Mehr gibt es dazu nicht zu sagen.«

»Ihnen ist schon klar, dass ich auf Ihre Mithilfe angewiesen bin? Sonst müssen wir diese Gespräche abbrechen«, sagte die Psychologin.

Doch der Gefangene schwieg, zuckte bloß mit den Schultern und starrte an der Psychologin vorbei an die bekritzelte Wand.

»Ich kann einfach nicht zu ihm durchdringen«, sagte die Psychologin resigniert zu dem Wachbeamten, der ihr die Tür der Zelle aufschloss. Noch immer war sie sich nicht im Klaren darüber, ob der Häftling unzurechnungsfähig war oder bloß simulierte.

»Machen Sie sich keinen Kopf«, versuchte der Gefängniswärter sie zu beschwichtigen, »den kriegen wir schon noch weich.«

Nachdem die Psychologin gegangen war, lief der Wärter auf dem Gitterrost vor den Zellen auf und ab und klopfte mit seinem Schlagstock gegen die Stahltüren.

»Fertig machen zum Duschen«, rief er im Befehlston.

Die Zellentüren öffneten sich automatisch und die Männer traten heraus. Sie trugen nur T-Shirts und Shorts und hatten ihre Handtücher über die Schulter geworfen.

Der Wärter warf einen Blick auf den Gefangenen, bei dem eben noch die Psychologin gewesen war. Er war aus der letzten Zelle getreten und vermied jeden Augenkontakt.

»Wieso sagst du nicht, wo du das Mädchen verscharrt hast?«, flüsterte der Wärter. »Bilde dir bloß nicht ein, dass du damit durchkommst.« Er wies mit dem Schlagstock auf die vollgeschmierte Wand.

»Ich habe doch gestanden. Was wollt ihr denn noch?«

»Ganz wie du meinst«, sagte der Wachbeamte und stieß den Mann mit seinem Schlagstock an. »Du gehst heute als Erster zu den Duschen.«

Mit gesenktem Kopf setzte sich der Gefangene in Bewegung. Seine Mithäftlinge kamen näher und näher. Langsam ging er an den ersten beiden vorbei. Sein Puls raste. Den Blick hatte er starr auf den Boden gerichtet. Er wollte keine Schwäche zeigen, aber die Angst war ihm ins Gesicht geschrieben.

»Ich verzeihe dir nicht!«, sagte plötzlich einer der Häftlinge spöttisch und schlug ihm mit dem Handtuch auf den Rücken.

Er wankte und ging schnell weiter. Es war ein Spießrutenlauf, denn mit einem Mal fielen alle Hemmungen und die Meute war wie entfesselt.

»Wir verzeihen dir nicht, du Kindermörder!«, brüllten die Männer jetzt im Chor und schlugen so lange mit ihren Handtüchern auf ihn ein, bis er auf dem Gitterrost in die Knie sank und der Wärter endlich »Aufhören!« rief.

Sein Rücken brannte höllisch, als sich der Gefangene langsam wieder erhob und zu den Duschräumen taumelte. Ein Wärter lehnte an der Wand und grinste ihn an.

»Hast du dir wehgetan?«, fragte der Beamte in ätzendem Tonfall.

»Das ist nicht so schlimm. Kann ich duschen, ehe die anderen Gefangenen kommen?«, bat der Mann mit leiser Stimme.

»Hier gibt es keine Ausnahmen.«

»Aber ich habe Angst«, sagte der Gefangene.

Der Wärter lächelte zynisch. »Das kleine Mädchen, das du ermordet hast, hatte auch Angst.«

2

Ein eisiger Wind heulte durch den Tunnel am Donaukanal und ließ die jungen Männer und Frauen frösteln, die gerade mit ihren Taschenlampen nach eingetrockneten Blutspritzern an den Wänden suchten.

»Der Mörder hatte ein langes zweischneidiges Messer, das er zunächst in den Bauch von Tanja Malkova stößt und beim Herausziehen umdreht. Die Frau wankt nach hinten, presst ihre Hände auf die Wunde, stolpert und stützt sich dann an der Wand ab. Hier sehen Sie noch den blutigen Handabdruck auf der Mauer. Der Mörder sticht ein weiteres Mal zu, diesmal von oben nach unten. Die Klinge fährt zwischen Schulter und Schlüsselbein durch die Haut, das Blut spritzt in hohem Bogen auf die gegenüberliegende Wand. Der dritte Stich trifft die Frau zwischen die Rippen und die Klinge fährt knapp am Herzen vorbei. Der Blutverlust ist enorm, hier sieht man noch immer Reste des eingetrockneten Bluts auf dem Boden. Vier- oder fünfmal sticht der Mörder wahllos zu, wahrscheinlich ist er in einen wahren Blutrausch verfallen. Zuletzt nimmt er das Messer quer und die Klinge durchschneidet die Halsschlagader.

Deshalb können Sie Blutspritzer bis hinauf zur Decke des Tunnels sehen.«

Der Mann, der diesen Mord so drastisch schilderte, war Mitte fünfzig. Sein grauer Bart ließ sein Gesicht noch schärfer geschnitten wirken. Levi Kant war Dozent an der Polizeiakademie Wien. Vor ein paar Jahren noch war Levi leitender Inspektor der Mordkommission gewesen, aber eine Schussverletzung am linken Bein hatte seiner Karriere ein Ende gesetzt.

Nur noch wenig Licht sickerte vom Eingang in den Stollen, und die Lichtspuren der Taschenlampen huschten wie glitzernde Leuchtzeichen an den feuchten Wänden entlang und strichen über die Gleise am Boden, die ins Nichts zu führen schienen.

Plötzlich war weiter vorne in den tanzenden Lichtkegeln eine Gestalt zu erkennen, die auf dem Boden lag.

»Oh mein Gott!« Ein Student blieb wie angewurzelt stehen und hielt sich die Hand vor den Mund. »Was ist das?«

»Sieht aus wie eine Leiche«, flüsterte ein anderer und wischte sich den Schweiß von der Stirn. Schnell ging der junge Mann darauf zu und leuchtete mit der Taschenlampe in das Gesicht der Gestalt.

»Das ist ja nur eine Puppe!«, rief der Student erleichtert.

»Stimmt. Und Sie sind einfach wie ein Laie darauf zugestürmt, ohne sich um etwaige Spuren zu kümmern«, sagte Levi. Er hatte bereits in den frühen Morgenstunden eine Puppe aus dem Polizeiarchiv hierhergebracht, damit die Szene so echt wie möglich wirkte. Bei dieser Exkursion in den Tunnel wollte Levi die Reaktionen seiner Studenten beobachten.

»Aber das war doch alles nur vorgetäuscht. Hier gibt es keine echte Leiche. Das wusste ich natürlich«, versuchte sich der Student zu rechtfertigen.

»Trotzdem war Ihre Reaktion falsch. Sie haben spontan und nicht überlegt agiert. Spontaneität ist an einem Tatort unangebracht, wir müssen die Situation von einem übergeordneten Standpunkt aus beurteilen.«

»Es tut mir leid«, meinte der Student zerknirscht. »Wir sind so erschrocken.«

»Ist schon in Ordnung. Fürs nächste Mal habt ihr dazugelernt.« Levi zog die Tatortfotos aus seiner Aktentasche und leuchtete auf die Bilder: Tanja Malkova lag auf dem Boden, von Messerstichen zerfetzt und ihr Gesicht entstellt von namenlosem Grauen.

»An diesem verlassenen Ort hat ein Arbeiter die Leiche damals gefunden.« Levi hielt das Foto in die Höhe.

»Niemand verirrt sich zufällig in diesen Tunnel«, sagte Nazrin, eine Studentin mit türkischen Wurzeln.

»Das haben Sie sehr gut erkannt, Nazrin. Genauso ist es«, lobte Levi die junge Frau. »Bei den Ermittlungen stellte sich schnell heraus, dass Tanja Malkova eine Prostituierte war, die mit ihren Kunden oft in diesen stillgelegten Tunnel ging. Der Arbeiter hatte Lust auf schnellen Sex und wollte nachsehen, ob Tanja hier war. Dabei fand er ihre Leiche. Wo würden Sie mit den Ermittlungen beginnen?«

»Im Bekanntenkreis des Opfers«, warf eine Studentin ein.

»Tanja hatte keine Bekannten oder Freunde.«

»Bei ihrem Zuhälter«, schlug ein anderer aus der Gruppe vor.

»Der Zuhälter von Tanja hatte für die Tatzeit ein Alibi.«

»Das heißt, die Ermittler tappten im Dunkeln«, sagte ein Student.

»Nein, durchaus nicht. Als Nächstes stellte sich die Frage, welche Art von Täter das gewesen sein könnte.« Levi blickte in die Runde. »Was meinen Sie?«

»Vielleicht ein Frauenhasser. Die ungezügelte Wut, mit der das Opfer erstochen wurde, lässt darauf schließen«, mutmaßte eine Studentin.

»Ich will das noch genauer wissen«, bohrte Levi nach. »Haben alle die Tatortfotos studiert?«, fragte er die Umstehenden. Alle nickten.

»Wir haben von einem Frauenhasser gesprochen. Das ist möglich, aber ich denke, der Mörder war ein Sadist.«

»Wieso denn das? Wegen der vielen Messerstiche?«, fragte ein Student.

»Nein. Ich habe es zu Beginn erwähnt. Der Mörder sticht seinem Opfer in den Bauch und dreht das Messer dann in der Wunde herum. Das hat die Gerichtsmedizin festgestellt«, sagte Levi.

»Wieso war er deshalb ein Sadist?«

»Weil durch das Umdrehen des Messers die Wunde erweitert wird, sodass die Gedärme hervorquellen, das Opfer aber nicht sofort stirbt.«

»Oh Gott, das ist ja grässlich«, raunte eine Kommilitonin und hielt sich die Hand vor den Mund.

»Das ist es in der Tat. Aber wir müssen unsere Gefühle beherrschen und weiterdenken. Wer könnte diese Technik kennen?«, fragte Levi.

Allgemeines Kopfschütteln.

»Der Mörder hat zuvor schon getötet«, rief Nazrin.

»Sehr gut«, lobte Levi sie. »Diese Erkenntnis war ein Riesenschritt für die Ermittler, denn ab dann suchten sie nach Querverbindungen zu ähnlichen Morden, bei denen es einen Bauchstich gab.«

»Und gab es weitere Morde?«, fragte ein junger Mann begierig.

»Es gab zwei weitere Fälle, bei denen der Modus Operandi passte. Damit hatte man drei Opfer und konnte von einem Serienkiller ausgehen. Sie sehen also, was man an einem simplen Tatort alles herausfinden kann.« Levi blickte auf seine Uhr. »Damit sind wir auch schon am Ende der praktischen Übung.

Nächstes Mal treffen wir uns wieder im großen Hörsaal der Polizeiakademie. Dann diskutieren wir darüber, wie wir den Fall Tanja Malkova mithilfe neuer DNA-Verfahren vielleicht erneut aufrollen und den Mörder doch noch aufspüren können.«

Die jungen Leute applaudierten kurz und marschierten dann gemeinsam ziemlich erleichtert aus dem Tunnel. Draußen am Ufer des Donaukanals wirkte alles friedlich, und Levi sah an den Gesichtern seiner Schüler, dass sie froh waren, Mord und Finsternis hinter sich zu lassen.

Nachdem Levi sich von den Studenten verabschiedet hatte, ging er nachdenklich am Ufer entlang. Es war ein seltsames Gefühl, aber er freute sich, wieder mit diesen schlimmsten Aspekten der Polizeiarbeit konfrontiert zu sein: nämlich mit den Morden an unschuldigen Opfern. Natürlich würde er diese Seite seines Wesens vor seiner Frau Rebecca nie ehrlich zugeben. Aber jeder Mensch hat einen dunklen Schatten auf seiner Seele.

3

Die Bauarbeiten für das neue Abwassersystem am Donaukanal in Wien kamen zügig voran. Die Männer arbeiteten unter Hochdruck, denn es gab vom Auftraggeber eine Extraprämie, wenn sie unter dem Zeitlimit blieben. Deshalb begannen die Arbeiter auch sofort zu murren, als der Bauleiter plötzlich »Stopp« brüllte. Auf sein Kommando hin kamen die Maschinen zum Stillstand, und die Männer blickten einander überrascht an.

»Was ist denn los, Egon?«, fragte einer der Männer den Bauleiter.

»Hier liegt etwas Eigenartiges in der Erde«, brummte Egon. Er schob ein wenig Herbstlaub zur Seite und kletterte in die Rinne, die gerade von einem Bagger ausgehoben worden war. In seinen Gummistiefeln stapfte Egon über den aufgewühlten Boden, bis er das ominöse Ding erreicht hatte. Er blickte kurz darauf, dann nahm er den Helm ab und kratzte sich nervös im Nacken.

»Wann können wir endlich weitermachen?« Die Männer wurden ungeduldig. Sie hatten sich oben am Erdwall zusammengeschart und blickten neugierig zu Egon hinunter. »Hast du etwas gefunden?«

»Verdammt! Hier liegt ein Skelett!«, rief Egon und richtete sich langsam wieder auf.

»Na und, hier in der Erde gibt es jede Menge Tierkadaver«, erwiderte einer der Bauarbeiter. »Erst letzte Woche haben wir einen toten Hund ausgebuddelt.«

»Das sieht mir aber nicht nach einem Tier aus«, widersprach Egon. »Hier liegen auch Stoffreste.«

»Mensch, Egon, hab dich doch nicht so. Vielleicht wurde der Kadaver in eine Decke gehüllt, bevor man ihn verscharrt hat. Das ist sicher eine Katze oder ein Hund.«

»Einen Moment noch! Das ist mit Sicherheit kein Tier«, sagte Egon mit fester Stimme. »Für mich sieht das wie ein menschliches Skelett aus.«

»Was redest du da für einen Unsinn? Dafür ist es doch viel zu klein«, sagte einer der Männer genervt. »Lass uns endlich weiterarbeiten. Unsere Jungs wollen die Prämie bekommen. Vergiss das nicht.«

»Ich habe eure Prämie im Kopf, keine Sorge. Aber wir können doch nicht einfach weitergraben, wenn hier Knochen rumliegen. Das muss ich überprüfen.«

Egon ging in die Knie und beugte sich zu dem Skelett. Er biss die Zähne zusammen und inspizierte die Knochen genauer, indem er sie vorsichtig mit seinem Zollstock anstupste. Dann strich er mit der Hand die Erde zur Seite, entdeckte zerrissene Sandalen und Teile einer Strumpfhose. Er sah den Rest einer Schürze, aus der ein rosa Tuch hing. Nein, das war mit Sicherheit kein Tierkadaver. Vorsichtig wischte Egon die Erde von den bleichen Knochen. Ließ den Blick höher schweifen, sah leere Augenhöhlen. Und einen kleinen Schädel. Jetzt rebellierte sein Magen. Ein ekelhafter Geschmack lag auf seiner Zunge.

»Oh mein Gott! Das ist ein Kind!« Mehr brachte Egon nicht mehr hervor. Hektisch sprang er auf, drehte sich zur Seite und erbrach sich.

»Was?«, hörte Egon die Stimmen seiner Kollegen von oben. »Bist du sicher?«

»Wenn ich es euch sage: Hier unten liegt eine Kinderleiche«, antwortete Egon mit matter Stimme und wischte sich Reste des Erbrochenen von seinem Mund. »Wir müssen sofort die Kripo verständigen.«

Mit den Nerven am Ende kletterte Egon aus der Grube und setzte sich auf den Boden. Mit zitternden Fingern wählte er den Notruf auf seinem Handy.

»Wir haben bei unseren Erdarbeiten ein Skelett gefunden. Schaut aus wie eine Kinderleiche«, stammelte er in das Telefon.

»Wo sind Sie?«

»Am Donaukanal.« Egon nannte den genauen Standort.

»O. k. Die Beamten sind schon unterwegs. Bleiben Sie, wo Sie sind, und verändern Sie nichts.«

Kurze Zeit später kniete Inspektor Benno Reiter am Rand der Grube und starrte hinunter auf das Skelett in der Erde.

»Wer hat die Leiche gefunden?«, fragte er und ließ ein Streichholz in seinem Mund von einer Seite zur anderen tanzen.

»Das war ich«, antwortete der Bauleiter und erhob sich ächzend.

»Haben Sie am Fundort etwas angerührt?«, fragte Reiter und strich sich über seinen Dreitagebart.

»Nein. Ich habe nur in die Grube daneben gekotzt.« Der Mann senkte schuldbewusst den Kopf. »Die leeren Augenhöhlen des Totenschädels waren einfach zu viel für mich. So etwas habe ich noch nie gesehen. Ich habe zwei kleine Mädchen daheim. Verstehen Sie?«

»Natürlich. Das ist kein schöner Anblick.« Reiter blickte wieder in die Grube. »Kein Zweifel«, murmelte er. »Das ist eine Kinderleiche.« *Jede Leiche ist ein schlimmer Anblick, wenn das Leben so aus dem Menschen gewichen ist und nur noch die leere Hülle zurückbleibt*, dachte er. *Aber ein totes Kind verfolgt einen bis nach Hause. Man trinkt sein Bier vor dem Fernseher und will vergessen, aber es geht nicht, das tote Kind ist immer dabei, so lange, bis der Fall geklärt ist.* Energisch schob Reiter die düsteren Gedanken beiseite und wandte sich zu den Kollegen. »Wir brauchen das volle Programm.«

»Und was ist mit unserer Arbeit?«, fragte einer der Bauarbeiter und stellte sich mit verschränkten Armen vor Reiter. »Wann können wir weitermachen?«

»Hier wurde soeben eine Kinderleiche gefunden«, antwortete Reiter mit einem wütenden Unterton in der Stimme. »Versteht ihr das? Ein totes Kind liegt hier. Und ihr denkt nur an die Arbeit? Wie abgebrüht seid ihr eigentlich?«

»Ich meine ja nur. Meine Familie möchte endlich wieder einen vollen Kühlschrank haben.« Der Bauarbeiter senkte betreten den Kopf und verschwand wieder in der Gruppe.

Kurz darauf traf ein Mannschaftswagen der Polizei ein. Das gesamte Areal rund um die Grube wurde mit einem polizeilichen Absperrband abgeriegelt. Die Spurensicherung begann, über dem Fundort ein Zelt aufzubauen. Frauen und Männer in weißen Anzügen, die wie Astronauten wirkten, kletterten in die Grube und machten sich routiniert an die Arbeit, steckten kleine Kärtchen mit Nummern in die Erde und fotografierten das Skelett von allen Seiten. Vorsichtig verpackten sie dann die Reste der vermoderten Kleidung und andere Fundstücke in durchsichtigen Plastikbeuteln und trugen sie zu einem Klapptisch, neben dem Reiter stand.

»Ist das alles?«, fragte Reiter.

»Mehr war nicht übrig. Das Kind muss bereits vor einer ganzen Weile hier vergraben worden sein.«

»Gut, dann sehen wir uns das mal an«, meinte Reiter und nahm einen der Beutel vom kleinen Tisch. Viel war tatsächlich nicht mehr von dem Stoff übrig, aber allem Anschein nach handelte es sich um ein Mädchenkleid.

»Schicker Stoff, wie für ein Sommerfest«, murmelte er. »Meiner Meinung nach ist es ein Kleid. Haben wir es mit einem toten Mädchen zu tun?«, fragte er Grünberg, den Gerichtsmediziner, und Novak, den Kriminalbiologen, die neben ihm standen.

»Meiner ersten vorsichtigen Einschätzung nach ist es die Leiche eines sieben- bis neunjährigen Mädchens. Das würde ich anhand des Knochenbaus vermuten. Aber mehr wissen wir erst nach der Obduktion. Wie man erkennen kann, lag die Leiche schon ein paar Jahre unter der Erde«, sagte der Kriminalbiologe.

»Ich brauche den ungefähren Todeszeitpunkt. Damit ich die Dateien nach vermissten Mädchen durchsuchen kann«, meinte Reiter.

»Den genauen Zeitraum werden wir feststellen. Wir arbeiten mit Hochdruck«, antwortete Novak und ging wieder zurück zu der Grube.

»Alles klar! Ich weiß, dass ich mich auf euch verlassen kann«, rief ihnen Reiter hinterher. Er drehte sich um und wandte seine Aufmerksamkeit dem kleineren Beutel zu. »Was haben wir hier?«

In der durchsichtigen Hülle befand sich ein rosa Halstuch mit blauen Schmetterlingen, das noch ganz gut erhalten war. Reiter beäugte es von allen Seiten. Am Rand entdeckte er ein ausgeblichenes Etikett. Er zog sich dünne Latexhandschuhe an und öffnete den Beutel. Der Stoff knisterte, als er das Tuch herausholte. Jetzt sah er, dass es kein Etikett war, sondern ein weißes Stück Leinen, das jemand an den Rand genäht hatte. Und darauf stand ein verblasster Name, den er nur mühsam entziffern konnte.

»Juli«, murmelte Reiter und dachte angestrengt nach. Der Name kam ihm irgendwie bekannt vor, aber er wusste nicht, woher. Vorsichtig steckte er das Tuch wieder zurück in den Beutel und konzentrierte sich auf den Namen.

Streng deinen Schädel an, motivierte Reiter sich. Er ließ einige der letzten offenen Fälle, bei denen kleine Kinder die Opfer waren, Revue passieren, aber da klingelte nichts bei ihm. Doch plötzlich erinnerte er sich an seinen früheren Kollegen Levi Kant und dessen Bekannte, die Psychiaterin Olivia Hofmann. Waren nicht deren Mann und die Tochter vor ein paar Jahren verschwunden? Das Mädchen hieß doch Juli, wenn er sich recht entsann. Juli war bei ihrem Verschwinden vier gewesen, dieses tote Mädchen allerdings war einige Jahre älter.

»Juli«, murmelte Reiter wieder und griff bereits zu seinem Handy, um die Nummer von Levi Kant zu wählen.

»Hallo Levi, wie geht's? Ich komme gleich zur Sache. Wir haben das Skelett eines Mädchens gefunden. In einer Kleiderschürze steckt ein Halstuch, in das der Name Juli eingestickt ist. Hieß nicht die Tochter der Psychiaterin Olivia Hofmann so?«

»Ja, das stimmt. Ist das vielleicht ihre Tochter?«, fragte Levi aufgeregt.

»Nein, dieses Mädchen ist circa sieben bis neun Jahre alt«, antwortete Reiter. »Du bist doch mit dieser Psychiaterin befreundet, nicht wahr? Seid ihr in Kontakt?«

»Ich habe Olivia Hofmann schon eine Weile nicht mehr gesehen«, erwiderte Levi. »Warum fragst du?«

Reiter zögerte einen kurzen Moment, ehe er antwortete. »Ich will keine voreiligen Schlüsse ziehen. Aber es könnte sein, dass vielleicht noch ein weiteres Kind hier vergraben ist.«

»Du meinst, es könnte auch die Tochter von Olivia Hofmann gefunden werden?«, fragte Levi bestürzt nach.

»Das ist nur eine Hypothese«, erwiderte Reiter ausweichend. »Wir beginnen erst in Kürze, die nähere Umgebung zu durchsuchen.«

»Schick mir bitte ein Foto des Halstuchs«, sagte Levi.

»Das ist gegen die Vorschriften«, warf Reiter ein.

»Willst du Olivia direkt damit konfrontieren und ihr sagen, dass man eine Kinderleiche gefunden hat und ihre Tochter vielleicht auch da draußen vergraben ist?«, fragte Levi aufgebracht.

»Natürlich nicht. Also gut, ich maile dir das Foto. Zeig die Aufnahme Olivia Hofmann. Wenn sie das Halstuch identifiziert, soll sie bitte aufs Revier kommen.« Dann beendete er das Gespräch.

Reiter winkte einen Polizisten zu sich.

»Wir haben bei dem Skelett das Halstuch eines vermutlich anderen Kindes gefunden«, sagte er. »Grabt im näheren Umkreis weiter. Vielleicht gibt es noch eine zweite Leiche.«

4

Eine Frau stand vor dem Palais Trautmann und kramte in ihrem Rucksack. Langsam zog sie ein Flugblatt hervor, auf dem das Foto eines Mannes und eines kleinen Mädchens zu sehen war. Ihr Blick war traurig und sie wirkte einsam und verloren. Unschlüssig drehte sie das Blatt zwischen ihren Fingern. Dann gab sie sich einen Ruck und trat durch ein großes geschwungenes Tor, das von zwei steinernen Löwen flankiert wurde, in den Innenhof.

»Wo findet das Treffen der Selbsthilfegruppe für Angehörige verschwundener Personen diesmal statt?«, fragte sie mit leiser Stimme einen jungen Mann, der gerade den Innenhof durchquerte.

»Im ersten Stock«, antwortete der Mann.

»Danke«, sagte die Frau und ging über die marmorne Treppe hinauf in das obere Stockwerk.

Als sie den weitläufigen Saal betrat, saßen die Teilnehmer bereits auf goldlackierten Stühlen in der Mitte des Raumes. Die Gruppe bildete einen lockeren Kreis um einen weiteren leeren Stuhl. Von Zeit zu Zeit stand jemand auf, setzte sich auf den Stuhl und begann zu erzählen.

»Hallo Olivia, es ist schön, dass du unsere Gruppe wieder besuchst. Du siehst heute so hübsch aus«, begrüßte sie Karin, die Gruppenleiterin.

»Oh, danke, das macht sicher das Radfahren«, antwortete Olivia Hofmann, lächelte geschmeichelt und suchte sich einen freien Platz. Noch vor einigen Jahren war sie weit entfernt davon gewesen, sich selbst als hübsch zu empfinden. Nach dem Zusammenbruch ihres Lebens hatte sie ihr eigenes Spiegelbild nicht mehr ertragen können. Sie ernährte sich ausschließlich von Fast Food, mit dem Effekt, dass sie immer dicker wurde und deshalb weiter in die Depression verfiel. Diesen Zustand bekämpfte sie mit Unmengen von Süßigkeiten, die sich wiederum in den Kilos niederschlugen. Es war ein teuflischer Kreislauf.

Doch als sie von der Alzheimer-Erkrankung ihres Vaters erfuhr, wusste sie, dass sie handeln musste. Sie änderte ihre Essgewohnheiten und begab sich selbst in eine Therapie. Dieser Umschwung bewirkte, dass Olivia innerhalb von kurzer Zeit an Gewicht verlor und eine neue Leidenschaft für sich entdeckte: das Radfahren.

»Woran denkst du gerade? Möchtest du uns deine Geschichte erzählen?«, riss sie plötzlich Karin aus ihren Gedanken. Olivia blickte in die Runde und antwortete: »Natürlich, gern. Deswegen bin ich ja hier.« Langsam ging sie in die Mitte und setzte sich auf den Stuhl.

»Ich bin abends von meiner Arbeit in der psychiatrischen Klinik nach Hause gekommen. Die Wohnung war leer und das Frühstücksgeschirr stand noch in der Küche. Ich habe mir aber nichts dabei gedacht«, sagte Olivia und zupfte nervös an einem Taschentuch herum. »Als mein Mann Michael und meine Tochter Juli gegen einundzwanzig Uhr noch immer nicht daheim waren, habe ich zunächst alle Freunde und Bekannten angerufen. Ein paar Stunden später dann die verschiedenen Krankenhäuser und schließlich habe ich die Polizei alarmiert.«

»Wann war das genau?«, fragte Karin behutsam nach.

»Vor mehr als fünf Jahren. An einem Sommertag im August.« Olivia spürte, wie ihr die heißen Tränen kamen und ihre Stimme plötzlich versagte. Hastig hielt sie sich das Taschentuch vor die Augen. Damals war sie noch die ehrgeizige Psychiaterin gewesen, mit dem Ziel, Leiterin der psychiatrischen Abteilung im Wiener Krisenzentrum zu werden. Nach dem Vorfall hatte sie diesen Ehrgeiz verloren. Jetzt wollte sie nur, dass die tonnenschwere Last von ihren Schultern verschwand und sie wieder leichtfüßig durchs Leben gehen konnte. Deshalb war sie auch auf Anraten ihres Supervisors Ulf Karlsson zu dieser Selbsthilfegruppe gestoßen, um all das zu verarbeiten, was sich im Laufe der Jahre in ihrer Seele aufgestaut hatte.

»Mach eine Pause und trink einen Schluck Wasser. Geht es?«, fragte Karin mitfühlend.

Olivia blickte einen Moment lang geistesabwesend aus den hohen französischen Flügeltüren hinaus in den Innenhof.

»Ja, danke«, sagte sie langsam. Sie schniefte und redete dann weiter. »Die Polizei leitete noch in derselben Nacht eine Suchfahndung ein, und es gab eine Meldung in den Medien und im Web, leider ohne Erfolg. Ich selbst habe tags darauf Flugblätter in der Umgebung und in Julis Kindergarten verteilt, aber keiner hatte Michael und Juli gesehen. Auf allen Bahnhöfen und Flughäfen hing ihr Foto. Es gab nicht den geringsten Anhaltspunkt und Hinweis.«

»Das klingt schon seltsam. Ich glaube diese Geschichte nicht ganz«, meldete sich eine der Teilnehmerinnen zu Wort. Es war Monika, deren Mann eines Abends joggen ging und nie mehr zurückkam. Monika gab sich nach außen hin sehr tough und selbstsicher, aber das plötzliche Verschwinden ihres Mannes hatte sie innerlich tief getroffen und verletzt. Diese Angstgefühle äußerten sich manchmal in einer aggressiven Rhetorik, mit der sie die anderen Teilnehmer schon öfter brüskiert hatte.

»Was willst du uns damit sagen, Monika?«, fragte Karin mit sanfter Stimme.

»Vielleicht hat Olivia etwas mit dem Verschwinden ihres Mannes und ihrer Tochter zu tun? Wäre nicht das erste Mal, dass so etwas vorkommt, und sie spielt uns nur die Unschuldige vor«, sagte Monika schneidend.

»Hör sofort damit auf, Monika.« Karin machte jetzt ihre Rolle als Gruppenleiterin deutlich. »Dein Verhalten ist destruktiv und absolut kontraproduktiv.«

»Aber ich wollte doch nur zu bedenken geben …«

»Bitte sei jetzt still!«, würgte Karin Monika ab. Dann wandte sie sich wieder an Olivia. »Ich denke, das genügt für heute, Olivia. Du bist zu aufgewühlt.«

»Nein, über meinen Verlust zu reden, tut mir immer gut. Ich hätte meiner Familie niemals etwas antun können. Sie waren mein Ein und Alles. Sie kommen sicher wieder zu mir zurück«, sagte Olivia.

»Du glaubst also nicht, dass Michael und Juli tot sind?«, fragte Karin vorsichtig nach.

»Nein! Michael und Juli leben«, flüsterte Olivia mit erstickter Stimme. »Ich habe sie vor ein paar Monaten auf dem Döblinger Friedhof gesehen.«

»Haben sich die beiden stark verändert?« Karins Stimme wurde noch eine Nuance sanfter und glitt geschmeidig in den Kopf von Olivia. Wie ihr das guttat, wenn man Verständnis für ihre Situation hatte und ihr zuhörte. Es gab ja sonst kaum jemanden, mit dem sie über diesen schlimmen Verlust reden konnte.

»Nein, fast gar nicht. Juli ist zwar ein bisschen größer geworden, sieht aber genauso aus wie damals. Und sie trug auch das Sommerkleid, das ich ihr in unserem letzten gemeinsamen Urlaub in Griechenland gekauft habe«, antwortete Olivia.

»Findest du es nicht merkwürdig, dass Juli das Kleid einer Vierjährigen trägt?« Karin blickte abwartend zu Olivia.

»Nein, wieso?« Olivia schüttelte verwirrt den Kopf.

»Olivia, denk einmal logisch nach und lass dich nicht von deinen Gefühlen leiten. Michael und Juli sind doch vor mehr als fünf Jahren verschwunden, richtig?«, hakte Karin behutsam nach.

»Ja, das stimmt.«

»Wie alt war Juli zum Zeitpunkt des Verschwindens?«

»Da war sie genau vier Jahre alt.« Olivia schluckte, als sie an die Zeit zurückdachte. Juli war ein aufgewecktes Kind mit einem ungebremsten Temperament. Sie war sehr wissbegierig und lebhaft. Michael liebte diese Energie seiner Tochter und forderte sie ständig heraus.

»Dann ist Juli jetzt neun«, riss die Stimme von Karin Olivia aus ihren Erinnerungen. »Und ein neunjähriges Mädchen passt mit Sicherheit nicht in das Kleid eines vierjährigen Kindes.«

»Vielleicht wirkte das Kleid auch nur ähnlich und Juli tatsächlich größer, auf die Entfernung konnte ich das nicht so genau erkennen«, verteidigte sich Olivia.

»Das klingt, als hättest du jemand anderen auf dem Friedhof gesehen und dir gewünscht, es wären Michael und Juli«, sagte Karin.

»Ich weiß, was du damit sagen willst«, entgegnete Olivia.

Sie spürte, wie die Last der Erinnerung ihre Schultern immer tiefer nach unten drückte. Damals auf dem Friedhof hatte sie auch zum letzten Mal den ehemaligen Ermittler Levi

Kant gesehen. Seit ein paar Monaten hatten sie sich nicht mehr getroffen. Und das war zum Teil auch ihre Schuld. Denn als Levi damals fragte, ob er ihr bei der Suche nach Michael und Juli helfen könnte, da hatte sie brüsk abgelehnt. Bis heute wusste sie nicht, warum sie das gemacht hatte. Als in ihrem Rucksack das Handy vibrierte, wollte sie es zunächst ignorieren, aber dann sah sie überrascht, dass der Anrufer Levi Kant war. *Das ist ja merkwürdig. Gerade habe ich an Levi gedacht und mir gewünscht, dass er sich wieder mal meldet,* dachte Olivia.

Schnell stand sie auf und verschwand leise aus dem Saal.

»Wie geht es dir, Levi?«, fragte sie, als sie draußen im Foyer stand.

»Danke. Ganz gut«, erwiderte Levi. Olivia spürte ein leichtes Zögern in seiner Stimme.

»Ist etwas passiert?«, fragte sie besorgt. »Vielleicht mit deiner Frau?«

»Nein, alles bestens«, antwortete Levi verhalten. »Kann ich dich von zu Hause abholen?«

»Warum? Levi, sag mir, was los ist.«

»Wo bist du? In deiner Praxis?«, wich Levi ihr aus.

»Nein. Ich bin im Palais Trautmann. Dort ist eine Selbsthilfegruppe für Angehörige von verschwundenen Personen. Sagst du mir bitte, worum es geht?«, insistierte Olivia.

»Ich erkläre es dir persönlich. In fünfzehn Minuten bin ich bei dir«, erwiderte Levi und legte schnell auf.

Verwirrt starrte Olivia auf das Telefon. Plötzlich hatte sie den Eindruck, als würde jemand hinter ihr stehen und sie würgen. Dieses Gefühl war so intensiv, dass sie in diesem Moment kaum mehr atmen konnte. Panisch schnappte sie nach Luft und wankte zurück in den Ballsaal. Alle Augen waren auf sie gerichtet.

»Olivia, was hast du?«, fragte Karin besorgt. »Du siehst so blass aus.«

»Nur ein leichter Schwächeanfall«, antwortete Olivia. »Tut mir leid, aber ich muss dringend weg. Ein Freund holt mich gleich ab.« Hastig packte sie ihren Rucksack.

»Öffne dein Herz für deine Freunde. So setzt du einen ersten Schritt in ein neues Leben«, ermutigte sie Karin und umarmte Olivia.

»Ein neues Leben, das klingt gut«, erwiderte Olivia leise. »Ich werde deinen Rat beherzigen.« *Nach dem Gespräch mit Levi wird alles gut*, dachte sie. *Ich beginne ein neues Leben.*

5

Das Stammschloss der Familie Hohenwald befand sich in Süßenbrunn am nördlichen Stadtrand von Wien. Das mächtige zweistöckige Haupthaus wurde von zwei Nebengebäuden flankiert, in denen früher Gäste logierten. Doch seit Jahren war eines dieser Gebäude eingerüstet und das andere diente als Lager.

Früher einmal hatten auch die umliegenden Ländereien zum Schloss gehört, aber der alte Baron Hohenwald hatte schon vor Jahren das letzte Grundstück an geschäftstüchtige Bauträger verkauft. Seine vier Kinder erbten nach seinem Selbstmord nur das denkmalgeschützte Schloss, das mehr und mehr verfiel.

Der Morgennebel lichtete sich langsam und die abbröckelnde Fassade des Schlosses trat deutlich zutage. Ein Taxi stoppte vor dem Tor und eine junge Frau stieg aus. Sie trug Jeans, Sneakers und einen Blazer mit modisch ausgefransten Ärmeln. Mit einem kräftigen Tritt öffnete sie das verrottete Holztor und ging zügig die gekieste Einfahrt entlang. Ihr kurzes schwarzes Haar war unter einer Mütze verborgen und sie lächelte kurz, als sie ein Gesicht hinter einem der französischen Fenster wahrnahm.

Kurz darauf wurde die Tür des Dienstboteneingangs aufgerissen und ein gut gebauter junger Mann in einer grünen Leinenjoppe kam eilig auf sie zu.

»Die ganze Familie ist schon hier und wartet auf dich«, sagte der Mann und umarmte die Frau.

»Ich bin extra früher von der Arbeit losgefahren«, erwiderte Greta Hohenwald und schob ihren Bruder ein Stück zurück. Sie war fünfundzwanzig Jahre alt und Psychologiestudentin. Im Augenblick absolvierte sie ein Praktikum in einer Sozialstation für psychisch labile Jugendliche. »Wieso bist du denn so nervös?«

»Ich habe heute Nacht kaum geschlafen«, erwiderte Max Hohenwald, ihr ein Jahr jüngerer Bruder. Er griff in die Tasche seiner Joppe und zog eine kleine Tafel Schokolade heraus. »Möchtest du etwas?«, fragte Max seine Schwester. »Schokolade beruhigt.«

»Nein danke. Meinen Nerven geht es gut«, entgegnete Greta. »Komm, lass uns zu den anderen gehen.« Sie hakte sich bei ihrem Bruder unter und schritt mit ihm zum Dienstboteneingang.

»Wann lässt du endlich das Entree reparieren?«

»Mit welchem Geld? Von Johannes bekomme ich für diesen Monat nichts mehr«, sagte Max auf seine unbefangene Art.

»Vielleicht solltest du dir mal eine richtige Arbeit suchen«, sagte Greta, obwohl sie wusste, dass diese Aufforderung sinnlos war. Wie es aussah, würde sie jetzt wieder mit Johannes reden müssen. Johannes Arnheim war der Mann ihrer einundzwanzigjährigen Schwester Alma und finanzierte die ganze Familie. Doch immer wieder musste ihn Greta darauf hinweisen, dass sie eine Vereinbarung hatten. Denn weder Greta noch ihre Geschwister verdienten ausreichend eigenes Geld, um vernünftig leben zu können.

»Du hast wie immer recht, mein Schwesterherz«, stimmte ihr Max zu. »Ich werde mich bei Gelegenheit nach einer Betätigung umsehen.«

»Na prima.«

Als sie in die große Schlossküche traten, blickte sich Greta kurz um. Auf den ersten Blick bemerkte sie, dass die Glasvitrinen mit dem kostbaren Augarten-Porzellan bis auf ein paar Teller leer waren. *Max verkauft sogar das Familiensilber. Was für ein armseliger Mensch*, dachte sie. Greta schluckte eine zynische Bemerkung hinunter und ging weiter. Durch die dünnen Sohlen ihrer Sneakers spürte sie die Kälte des Marmorbodens, als sie in den Speisesaal trat. Hatte sich diese Kälte bis nach oben in die Herzen ihrer Familie geschlichen? Wann war ihr eigenes Herz erfroren?

Sie wollte nicht länger darüber nachdenken, denn jetzt begrüßte sie den Rest der Familie: ihre jüngere Schwester Alma, die fragil und schön war, aber noch immer wie ein scheues Reh wirkte. Hinter ihr stand Johannes Arnheim, ihr Ehemann, der Alma besitzergreifend an den Schultern hielt und eine Zigarre paffte. Lila, die Mutter der Geschwister, war nicht anwesend. Sie war schon seit Jahren nicht mehr ansprechbar und vegetierte nur mehr in einem von Johannes finanzierten Seniorenheim dahin.

»Es gibt Neuigkeiten«, sagte Alma leise.

Greta seufzte kurz auf. Sie wusste, was jetzt kommen würde. Alma würde von dem Sommerfest reden, bei dem Rosa verschwand, sie würde von Vater reden, der sich kurz zuvor erschossen hatte, sie würde von Mutter reden, die mit einem Nervenzusammenbruch in eine Klinik eingeliefert wurde, sie würde von Andreas Sperl reden, der den Mord an Rosa gestanden hatte und dafür verurteilt worden war, ohne jemals preiszugeben, wo die Leiche versteckt war. Zuletzt würde Alma von

Johannes reden, der sie als junges Ballettmädchen entdeckt hatte und sie alle finanzierte.

Und genauso war es. Almas Worte und Sätze trieben an Greta vorbei, um irgendwo im Gemäuer des Schlosses zu verenden. Doch als das Wort »Polizei« fiel, schreckte Greta mit einem Mal hoch.

»Die Kriminalpolizei hat bei uns angerufen«, sagte Alma nervös. Dabei lehnte sie sich schutzsuchend an Johannes.

»Ich weiß, deshalb hat Max mich auch gebeten, sofort zu kommen. Was hat die Polizei gesagt?«, fragte Greta ungeduldig.

»Sie wollten mir am Telefon keine Auskunft geben«, antwortete Alma. »Aber ein Inspektor von der Kripo macht uns demnächst seine Aufwartung.«

»Wenn ein Inspektor vorbeikommt, dann gibt es eine neue Entwicklung«, schlussfolgerte Greta. »Vielleicht hat man Rosa gefunden.«

»Nach all den Jahren?«, mischte sich jetzt Johannes ein und betrachtete angespannt die Glut seiner Zigarre.

»Achtung! Die Polizei kommt«, rief Max, der mit den Händen in den Hosentaschen am Fenster stand. Greta trat hinter ihn und umfasste mit ihren Händen seine Oberarme.

»Gleich wissen wir mehr«, flüsterte sie und lehnte ihren Kopf fast zärtlich gegen den Rücken von Max.

Kurz darauf stoppte ein dunkelblauer Wagen auf der gekiesten Einfahrt und ein Mann stieg aus. Er hatte brünettes Haar und kaute an einem Streichholz. Greta öffnete die Tür des Dienstboteneingangs und ging ihm entgegen.

»Greta von Hohenwald«, sagte sie und verschränkte die Arme vor der Brust.

»Inspektor Benno Reiter, Mordkommission Wien«, stellte sich der Polizist vor und streckte Greta die Hand entgegen.

»Die Familie wartet bereits im Speisesaal«, sagte Greta und ignorierte die ausgestreckte Hand. »Wenn Sie mir bitte folgen würden.« Abrupt drehte sich Greta um und ging vor dem Beamten durch die unaufgeräumte Küche. »Die Räumlichkeiten werden gerade renoviert«, meinte sie entschuldigend und öffnete die Türen zum Saal.

»Wir sind schon ganz gespannt, was Sie uns zu sagen haben.« Max kam auf Reiter zu und schüttelte ihm übertrieben heftig die Hand. »Bitte setzen Sie sich doch.«

»Danke. Ich stehe lieber«, erwiderte Reiter. Er sah kurz in die Gesichter der Umstehenden. Dann begann er: »Ich komme am besten gleich auf den Punkt. Gestern wurde bei Erdarbeiten eine Kinderleiche gefunden. Wir haben routinemäßig einen Zahnabgleich mit der vor fünf Jahren verschwundenen Rosa Hohenwald durchgeführt und es gibt leider eine hundertprozentige Übereinstimmung.«

»Dann ist das tote Mädchen vom Donaukanal also wirklich Rosa?«, flüsterte Alma und ihre blauen Augen wurden feucht.

»Ja, so ist es. Die Leiche ist Rosa Hohenwald. Mein herzliches Beileid an die ganze Familie«, meinte Reiter mitfühlend und senkte den Kopf.

»Na endlich wissen wir, wo Andreas Sperl sie versteckt hat.« Greta drehte sich zu ihrer Familie. »Habt ihr das gehört? Rosas Leiche wurde gefunden! Jetzt können wir unsere geliebte Schwester endlich standesgemäß beerdigen.«

»Oh mein Gott!« Alma begann plötzlich hemmungslos zu schluchzen. »Jetzt kommt alles wieder hoch.«

»Reiß dich zusammen, Alma.« Greta blickte ihre Schwester streng an.

»Verzeih mir«, hauchte Alma und schluckte die Tränen hinunter.

»Bitte entschuldigen Sie den Gefühlsausbruch meiner Schwester. Aber Sie sehen selbst, wie nah uns diese Nachricht geht«, sagte Greta zu Reiter gewandt. »Wer hat Rosa gefunden?«

»Die Leiche wurde von einem Bauarbeiter bei Aushubarbeiten in der Erde entdeckt«, erwiderte Reiter.

»Wie sah Rosa denn aus?«, wollte Johannes wissen. »Hatte sie noch ihre Kleidung an?«

»Ich möchte Ihnen das lieber ersparen«, sagte Reiter nach einigem Zögern.

»Wie meinen Sie das?«, fragte Alma.

»Die Arbeiter haben ein Skelett gefunden.«

»Das ist ja entsetzlich.« Alma hielt sich die Hand vor den Mund und schluckte.

»Gibt es sonst noch etwas?« Greta blickte Reiter auffordernd an.

»Ja, eine Frage habe ich noch«, sagte Reiter und zog sein Handy hervor. »Kommt Ihnen dieses Halstuch bekannt vor? Wir haben es bei der Leiche gefunden.«

»Nein, so ein Tuch habe ich noch nie gesehen«, sagte Greta, nachdem sie das Foto eingehend studiert hatte.

»In das Tuch ist Juli eingestickt. Haben Sie diesen Namen vielleicht schon einmal gehört?«, erkundigte sich Reiter.

»Tut mir leid, dieser Name sagt mir gar nichts«, meinte Greta. »Kennt von euch jemand eine Juli?«, fragte sie dann ihre Familie.

Doch alle schüttelten verneinend den Kopf.

Reiter nickte und fuhr sich mit dem Handrücken über die Stirn. »Das mit Ihrer kleinen Schwester tut mir leid. Es gibt noch einige Untersuchungen in der Gerichtsmedizin, aber ich bin sicher, dass Sie Rosa bald begraben können.« Unschlüssig rieb Reiter seine Hände aneinander und blickte Greta an. »Das wäre im Moment alles.«

»Ich begleite Sie nach draußen.« Greta schob sich die Mütze aus der Stirn.

»Wenn Sie und Ihre Familie psychologische Betreuung benötigen, dann lassen Sie es uns bitte wissen. Wir haben für diese Fälle die richtigen Spezialisten an der Hand«, gab ihr Reiter noch einen gut gemeinten Rat, als sie durch die Küche zur Hintertür gingen.

»Das ist nicht nötig. Wir haben uns. Die Familie hält immer zusammen und wird auch diese schwere Zeit wieder gemeinsam durchstehen.«

»Wie Sie meinen. Ich melde mich, wenn die Leiche von Rosa freigegeben ist, Frau Hohenwald.«

»Ich danke Ihnen.« Greta nickte kurz, drehte sich dann auf dem Absatz um und ging zurück in das Schloss.

In der Küche erwartete Alma sie bereits.

»Was willst du?«, fragte Greta. »Machst du mir jetzt Vorwürfe, weil ich dich nach deinem Gefühlsausbruch zu schroff behandelt habe?« Sie trat nah an Alma heran. Wollte sie ihre Autorität spüren lassen.

Almas Haut wirkte jetzt fahl und ihre blauen Augen hatten den Glanz verloren. »Vielleicht ist Andi doch unschuldig. Das würde ich mir nie verzeihen. Ich habe ihn geliebt und tu es immer noch«, sagte Alma ganz leise und blickte nervös umher, damit niemand außer Greta sie hörte.

»Er hat den Mord damals gestanden und wurde deswegen rechtskräftig verurteilt«, antwortete Greta und legte ihre ganze Überzeugungskraft in diese Worte. »Würdest du bitte aufhören, an ihn zu denken?«

»Ich kann ihn nicht vergessen.«

»Schluss jetzt. Andreas Sperl ist der Mörder unserer Schwester. Mit dem Fund ihrer Leiche schließen wir dieses traurige Kapitel der Familienchronik.«

6

FÜNF JAHRE ZUVOR

Sechs Monate vor Rosas Tod

Der alltägliche Schrecken zeigt sich beim gemeinsamen Mittagessen, wenn die ganze Familie Hohenwald im Speisesaal versammelt ist. Alle Plätze an der großen Tafel sind bereits besetzt, nur ein Stuhl ist noch leer.

»Wo ist Rosa?«, fragt Greta, die auch bei Tisch ihre Mütze nicht abnimmt.

»Sie bekommt gerade ein Geburtstagsgeschenk«, antwortet Alma matt. Dabei blickt sie aus dem Fenster auf den Jaguar, der groß und dunkel vor der Treppe auf dem Kiesweg parkt.

Endlich kommt Rosa in das Speisezimmer gelaufen. Ihr blondes Haar ist lockig und ihre Augen strahlen. Auf die anderen Familienmitglieder macht sie den Eindruck, als hätte sie sich gerade gefreut. Sie trägt ein dünnes Sommerkleid und zittert, denn in dem großen Saal ist es wie immer kalt. Ihr hübsches Gesicht ist von der Sonne gebräunt und ihre Wangen sind rot vor Aufregung.

»Schaut mal, was ich bekommen habe«, sagt sie und hält ein kleines weißes Häschen in den Armen.

»Gib mal her«, sagt Alma und hält sich das flauschige Tier an die Wange. »Ist das süß!«

»Setz den Hasen dort in den Karton«, sagt Max. Sofort springt Alma auf und macht, was ihr befohlen wird.

»Geh zu deinem Platz, Rosa, damit wir mit dem Essen beginnen können«, sagt Vater. Er öffnet den Deckel der Suppenterrine. »Heute gibt es eine Linsensuppe mit Gemüse. Damit uns nicht mehr so kalt ist.«

Vater nimmt einen Schöpflöffel und steckt ihn in die Terrine. Ein kratzendes Geräusch ist zu hören, als der Schöpfer über das Porzellan streicht. Max versucht den Duft der Suppe einzuatmen. Aber so wie jeden Tag ist der Schöpflöffel leer und auch die Teller der vier Geschwister.

Enttäuscht starrt Rosa auf ihren Teller und wartet. Sie begreift noch nicht, dass es sich um ein Psychospiel von Vater handelt. Ein Spiel, das Lila, die Mutter der Geschwister, bereits an den Rand des Wahnsinns getrieben hat. Wie immer sitzt Lila mit zitternden Händen auf ihrem Stuhl und hält den Kopf gesenkt. Ab und zu wirft sie einen hasserfüllten Blick auf Vater. Es ist kaum zu glauben, dass diese beiden sich einmal geliebt haben.

»Ich habe Hunger!«, ruft Rosa nach einer Weile. Kein Wunder, denn sie hat seit gestern Abend nichts mehr gegessen.

»Du musst mehr Fantasie entwickeln«, sagt Vater mit strengem Blick.

»Aber ich bin so hungrig!«, ruft Rosa erneut und klopft mit dem Silberlöffel der Familie Hohenwald auf den Tisch. Jetzt steht der Vater auf und deutet wortlos auf Greta.

»Greta sorgt für das Essen. Ihr müsst euch an sie wenden. Sie trägt die Verantwortung für unsere Familie«, erklärt er. Greta ist zwanzig Jahre alt und die Älteste. Sie ähnelt ihrem

Bruder Max, sieht jedoch ganz anders aus als ihre beiden jüngeren Schwestern. Heute ist Rosas achter Geburtstag, sie ist ein Nachzügler.

»Ich kann ohne Geld keine Lebensmittel einkaufen«, sagt Greta und wirft einen herausfordernden Blick auf Vater. »Wenn du nicht das ganze Geld für diese wertlosen Antiquitäten hinauswerfen würdest, hätten wir wenigstens eine ordentliche Mahlzeit.«

»Du musst endlich lernen, Verantwortung zu übernehmen, Greta. Dazu gehört auch, dass du mit dem Wirtschaftsgeld haushaltest«, erwidert Vater mit seiner anklagenden Stimme. Er weiß natürlich, dass Greta fast nie Geld von ihm bekommt, denn er ist ein notorischer Sammler. So hortet er beispielsweise sämtliche Ausgaben einer Wiener Tageszeitung. Mittlerweile müssen es um die tausend Exemplare sein. Sie füllen eines der riesigen Zimmer des Schlosses und es knistert überall gespenstisch, wenn der Wind durch die undichten Fenster pfeift.

»Ich trage bereits die Verantwortung für die Familie. Wer denn sonst?«, antwortet Greta müde und faltet ihre Stoffserviette ordentlich zusammen. Max bewundert seine Schwester für ihre Beherrschung. Er ist neunzehn und widerspricht seiner älteren Schwester Greta nur sehr selten. In den Taschen seiner Jacke hat er immer alte Cracker versteckt. Das ist seine Notration, wenn ihn der Heißhunger überfällt.

»Ich kann Johannes bitten, uns wieder Geld zu geben«, mischt sich jetzt Alma in das Gespräch ein. Die Sechzehnjährige hängt sehr an ihrem väterlichen Freund Johannes, der ihr privat Ballettunterricht erteilt.

»Das ist eine gute Idee.« Greta wendet sich an Alma. »Sprich mit Johannes. Ich habe für nächste Woche die Handwerker bestellt. Das Gästehaus muss eingerüstet werden, denn die Fassade fällt bereits herunter. Und ich weiß sonst nicht, wie ich die Arbeiter bezahlen soll.« Mit einem Seitenblick zum Vater fügt sie hinzu: »Von dir ist ja nichts zu erwarten.«

»Du bist alt genug, um für die Familie zu sorgen, Greta«, sagt Vater und blickt nach oben, wo die Wasserflecke ein abstraktes Muster in die gewölbte Decke gezeichnet haben. Langsam greift er dann in die Innentasche seines abgewetzten Walkjankers und zieht eine Pistole hervor.

»Diese Waffe hat meinem Großvater gehört. Er war Botschafts-Attaché in Serbien«, sagt er mit verklärtem Blick. »Diese Pistole war bei dem Attentat auf den Thronfolger in Sarajewo im Einsatz.«

Vater blickt in die Runde, ehe er weiterspricht. »Rosa hat mein Herz gerührt. Sie ist hungrig. Sie möchte essen. Wir werden ihr diesen Wunsch erfüllen. Max, bring uns das Kaninchen.«

»Nein, das kannst du nicht machen.« Alma springt auf und wirft die Serviette auf den Tisch.

»Setz dich«, befiehlt Vater und Alma gehorcht augenblicklich.

»Ich habe keinen Hunger mehr«, flüstert Rosa und duckt sich zusammen.

»Doch, du bekommst jetzt etwas Gutes zu essen. Wo bleibt das Kaninchen?«

»Willst du es dir nicht überlegen?« Max hält bereits die Schachtel in Händen.

»Her damit!«, befiehlt Vater.

»Nein, das wirst du nicht tun, Max.« Greta steht auf und nimmt Max den Karton aus der Hand. »Ich treffe die Entscheidungen. Deshalb werden wir hungern wie immer.«

Alle starren erwartungsvoll auf Vater. Wie wird er darauf reagieren?

»Was macht ihr, wenn ich mich jetzt vor euch erschieße? Glaubt ihr, dass Greta dann endlich die Führung der Familie übernimmt? Oder Max, der ein Schwächling ist? Ich glaube, keiner von beiden.« Vater hält sich die Waffe an die Schläfe und spannt den Hahn.

»Nicht, Papi, bitte nicht!«, kreischt Rosa und bricht in Tränen aus. »Papi, du darfst nicht sterben.«

»Dann muss eben das Kaninchen sterben«, erwidert der Vater.

»Aber wieso denn?«, ruft Rosa.

»Ich zähle bis drei. Entweder ich oder das Kaninchen.«

Keiner rührt sich, als Vater zu zählen beginnt.

»Eins, zwei, drei«, sagt er leise und drückt ab. Alma zuckt zusammen und Rosa schreit laut auf, doch es ertönt kein Schuss, sondern nur ein trockenes Klacken, als der Schlagbolzen auf die leere Patronenkammer trifft.

»Hast du das jetzt verstanden, Rosa? Du musst für die Familie alles opfern. Selbstsucht und Egozentrik haben dabei nichts verloren.«

»Erschieß dich doch endlich!«, sagt Greta plötzlich herausfordernd.

»Das mache ich erst, wenn ich weiß, dass du dir deiner Verantwortung für die Familie bewusst bist«, antwortet Vater und legt die Pistole auf den Tisch. »Und jetzt bitte ein wenig Fantasie! Ich will fröhliche Gesichter bei Tisch sehen!« Vater klatscht in die Hände und beginnt die imaginäre Suppe zu löffeln. »Wie gut! Diese Suppe ist wirklich köstlich.« Vater hebt die Hände wie ein Dirigent und seine Kinder rufen im Chor:

»Wie gut! Wie gut!«

Die kleine Rosa wirkt noch immer schockiert und löffelt still Luft in sich hinein. Glitzernde Tränen rinnen wie Perlen über ihre Wangen.

7

Schon von Weitem sah Levi Kant die Gestalt mit dem Fahrrad am Straßenrand stehen. Olivia war eine attraktive Enddreißigerin mit kurzen schwarzen Haaren und großen dunklen Augen. Wie immer hatte sie ihren kaffeebraunen Lederrucksack über die Schulter geschwungen. Seit er Olivia das letzte Mal gesehen hatte, war sie etwas schmaler im Gesicht geworden. Lag das an der ständigen Ungewissheit über das Schicksal ihrer Familie? Nun gut, vielleicht würde er heute ein wenig Licht in diese traurige Angelegenheit bringen. Aber insgeheim hoffte er natürlich, dass Olivia das Halstuch nicht wiedererkennen würde. Er stoppte seinen weißen Saab 900 direkt vor Olivia am Straßenrand und kurbelte das Fenster herunter.

»Schön, dich zu sehen, Olivia«, begrüßte Levi sie.

»Ja, ich freue mich auch«, antwortete Olivia etwas zerstreut.

Levi spürte an ihrem Tonfall sofort, dass sie noch immer über seinen merkwürdigen Anruf nachgrübelte. Kein Wunder, er hatte sich ziemlich dämlich verhalten und bis jetzt noch keine überzeugende Strategie gefunden, wie er Olivia auf eine mögliche Hiobsbotschaft vorbereiten konnte.

»Dein Fahrrad kannst du leider nicht mitnehmen«, meinte Levi.

»Das ist o. k. Ich stelle es einfach hier ab«, erwiderte Olivia und kettete ihr Fahrrad an das Gitter eines Kellerfensters. Dann öffnete sie die Beifahrertür und stieg ein. Levi startete den Wagen.

»Übrigens, wir haben unser Wohnzimmer neu eingerichtet. Hast du Lust, Rebecca und mich mal zu besuchen?«, fragte Levi. »Vielleicht zum Abendessen mit traditionellen jüdischen Speisen?«

»Lass bitte diesen Small Talk zur Einleitung. Ich bin Psychiaterin und kenne solche Spielchen. Was musst du mir persönlich sagen?«, konterte Olivia mit eisiger Miene. Als Levi nicht sofort antwortete, drehte sie sich zu ihm und ihre dunklen Augen blitzten. »Ich will jetzt auf der Stelle wissen, was Sache ist!«

»Das ist nicht so einfach zu erklären«, druckste Levi herum.

»Levi, ich frage dich jetzt zum letzten Mal.« Olivia blieb verdächtig ruhig. »Wenn du mir nicht sofort sagst, worum es geht, steige ich aus.«

»Also gut. Ich erzähle dir jetzt alles.« Levi steuerte den Saab auf einen freien Parkplatz. »Bei Bauarbeiten wurde das Kleidungsstück eines Kindes gefunden.«

»Was genau?« Olivia klopfte mit ihrer Faust nervös auf das Armaturenbrett. »Lass dir doch nicht jedes Wort aus der Nase ziehen.«

»Ein Halstuch.«

»Soso, ein Halstuch. Und was hat das mit mir zu tun?«

»Es ist ein Name eingestickt.«

»Was für ein Name?«

»Juli.«

Kurzes Schweigen.

»Das gibt es nicht!«

»Doch, ich habe ein Foto bekommen.« Levi holte sein Handy aus der Tasche und hielt Olivia das Display hin.

»Wo habt ihr das gefunden?« Olivia starrte auf das Bild. Ihr Gesicht wurde plötzlich kreidebleich und ihre Augen füllten sich mit Tränen.

»Erkennst du das Tuch? Gehört das deiner Tochter Juli?«, fragte Levi leise.

»Ja.« Olivias Antwort war zart und vergänglich wie das Rauschen des Windes in den Blättern.

Spontan nahm er Olivia in den Arm und drückte sie fest an sich.

»Wo? Sag mir bitte die Wahrheit«, hörte er Olivias Stimme dumpf an seiner Schulter.

»Am Donaukanal.«

»Wir waren früher öfter gemeinsam am Donaukanal spazieren«, sagte Olivia plötzlich und rückte von Levi ab. »Vielleicht hat Juli es dort verloren und ich habe es nicht bemerkt. Genauso wird es gewesen sein.«

»Dann bist du dir also sicher?«

Olivia deutete mit ihrem Finger auf das Display. »Ich habe diese weißen Leinenetiketten für den Kindergarten bestickt.« Langsam kam wieder Farbe in Olivias Wangen und ihre Stimme gewann an Festigkeit. »Damit die Kinder ihre Sachen nicht verwechseln. Was hast du eigentlich damit zu tun?«

»Reiter, mein ehemaliger Kollege bei der Kripo, ist mit dem Fall betraut. Du hast ihn ja vor ein paar Monaten bereits kennengelernt. Er hat mich gebeten, dir das Foto zu zeigen.«

»Was für ein Fall?«, fragte Olivia plötzlich argwöhnisch. »Habt ihr noch etwas gefunden?«

»Das erklärt dir Reiter alles in Ruhe«, sagte Levi und startete wieder den Saab. Er warf einen Seitenblick auf Olivia. Sie saß kerzengerade auf dem Beifahrersitz und starrte aus dem

Fenster. Levi konnte spüren, wie sich die verirrten Gedanken in ihrem Kopf für die brutale Realität neu ordneten, um auch an das Unfassbare, das Endgültige denken zu können.

»Reiter ist noch immer bei der Mordkommission, richtig?«, fragte Olivia dann vorsichtig nach.

»Das stimmt. Es gibt da noch ein paar ungeklärte Fragen«, erwiderte Levi gepresst und blickte geradeaus auf die Fahrbahn.

»Ungeklärte Fragen im Hinblick auf Juli und Michael? Was hat die Mordkommission damit zu tun?« Olivia hielt sich plötzlich die Hand vor den Mund und begann hektisch zu atmen. »Oh mein Gott! Ihr habt sie gefunden! Sie sind beide tot.« Olivia stöhnte laut auf wie ein verwundetes Tier. Sie klopfte nervös mit den Knöcheln auf das Armaturenbrett. »Ich kriege keine Luft. Ich ersticke. Ich kann nicht mehr atmen.«

»Warte!« Mit quietschenden Reifen fuhr Levi über die mittlere Begrenzungslinie, ohne sich um den Gegenverkehr zu kümmern. Hinter ihm hupten wütende Autofahrer, doch er lenkte den Saab an den Fahrbahnrand und blieb auf dem Gehweg direkt vor einem Würstelstand stehen.

Hastig riss Levi die Tür auf und sprang nach draußen. »Wasser, ich brauche sofort Wasser!«, rief er der verdutzten Wurstverkäuferin zu. Dann lief er schnell um den Saab herum, riss die Beifahrertür auf und zog Olivia aus dem Wagen. Sie sackte schwer in die Knie und begann zu zittern.

»Soll ich einen Rettungswagen rufen?«, fragte die Verkäuferin, die gerade mit einem Wasserglas zu ihnen eilte.

»Nein, es geht schon wieder«, flüsterte Olivia. Sie trank hastig einen Schluck Wasser, hustete, spuckte alles wieder aus und krümmte sich wimmernd auf dem Boden zusammen. Doch langsam kam sie wieder zu Atem und setzte sich vorsichtig auf.

»Danke«, sagte sie zu Levi. Sie nahm erneut das Wasserglas und trank es in einem Zug leer. Die Wurstverkäuferin kniete sich zu ihr und drückte ihr ein nasses Tuch auf die Stirn.

»Sie müssen mit der Sonne aufpassen, da wird einem leicht schwindlig … in Ihrem Zustand«, sagte die Frau und tätschelte Olivia mitfühlend die Wange.

»Wahrscheinlich haben Sie recht.« Mit zittrigen Knien stand Olivia auf und hielt sich am Verdeck des Wagens fest.

»So ist das bei mir auch gewesen, als ich schwanger war«, redete die Verkäuferin unverdrossen weiter. »Plötzlich wurde mir übel. Einfach so aus heiterem Himmel. Oder ich hatte mitten in der Nacht einen Heißhunger auf Chips. Mein Göttergatte musste durch die ganze Stadt kurven, um mir welche zu besorgen. Wann ist es denn so weit?«

»Sie ist nicht schwanger«, warf Levi schnell dazwischen und half Olivia, wieder in den Wagen zu steigen. »Meine Freundin hat eine schlimme Zeit hinter sich.« *Und hoffentlich wird es nicht noch schlimmer,* dachte er betrübt.

»Da hilft viel essen. Das beruhigt die Nerven«, hatte die Verkäuferin sofort wieder einen Rat auf Lager. »Als ich mich scheiden ließ, habe ich sofort zehn Kilo zugenommen und fühlte mich rundum glücklich.«

»Ich werde es mir merken.« Olivia seufzte, setzte sich ungelenk in den Wagen und lehnte den Kopf an die Nackenstütze. »Sag mir jetzt bitte die Wahrheit. Mir geht es besser, wenn ich weiß, was auf mich zukommt. Ich lebe schon zu lange in einer dunklen Ungewissheit«, bat Olivia, nachdem auch Levi in den Wagen gestiegen war und die Fahrertür zugezogen hatte.

»Also gut. Folgendes ist geschehen: Die Polizei hat am Donaukanal das Skelett eines Mädchens gefunden. Daneben lag dieses Halstuch mit dem eingestickten Namen.«

»Ist es Julis Leiche, die man gefunden hat?«, fragte Olivia mit zittriger Stimme.

»Nein, es ist das Skelett eines Mädchen im Alter von zwischen sieben und neun Jahren. Der Mord geschah vor fünf

Jahren und da war Juli circa vier Jahre alt, deswegen kann es nicht ihre Leiche sein. Die Tote ist jetzt in der Gerichtsmedizin«, sagte Levi.

»Hat man sonst noch etwas gefunden? Vielleicht eine Männerleiche?«, fragte Olivia dann stockend.

»Nein, bisher ist nur von einem Skelett die Rede.« Levi setzte den Blinker und rumpelte von dem Gehsteig zurück auf die Fahrbahn.

Schweigend fuhren sie durch die Stadt, bis das Gebäude des Landeskriminalamtes mit dem markanten Eckturm vor ihnen auftauchte.

Olivia musste schlucken, als sich das Tor öffnete und Levi in den Hof fuhr.

»Kommst du mit?«

»Ja, wenn du es möchtest.«

Levi wartete, bis Olivia aus dem Wagen gestiegen war, dann gingen sie beide auf den Eingang zu. Olivias Blick war verhangen, doch weit hinten entdeckte er ein schwaches Leuchten, das ihm zeigte, dass Olivia noch nicht alle Hoffnung verloren hatte.

8

Die Erinnerung an seine Zeit als Ermittler war so gegenwärtig, als wäre Levi erst gestern aus dem Polizeidienst ausgeschieden. Während er mit Olivia mit dem Aufzug in den zweiten Stock des Landeskriminalamtes fuhr, wo die Mordkommission ihren Sitz hatte, musste er an seine vielen gelösten Fälle, an die Opfer und Täter denken. Als sie aus dem Lift stiegen, sah er den langen Korridor mit den verschiedenen Türen, die links und rechts davon abgingen. Auf den Bänken davor saßen wie immer hauptsächlich Männer mit schuldbewussten Mienen, egal ob sie Zeugen oder Verdächtige waren. Oft hatte Levi über dieses Phänomen nachgedacht und war zu dem Schluss gekommen, dass jeder Mensch dunkle Charakterzüge besitzt, die stärker ins Bewusstsein drängen, wenn man mit der Polizei konfrontiert wird.

»Das Büro von Reiter ist ganz vorne«, sagte er zu Olivia, die suchend umherblickte und nervös an den Riemen ihres Rucksacks zerrte.

Als sie vor dem Amtszimmer standen, klopfte Levi kurz und öffnete dann die Tür. Nichts hatte sich seit seinem Abschied vor fünf Jahren verändert. Die altmodische Pinnwand und der mit

Kratzern übersäte Besprechungstisch befanden sich wie immer an der Stirnseite des Raumes. Selbst die Kakteen standen nach wie vor an ihrem Platz auf dem Fenstersims.

Auch die beiden Schreibtische waren noch die alten, nur Reiter saß jetzt auf Levis früherem Platz und sprang sofort auf, als Levi und Olivia eintraten. Reiter war wie üblich unrasiert und wirkte cool, nur das Streichholz in seinem Mund war eine neue Angewohnheit, bemerkte Levi, als er seinen früheren Kollegen kurz betrachtete.

»Danke, dass Sie so schnell gekommen sind«, sagte Reiter und gab Olivia die Hand. »Wir kennen uns ja noch von früher.«

»Ich weiß«, erwiderte Olivia. »Der Todesfall eines meiner Patienten.«

»Ich gratuliere dir, Reiter. Du hast jetzt nicht nur meinen Schreibtisch übernommen, sondern bist auch mein Nachfolger als Leiter der Abteilung geworden«, sagte Levi und klopfte Reiter anerkennend auf die Schulter.

»Danke, das stimmt.« Reiter wirkte sichtlich stolz. »Aber ich hatte mit dir einen guten Lehrmeister.«

»Ist das deine neue Methode, um mit dem Rauchen aufzuhören?«, bemerkte Levi und wies auf das Streichholz, das Reiter zwischen den Zähnen hatte.

»Ich hab's so oft probiert. Aber vielleicht klappt es diesmal.« Reiter nahm das Streichholz aus dem Mund und schnippte es gekonnt in den Papierkorb, der neben seinem Schreibtisch stand.

»Es dauert nicht lange«, meinte Reiter dann zu Olivia und ging zu dem großen Besprechungstisch, auf dem verschiedene Akten und Plastikbeutel lagen.

»Ich möchte Ihnen nur das hier zeigen.« Reiter kramte zwischen verschiedenen Plastiktüten herum, bis er endlich die richtige gefunden hatte. Mit dem ausgesuchten Klarsichtbeutel in der Hand kam er zu Olivia und hielt ihn in die Höhe.

»Kennen Sie dieses Halstuch?«, fragte er sie.

»Ja, dieses Halstuch gehört Juli«, antwortete Olivia monoton. »Wer ist das tote Mädchen?«

»Rosa Hohenwald. Die Leiche ist in der Gerichtsmedizin und wird dort noch genau untersucht.«

»Was geschieht jetzt weiter?«, fragte Olivia und blickte Levi Hilfe suchend an.

»Es muss festgestellt werden, wie dieses Halstuch zu der Leiche gekommen ist.«

»Welche Abteilung hat den Fall von Juli und Michael damals bearbeitet?«, schaltete sich jetzt Levi ein. »Doch sicher die Vermisstenstelle.«

»Die ist schon informiert«, sagte Reiter. »Andrea Hofer hat damals in dem Fall ermittelt. Sie ist auch jetzt wieder dabei.«

Während Reiter weiter mit Olivia redete, ging Levi zu der Pinnwand, auf der ein Porträtfoto von Rosa und auch ein Bild des Skeletts in der Erdgrube hingen. An den Rand der Pinnfläche hatte Reiter noch Fotos der Familie Hohenwald geheftet und im Zentrum prangte eine Aufnahme von Andreas Sperl. Er war der Mörder der kleinen Rosa Hohenwald. Darunter stand der Satz »Ich verzeihe dir« auf einem Zettel und daneben hatte jemand ein Fragezeichen gepinnt. Reiter zeigte Olivia gerade die anderen Kleidungsstücke, die man bei Rosa gefunden hatte, und Levi nutzte die Gelegenheit, um mit seinem Handy schnell ein paar Aufnahmen von dem Memoboard zu machen.

»Weiß Sperl schon, dass die Polizei die Leiche gefunden hat?«, fragte er Reiter.

»Ja, man hat es ihm bereits mitgeteilt«, erwiderte Reiter und trat jetzt ebenfalls an die Pinnwand.

»Was bedeutet dieser Satz ›Ich verzeihe dir‹?«, fragte Levi.

»Der stammt von Sperl. Doch wen er damit meint, darüber schweigt er. Er hat bloß seine Zellenwände mit diesem Blödsinn vollgeschmiert. Überall steht dieser Satz. Wahrscheinlich will Sperl als unzurechnungsfähig erscheinen, damit er in eine Nervenklinik überstellt wird. Denn im Gefängnis kann man ihn nicht besonders leiden«, antwortete Reiter. »Ich bin da anderer Meinung als seine Psychologin. Ich glaube, Sperl simuliert.«

»Was glaubt denn die Psychologin?«

»Du weißt doch, wie Psychologen denken.« Reiter grinste und steckte sich ein neues Streichholz zwischen die Zähne. »Sie hält ihn für traumatisiert, weil er von den Mithäftlingen manchmal ein bisschen hart rangenommen wird.«

Levi steckte die Hände in die Taschen seiner Jeans und trat nahe an das Foto von Sperl heran. Obwohl er damals wegen seiner Schussverletzung im Krankenhaus gelegen hatte, war er über den Fall auf dem Laufenden gehalten worden. Rosa Hohenwald war bei einem Sommerfest im Schlosspark ihrer Familie verschwunden. Eine sofort eingeleitete Suchaktion blieb ergebnislos. Noch am Abend meldete sich aber eine Zeugin, die gesehen hatte, wie Sperl die kleine Rosa in seinen Lieferwagen zerrte. In derselben Nacht fand die Polizei die blutige Jacke von Rosa in Sperls Auto. Sperl wurde verhaftet und gestand in einem Verhör, Rosa ermordet zu haben. Allerdings machte er keinerlei Angaben darüber, wo er die Leiche versteckt hatte. Auch im Prozess bekannte sich Sperl schuldig, schwieg aber eisern, als man ihn nach der Leiche befragte. Aufgrund seines Geständnisses und der Indizien wurde er zu fünfzehn Jahren verurteilt. Sperl akzeptierte das Urteil widerspruchslos. Dass er sich schuldig bekannte, aber keinerlei Angaben zum Versteck der Leiche gemacht hatte, war in der Tat ungewöhnlich. Levi konnte sich an keinen derartigen Fall in seiner Karriere erinnern.

»Wird Sperl wegen des Halstuchs noch einmal vernommen?«, fragte Levi.

»Das ist heute früh schon geschehen. Doch Sperl schweigt dazu. Aber wenigstens ist der Fall Rosa Hohenwald jetzt endgültig abgeschlossen«, erwiderte Reiter.

»Ist das Rosa?«, fragte Olivia und betrachtete das Foto auf der Pinnwand. »Ein sehr hübsches Mädchen.«

»Ja, das war sie wirklich«, erwiderte Reiter.

»Und so hat man sie gefunden. Wie entsetzlich.« Olivia starrte auf die Aufnahme des Skeletts.

»Sie sollten sich das nicht ansehen«, meinte Reiter und nahm das Foto von der Pinnwand.

»Ich verkrafte das schon«, antwortete Olivia und zeigte auf die anderen Fotos. »Das ist also Rosas Familie.«

»Richtig«, sagte jetzt Levi. »Und hier haben wir den Mörder von Rosa.« Er tippte auf das Bild von Sperl.

»Da fällt mir noch etwas ein.« Reiter drehte sich zu Olivia. »Vielleicht waren Rosa und Ihre Tochter Freundinnen und deshalb lag das Tuch bei Rosa. Kann das sein?«

»Freundinnen?«, fragte Olivia verwirrt. »Aber ich kenne keine Rosa Hohenwald. Warum vermuten Sie das?«

»Ich möchte nur eine logische Erklärung finden.«

»Rosa Hohenwald war ungefähr fünf Jahre lang in dieser Erdgrube begraben. Gibt es einen zeitlichen Zusammenhang zwischen dem Verschwinden von Olivias Familie und Rosas Leiche?«, fragte Levi.

»Kann ich noch nicht genau sagen. Da müssen wir auf den Bericht von Grünberg, dem Rechtsmediziner, warten.« Reiter klappte den Schnellhefter wieder zu und legte ihn zurück auf den Besprechungstisch.

»Ach, Grünberg macht die Obduktion in der Gerichtsmedizin?« Levi war darüber sichtlich erfreut.

»Ja, Grünberg ist wirklich der Beste auf seinem Gebiet«, sagte Reiter zu Levi. Dann wandte er sich wieder an Olivia.

»Ich fasse zusammen. Sie haben dieses Tuch zweifelsfrei als Ihrer Tochter Juli gehörig identifiziert«, drückte er sich umständlich in Amtsdeutsch aus.

»Ja, so ist es«, bestätigte Olivia. »Haben Sie sonst noch irgendwelche Fragen an mich?«

»Nein, das wäre im Augenblick alles. Wir melden uns, sobald wir neue Erkenntnisse haben.«

Levi und Olivia verabschiedeten sich von Reiter und traten wieder hinaus auf den Korridor.

»Kennst du diese Familie Hohenwald?«, fragte Olivia, während sie auf den Aufzug warteten.

»Nein, aber vielleicht hat Reiter recht und Rosa war eine Freundin deiner Tochter.«

»Das müsste ich doch wissen.«

»Kinder haben oft kleine Geheimnisse.«

»Das ist kompletter Unsinn.« Olivia verschränkte die Arme vor der Brust.

Langsam gingen sie durch die Eingangshalle hinaus auf den Parkplatz. Levi sperrte seinen Wagen auf und hielt Olivia die Autotür auf.

»Bringst du mich zu meinem Fahrrad?«, fragte Olivia, als sie sich mit einem leisen Seufzer in den Sitz fallen ließ.

»Du solltest dich besser ausruhen. Das ist heute alles etwas viel für dich gewesen«, wandte Levi ein.

»Aber das Radfahren beruhigt mich.«

»Wie du meinst.« Levi startete den Saab. Doch ehe er losfuhr, drehte er sich zu Olivia. »Versprich mir, dass du nicht zu viel über alles nachgrübelst. Du drehst dich nur im Kreis und in deinen Gedanken wird alles nur noch schlimmer.«

»Ich kann mir doch das Denken nicht verbieten«, erwiderte Olivia. »Heute hat sich der Abgrund vor mir wieder geöffnet und ich habe Angst hinabzustürzen.«

»Jeder Mensch hat in so einer Situation diese Gedanken.«

»Du verstehst das nicht. Mein Abgrund ist unendlich tief und dort unten gibt es nur Kälte, Heulen und Zähneknirschen.«

Das stimmte. Levi hatte wirklich kaum eine Ahnung von Olivias Leben. Im Grunde kannte er sie überhaupt nicht. Er wusste nichts über ihre Abgründe.

9

Die spätherbstliche Abendsonne leuchtete auf das Schloss Hohenwald und überzog seine Mauern mit einem blutroten Schimmer. Greta stand mit den Händen in den Taschen ihrer Jeans auf dem Rasen und betrachtete die Familiengruft, die vor über einem Jahrhundert versteckt hinter hohen Bäumen im Schlosspark errichtet worden war. Langsam stieg sie die steinerne Treppe nach oben, strich mit den Fingerspitzen über die Säulen und ging dann in das Innere der Grabstätte, wo steinerne Tafeln ihrer Vorfahren in unterschiedlichen Größen an der Wand hingen. Wie immer hatte Greta ein Gefühl der Beklemmung, wenn sie sich in der Familiengruft aufhielt. Die toten Verwandten waren eine Bürde, die immer schwerer auf den Schultern der Familie lastete. Bald würde auch Rosa einsam in einem Grab in dieser Gruft liegen und dann war ihre Schwester nur noch Vergangenheit.

»Können wir anfangen?«, hörte sie die Stimme von Max. »Ich habe jemanden vom Bestattungsinstitut und natürlich auch Johannes mitgebracht. Es geht schließlich um das Finanzielle.«

»Wie immer«, erwiderte Greta nüchtern.

»Eine wunderbare Grabstätte haben Sie hier«, schwärmte der Bestatter und schritt in seinem engen schwarzen Anzug an den Ahnentafeln entlang. »Wie ich sehe, hatten Sie auch einen Außenminister unter Ihren Vorfahren.«

»Unter anderem. Unsere Familie setzt sich aus interessanten Persönlichkeiten zusammen«, antwortete Greta. »Wie ist Ihr Vorschlag für die Zeremonie?«

»Ich sehe einen Trauerzug die ganze Allee entlangziehen. Der kleine Sarg wird auf einer Lafette von sechs schwarzen Pferden gezogen. Links und rechts gehen uniformierte Pompfüneberer, also Bestatter in Livree, und hier vor der Grabstätte spielt ein Orchester.«

»Dieser ganze Aufwand ist doch sicher sehr teuer?«, warf Max ein.

»Natürlich. Umsonst ist nur der Tod«, sagte der Bestatter und wurde sofort wieder ernst. »Aber mit Verlaub, das sind Sie der Verblichenen und dem Adelstitel Ihrer Familie schuldig.«

»Womit müssen wir konkret rechnen?«, kam Johannes gleich auf den Punkt. »Ich könnte Ballettmädchen aus der Staatsoper organisieren, die als schwarze Schwäne verkleidet sind. Rosa war mein kleiner Lieblingsschwan. Sie war so eine talentierte Ballerina in unserem Jugendensemble.«

»Das alles ist ziemlich niveaulos«, erwiderte Greta.

»Also ich finde, Rosa braucht ein großes Begräbnis mit schwarzen Schwänen aus der Oper. Dazu Streicher, die das Adagio von Albinoni spielen.« Max wandte sich an Johannes. »Was meinst du? Kann sich die Familie das leisten?«

»Natürlich. Es geht hier schließlich um unseren kleinen Engel«, betonte Johannes. »Auch wenn es nicht immer einfach mit ihr war, müssen wir ihr die letzte Ehre erweisen.« Johannes wandte sich an den Bestatter. »Machen Sie mir eine Kostenaufstellung für ein Begräbnis erster Klasse, wie Sie es angedacht haben. Das wäre im Moment alles.«

»Aber sehr gern.« Der Bestatter machte eine tiefe Verbeugung und verabschiedete sich.

»Wer lädt die Trauergäste ein?«, erkundigte sich Greta, als sie wieder alleine waren.

»Ich finde Gäste nicht so wichtig«, meinte Max und knetete seine Hände. »Da mischen sich immer wieder Journalisten darunter.«

»Die kommen sowieso«, erwiderte Greta. »Aber ein großes Begräbnis ohne Trauergäste ist doch irgendwie lächerlich, findet ihr nicht?«

»Ich überlege mir noch, wie wir das handhaben«, bestimmte Johannes. Er kniff die Augen zusammen und ging nach draußen. »Erwartet ihr Besuch?«, fragte er und deutete auf eine Gestalt, die auf einem Fahrrad die Allee zum Schloss hinaufradelte.

»Ich sehe einmal nach, wer da kommt«, sagte Greta. Sie stieg die Treppe hinab und lief über die Wiese. Kurz vor dem gekiesten Schlosshof erreichte sie die Radfahrerin.

»Ist das Schloss Hohenwald? Bin ich hier richtig?«, fragte die Radlerin. Es war eine Frau mit kurzen schwarzen Haaren, die einen Rucksack auf dem Rücken trug. Ihr Gesicht wirkte eingefallen, so als hätte sie gerade Kummer erfahren, und ihr Blick war von großer Traurigkeit.

»Ja! Was kann ich für Sie tun?«, fragte Greta und schob sich ihre Mütze aus der Stirn.

»Ich bin Olivia Hofmann. Entschuldigen Sie, dass ich so einfach hier hereinplatze, aber es ist wichtig«, sagte die Frau, noch immer völlig außer Atem.

Bei der Erwähnung des Namens zuckte Greta kurz zusammen. Unauffällig musterte sie Olivia von oben bis unten.

»Was gibt es denn Wichtiges?«, fragte sie gedehnt. »Ich bin übrigens Greta Hohenwald.«

»Sehr angenehm. Ich muss Sie unbedingt etwas fragen.«

»Was wollen Sie wissen? Über den Tod unserer kleinen Schwester geben wir keine Informationen an Fremde.«

»Das verstehe ich. Ich brauche bloß eine Auskunft«, ließ Olivia nicht locker. »Dann bin ich auch schon wieder weg.«

»Gehen wir ein wenig spazieren, dann können Sie mich fragen«, lenkte Greta ein.

»Gute Idee«, antwortete Olivia und lehnte ihr Fahrrad an einen Alleebaum.

Von der Familiengruft hörte Greta plötzlich Gemurmel und als sie sich umdrehte, sah sie Johannes mit dem Handy am Ohr über den Rasen kommen.

»Johannes Arnheim«, sagte er und knallte die Hacken zusammen wie ein Soldat. »Und wer ist diese schöne Frau?«

»Ich bin Olivia Hofmann. Arnheim? Sind Sie nicht der Direktor der Wiener Staatsoper?«, fragte Olivia überrascht.

»Genau der bin ich. Was können wir für Sie tun, Frau Hofmann?«, erkundigte sich Johannes neugierig.

»Die Dame hätte gern eine Auskunft«, antwortete Greta an Olivias statt. »Das erledige ich.«

»Ganz wie du meinst.« Johannes knöpfte sein Jackett zu. »Ich habe einige Termine in der Stadt und Max fährt mich. Wir müssen noch Details für die Beisetzung besprechen.«

»Sie meinen das Begräbnis von Rosa«, sagte Olivia, als Johannes außer Hörweite war.

»Ja, genau. Woher wissen Sie davon?«

»Ich war heute bei der Kriminalpolizei.«

»Sie sprechen in Rätseln. Kommen Sie bitte auf den Punkt.«

Während sie den Schotterweg an der Allee entlangspazierten, fragte Greta erneut: »Also, was genau möchten Sie von mir wissen?«

»Das zeige ich Ihnen gleich. Deswegen bin ich hier.« Olivia zog ihr Handy aus der Tasche ihrer Lederjacke und wischte mit dem Finger über das Display. Dann hielt sie Greta das Gerät entgegen.

»Das ist ein Halstuch«, stellte Greta ungerührt fest.

»Genau, das ist das Halstuch meiner Tochter Juli. Man hat es in der Kleiderschürze Ihrer toten Schwester Rosa gefunden. Wissen Sie vielleicht, wie es dahin gekommen ist?«

»Nein. Es tut mir leid, aber ich kann mich nicht an dieses Halstuch erinnern.« Greta schob sich ihre Mütze tiefer in die Stirn.

»Die Polizei meint, dass Rosa und meine Tochter Juli vielleicht Freundinnen waren.«

»Ich kenne keine Juli«, erwiderte Greta und trat einen Schritt zurück.

»Vielleicht hat meine Tochter ja ihren Namen nicht genannt. Warten Sie, ich zeige Ihnen ein anderes Foto.« Wieder wischte Olivia über das Display, bis sie endlich die gewünschte Aufnahme gefunden hatte. »Das ist meine Tochter.«

Mit konzentriertem Blick griff Greta nach dem Handy und betrachtete das Foto. Das Mädchen darauf war sehr hübsch, mit dunklen Haaren und blauen Augen. Die schönen Augen hatte sie offensichtlich vom Vater, der ebenfalls auf dem Bild zu sehen war.

Hastig gab sie Olivia das Handy zurück. »Nein, leider, das Mädchen habe ich noch nie gesehen.«

»Und was ist mit dem Mann?«, fragte Olivia weiter.

»Nein, auch der ist mir unbekannt«, gab Greta knapp zurück. »Warum fragen Sie eigentlich Ihre Tochter nicht selbst, was es damit auf sich hat?«

»Das geht leider nicht.« Mit einem Mal wirkte Olivia niedergeschlagen und die Energie von vorhin war wie weggefegt. »Juli ist seit über fünf Jahren verschwunden.«

»Oh, wie schrecklich«, antwortete Greta. »Glauben Sie, dass Sperl auch damit etwas zu tun hat?«

»Dafür sieht die Polizei noch keine ausreichenden Indizien«, antwortete Olivia.

»Sperl ist alles zuzutrauen. Er hat oft mit Rosa gespielt und sie manipuliert. Leider haben wir das zu spät erkannt«, erzählte Greta.

Olivia nickte nur stumm und bemerkte, dass sie im Kreis rund um das Schloss gegangen waren. Ihr Fahrrad lehnte noch am Baum und Greta griff nach dem Lenker.

»Eins noch: Was war Rosa für ein Mädchen? Ich habe bei der Polizei auf der Pinnwand ein Foto von ihr gesehen und ich kann ihren Blick nicht mehr vergessen«, fragte Olivia.

»Rosa war Rosa. Sie war ein sehr aufgewecktes und fröhliches Kind. Manchmal wollte sie einfach zu viel wissen, aber das war ihr Naturell. Unsere Familie wollte immer nur das Beste für sie. Das müssen Sie mir glauben. Entschuldigen Sie, aber ich habe die Verantwortung für das Begräbnis und muss mich um einiges kümmern.«

»Dann will ich Sie nicht weiter belästigen.«

»Wir können Ihnen wirklich nicht weiterhelfen. Es gibt noch viel zu tun mit den Vorbereitungen.« Greta streckte Olivia die Hand entgegen. »Fahren Sie vorsichtig. In dieser Gegend gibt es viele undisziplinierte Autofahrer, die ihre Fahrzeuge nicht immer unter Kontrolle haben.«

»Danke für den Tipp und Ihre Zeit.«

Olivia nahm das Fahrrad und schob es langsam die Allee hinunter. Greta starrte ihr hinterher, bis sie durch das Tor ging und aus ihrem Blickfeld verschwand. Mit aller Kraft verdrängte sie die düsteren Gedanken, die im Begriff waren, sich ihrer zu bemächtigen.

10

Olivia radelte gedankenversunken zurück nach Wien. In ihrem Inneren brannte ein grausamer Schmerz. Es fühlte sich an, als würden Tausende Nadeln in den Eingeweiden tanzen und versuchen, mit ihren Spitzen durch die Haut hindurch ins Freie zu gelangen.

Wie besessen radelte sie neben der Schnellstraße entlang und dachte an die Fotos von Rosa und Sperl, die sie auf der Pinnwand in Reiters Büro gesehen hatte. Sperl hatte den Mord an Rosa gestanden, aber nie erwähnt, wo er die Leiche versteckt hatte. Das war aus psychologischer Sicht sehr ungewöhnlich. Normalerweise befreien sich Täter mit einem Geständnis von ihrer Schuld. Diese Tatsache hatte Olivia als psychiatrische Gerichtsgutachterin schon öfter festgestellt. *Doch dazu gehört auch, dass man die Polizei selbst an den Tatort führt, nur so kann der Täter auf Vergebung hoffen*, dachte sie. Im Fall von Sperl war dieser psychologische Prozess auf halber Strecke zum Erliegen gekommen und dann nicht wieder aufgenommen worden. Wozu also sein Geständnis, wenn er sich dadurch trotzdem nicht von seiner Schuld befreite?

»Sie leben!« Wie ein Mantra murmelte Olivia diesen Satz, als sie die Stadt erreichte. »Michael und Juli leben.« Je heftiger sie in die Pedale trat, desto schneller rasten die Worte durch ihren Kopf, bis sie sich überschlugen, ineinander verhakten und sich zu einem unentwirrbaren Knoten verwoben. Dann tauchte das rosa Halstuch wieder in ihren Gedanken auf und sie erinnerte sich an den Tag, an dem sie es gekauft hatte.

Juli zerrte sie ganz aufgeregt in die Kinderabteilung des Kaufhauses, denn sie hatte im Schaufenster einen rosa Pullover gesehen. Die Luft in dem Warenhaus war stickig, durch die Fenster knallte die Sonne herein und verwandelte die ganze Abteilung in einen Backofen.

»Mama, ich will den rosa Pullover probieren«, tönte es aus der Umkleidekabine.

»Gleich, mein Schatz!«, sagte Olivia und suchte hektisch zwischen den Pullovern nach dem richtigen Teil. »Hier hast du ihn!«

»Aber Mama, nicht den mit dem Pferd. Ich will einen mit einem Hund«, sagte Juli und zog eine Schnute.

Olivias Handy piepste. Gehetzt kramte sie es aus ihrem Rucksack.

»Mama, krieg ich jetzt den Pulli mit dem Hund?«

»Einen Moment, mein Schatz«, antwortete Olivia abwesend und las die Nachricht auf dem Display. Wann bekomme ich die Fallanalyse? *»Oh verflixt, ich habe vergessen, den Bericht für Ulf zu schreiben«, murmelte sie.*

»Wo ist der Pullover mit dem Hund?«, fragte Juli und stapfte im Unterhemd aus der Garderobe.

»Ich bringe ihn dir gleich, Schatz.« Hastig steckte Olivia das Handy weg und dachte daran, dass sie in einer Stunde in der Praxis sein musste, um den Bericht zu schreiben.

»Bleib schön in der Garderobe«, sagte sie zu ihrer Tochter. Schnell eilte Olivia zu dem Regal und suchte nach einem Pullover mit Hundemotiv.

»Ich mag das Pferd lieber«, meinte Juli, nachdem sie den Hunde-Pullover anprobiert hatte.

»Eine gute Wahl«, sagte Olivia erleichtert. Sie griff nach ihrem Handy und versuchte, Michael zu erreichen. »Wo bist du denn?«, sprach sie auf die Mailbox. Da fiel ihr ein, dass Michael für den Nachmittag ein Bewerbungsgespräch vereinbart hatte. Also konnte er Juli nicht abholen.

»Du kannst heute bei mir in der Praxis bleiben«, sagte sie.

»Juhu! Da kann ich malen.« Juli klatschte in die Hände.

Mit dem Aufzug fuhren sie ins Erdgeschoss. Zum Glück war an der Kasse wenig Betrieb und sie mussten nicht lange warten.

»Mama, sieh mal, das rosa Tuch«, rief Juli entzückt. »Bekomme ich das bitte?«

»Ausnahmsweise«, sagte Olivia, die keine Zeit mehr für lange Diskussionen hatte, und griff nach dem Halstuch. Es war ein rosa Stoff, auf den blaue Schmetterlinge gedruckt waren. »Aber jetzt müssen wir uns beeilen.«

Vor dem Kaufhaus wählte sie erneut Michaels Nummer. Wieder kam sie nur auf die Mailbox. Ist das ein gutes oder schlechtes Zeichen, wenn ein Bewerbungsgespräch so lange dauert?, dachte sie etwas irritiert.

»Taxi!«, rief sie und winkte einen Wagen heran. Sie verfrachtete Juli auf die Rückbank und setzte sich daneben. »In die Bergstraße.« In Gedanken formulierte sie bereits ihren Bericht an den Supervisor, während Juli ein Kinderlied sang. Das Taxi stoppte vor dem Haus und Olivia stieg mit ihrer Tochter aus. In der Praxis war es angenehm kühl. Olivia schaltete sofort den Computer ein und begann zu tippen.

»Mama, was ist eine Familienstellung?«, fragte Juli, die mit dem neuen Halstuch auf dem Boden saß und mit Playmobilfiguren spielte.

»Das heißt Familienaufstellung. Woher hast du dieses Wort?«

»Du hast es gerade beim Tippen gemurmelt.«

»Schatz, das macht man, um Konflikte in der Familie zu lösen.«

»Was sind Konflikte?«

»Wenn man streitet.«

»So wie du und Papa?«

»Das ist etwas anderes«, antwortete Olivia spontan, dachte aber zugleich, dass Juli vielleicht recht hatte.

Endlich hatte Olivia den Bericht verschickt und sie atmete erleichtert auf. Sie versuchte erneut, Michael zu erreichen, aber wieder war nur seine angenehme Stimme zu hören, die darum bat, eine Nachricht zu hinterlassen.

»Wir sind beim Italiener. Hol uns doch bitte ab«, sprach sie ihm auf die Mailbox.

In der Trattoria futterte Juli eine Erwachsenenportion Spaghetti. Das rosa Halstuch mit den blauen Schmetterlingen hatte sie wie eine Bäuerin um ihre Haare gewickelt.

»Wo bleibst du nur?«, fragte Olivia leise, als Michael auch nach zwei Stunden nicht auftauchte und auf die Anrufe nicht reagierte.

Als es draußen schon dunkel wurde, hatte Olivia genug vom Warten und sie ging mit Juli nach Hause. Irgendwann mitten in der Nacht hörte sie, wie jemand leise in die Wohnung schlich. Angespannt lauschte sie und hörte Schritte, die sich dem Schlafzimmer näherten. Die Tür öffnete sich und Michael trat ein. Schnell schloss Olivia die Augen und stellte sich schlafend. Michael legte sich stumm wie ein Fisch neben sie. Er roch nach Wein und war ihr plötzlich fremd. Am nächsten Morgen erwähnte Michael mit keinem Wort, wo er gewesen war. Und Olivia vergaß in der Hektik einfach, ihn zu fragen.

Olivia hatte keine Ahnung, wie lange sie mit ihrem Fahrrad unterwegs gewesen war. Schneller als erwartet stand sie vor dem eleganten Gründerzeithaus in der Porzellangasse, wo ihr Vater Leopold eine große Wohnung hatte, die seit Kurzem auch ihr Zuhause war.

Lange kramte sie in ihrem Rucksack herum, aber sie konnte den Schlüssel nicht finden. Die Anspannung des Tages war zu viel für sie gewesen. Deshalb klingelte sie und wartete, dass die Pflegerin öffnete.

»Guten Abend, Erna«, sagte Olivia, als sie eintrat.

Die Wohnung von Leopold war weitläufig, mit Zimmerfluchten, wie sie heute nicht mehr gebaut wurden. Als Leopolds Frau Flora noch lebte, hatten die beiden oft Gäste, die in dem großen Salon bis in die frühen Morgenstunden über psychiatrische Tendenzen oder den Zustand der Welt debattierten. Doch mit dem Tod von Flora und der Alzheimer-Erkrankung von Leopold reduzierte sich sein Lebensraum auf wenige Räume. Das Arbeitszimmer, die Küche und ein Kabinett, in dem er schlief. In dem großen Salon hatte sich Olivia eingerichtet, während die restlichen Zimmer langsam in Vergessenheit gerieten und verstaubten.

»Wie geht es meinem Vater?«, fragte Olivia und stellte ihren Rucksack in die Garderobennische.

»Heute ging es Ihrem Vater viel besser, Frau Doktor. Er hat sich in sein Arbeitszimmer gesetzt und ist alte Krankenakten durchgegangen. Er möchte mit seiner Frau wieder in die Krankenstation am Amazonas zurückkehren«, berichtete Erna. »Ich habe ihn in dem Glauben gelassen.«

»Mein Vater will es einfach nicht wahrhaben, dass Flora schon einige Jahre tot ist. Er lebt in seiner eigenen verschlossenen Welt. Manchmal beneide ich ihn darum«, antwortete Olivia mit müder Stimme. Gemeinsam gingen sie nochmals die Einkaufsliste für den morgigen Tag durch, dann klopfte Olivia an die Tür des Arbeitszimmers.

»Papa, ich bin's, Olivia. Darf ich hereinkommen?«

»Olivia, wie geht es dir?«, fragte Leopold erstaunt und betrachtete seine Tochter, als hätte er sie lange nicht mehr gesehen. »Wie lieb von dir, dass du mich mal besuchen kommst. Wie geht es Michael und meiner kleinen Juli?«

Olivia verkniff sich eine Antwort, stattdessen nahm sie Leopold an der Hand und führte ihn in die geräumige Wohnküche, wo Erna bereits das Abendessen hergerichtet hatte.

»Was haben Sie heute Gutes gekocht? Ich habe den ganzen Tag noch nichts gegessen.«

»Es gibt ein richtiges Wiener Kartoffelgulasch. Eine Lieblingsspeise Ihres Vaters«, antwortete Erna und stellte je einen vollen Teller für Olivia und Leopold auf den Tisch.

»Das schmeckt ihm sicher vorzüglich. Erna, haben Sie schon mein Zimmer gesehen? Langsam ist es wohnlich eingerichtet.«

»Nein. Sie haben es mir noch nie gezeigt. Wollen Sie dauerhaft hier wohnen? Überlegen Sie sich das gut, Frau Doktor. Es ist kein Honigschlecken, mit einem dementen Menschen unter einem Dach zu leben«, warnte sie die Pflegerin.

»Zum Glück ist die Wohnung groß und wir kleben nicht aufeinander«, sagte Olivia leise und stand auf. Leopold saß mit einer weißen Serviette um den Hals am Küchentisch und löffelte geschäftig das Gulasch.

Olivia ging mit Erna durch den Korridor auf zwei hohe Flügeltüren zu. In dem weitläufigen Raum mit dem grünen Kachelofen in der Ecke und dem ausladenden Lüster in der Mitte stand bereits ein Kleidergestell, auf dem Olivias Röcke, Hosen und Blusen hingen. In einer Ecke hatte sie ein Futonbett untergebracht, und vor einem der französischen Fenster war ein moderner Schreibtisch platziert. Die hohen Fenstertüren, die hinaus auf einen kleinen Balkon führten, standen weit offen. Autolärm und Stimmengewirr drangen gedämpft herein.

»Ist es hier nicht ein bisschen zu laut zum Schlafen?«, fragte Erna, als sie hinaus ins Freie traten und hinunter in die Porzellangasse blickten, wo gerade eine Straßenbahn vorbeifuhr.

»Ich mag diese Geräusche«, sagte Olivia. »Das ist beruhigend und ich fühle mich nicht so alleine.«

»Sie sollten mehr unter die Menschen gehen und wieder Freude am Leben finden«, riet ihr Erna in ihrer fürsorglichen Art.

»Wenn das so einfach wäre. Ich kann meinen Vater nur stundenweise alleine lassen«, meinte Olivia und ging wieder hinein.

»Warum schlafen Sie eigentlich im Salon und nicht in Ihrem alten Kinderzimmer?«, fragte Erna, während sie ihre Tasche packte.

»Das ist völlig ausgeschlossen«, erwiderte Olivia mit einem Anflug von Panik. »Ich hätte dann immer das Gefühl, als wäre ich nie aus dem Schatten meiner Eltern getreten und würde nicht auf eigenen Füßen stehen.«

Nachdem sich Erna verabschiedet hatte, setzte sich Olivia zu ihrem Vater an den Küchentisch.

»Was hältst du davon, wenn ich uns als Dessert noch eine Heiße Liebe zubereite, so wie wir das früher immer gemacht haben?«, schlug sie vor und streichelte die Hand ihres Vaters. Schnell stand sie auf und holte die nötigen Utensilien aus diversen Schränken, dann eine große Packung Vanilleeis und ein Säckchen mit Himbeeren. Während sie das Eis portionierte und die Himbeeren in einer kleinen Schale aufwärmte, redete sie weiter: »Beeren sind gut für dich. Sie enthalten viele Vitamine und stärken dein Immunsystem. Ich möchte in Zukunft wieder öfter für uns kochen. Das ist eine gute Therapie zum Abschalten.«

Als sie alles fertig zubereitet hatte, garnierte sie die Eisbecher noch mit etwas Schokoladensauce und stellte sie auf den Küchentisch.

»Lass es dir schmecken, Papa«, munterte sie Leopold auf, der plötzlich wie teilnahmslos am Tisch saß. Er blickte sie eine Weile mit leeren Augen an, dann huschte ein Lächeln über sein Gesicht und gehorsam griff er nach dem Löffel.

»Du bist eine exzellente Köchin«, sagte er und tätschelte Olivias Hand.

»Ach, das stimmt doch gar nicht«, winkte Olivia ab und für einen kurzen Augenblick verschwanden die negativen Gedanken aus ihrem Herzen.

Als Leopold den Eisbecher leer gegessen hatte, legte er den Löffel beiseite und blickte Olivia sichtlich zufrieden an. »Hast du wieder eine Postkarte bekommen? Wo sind Juli und Michael diesmal im Urlaub? Es ist nicht sehr lieb von ihnen, ohne dich zu fahren«, sagte Leopold mit völlig normaler Stimme.

Perplex starrte Olivia ihren Vater an.

»Nein, das ist nicht nett von den beiden«, antwortete sie mühsam beherrscht und musste an die Postkarten denken, die sie jedes Jahr bekam, immer mit dem mysteriösen Satz »Es tut mir leid«. Wieder brach alles über ihr zusammen und sie spürte, dass sie taumelte, sich mühsam eine Balance erkämpfen musste, um nicht in den schwarzen Abgrund zu stürzen. Verbissen ging sie dagegen an und versuchte sich abzulenken. Langsam stand sie auf und räumte das Geschirr in die Spüle. Begann Teller und Besteck abzuwaschen, dabei summte sie ein brasilianisches Volkslied, das ihre Mutter immer gesungen hatte. Hinter sich hörte sie mit einem Mal die dunkle Stimme von Leopold, der in den Refrain einfiel.

Beide sangen sie aus Leibeskräften und als Leopold mit einem Löffel den Rhythmus auf der Tischplatte trommelte, drehte sich Olivia im Sambafeeling durch die Küche, wie sie es als Kind bei Flora so oft gesehen hatte. Sie genoss diesen seltenen glücklichen Moment mit ihrem Vater, und tief im Inneren wusste sie, dass auch diese Lichtblicke bald verschwinden würden. Völlig erhitzt und außer Atem ging sie zum Kühlschrank und holte eine angebrochene Weißweinflasche heraus. Sie goss sich ein Glas voll und setzte sich wieder zu ihrem Vater.

»Du hast recht, Papa. Es ist wirklich nicht schön, dass sie uns ganz alleine gelassen haben.«

11

FÜNF JAHRE ZUVOR

Drei Monate vor Rosas Tod

Das obere Stockwerk des Schlosses wird schon lange nicht mehr genutzt. Der Holzboden knackt bei jedem Schritt verdächtig laut und es besteht die Gefahr, dass man durch die morschen Bretter bricht.

Die Geschwister Hohenwald haben den riesigen Spiegelsaal in einen provisorischen Trainingsraum umfunktioniert, damit Rosa dort jeden Tag üben kann. Und sie muss täglich mehrere Stunden trainieren, damit sie die Zukunft der Familie sichert. Rosa ist mit ihren acht Jahren außerordentlich talentiert. Sie ist viel begabter als ihre ältere Schwester Alma. Die beiden Mädchen werden von Johannes Arnheim, dem Vizedirektor der Staatsoper, persönlich betreut.

Rosa kommt in den Spiegelsaal. Sie ist blass und die Zehen ihrer nackten Füße sind rot. Jeder aus der Familie weiß, dass es eingetrocknetes Blut ist. Rosa muss beim Ballett-Training oft auf den Zehenspitzen balancieren. So lange, bis die Nägel brechen und das Blut die seidenen Ballettschuhe ruiniert.

Dutzende dieser blutbefleckten Schuhe liegen bereits in einem der Zimmer.

Alma sitzt am Klavier und spielt eine Melodie, zuerst langsam, dann wird ihr Anschlag immer härter und sie steigert das Tempo. Rosa steht vor einem wandhohen Spiegel und hat ein Bein auf der Übungsstange liegen. Sie trägt ein rosa Tutu und beugt den Oberkörper so weit nach vorne, dass ihre Stirn den Unterschenkel berührt. Wenn die Melodie es verlangt, dreht sie sich mit einer schnellen Bewegung um und springt in die Mitte des Zimmers. Noch immer sind ihre Zehen mit aufgeplatzten Blasen übersät, aber Greta hat ihr eine pflanzliche Salbe daraufgeschmiert, um den Schmerz zu lindern. Rosa macht ein, zwei Drehungen und sackt plötzlich auf dem Boden zusammen.

»Ich mag nicht mehr«, stöhnt sie und massiert mit den Händen ihre schmerzenden Füße. »Alles tut weh.«

»Wie stellst du dir das vor, Rosa?«, sagt Alma. Sie hört mit dem Klavierspiel auf und faltet ihre Hände im Schoß. »Du kannst doch jetzt nicht schlappmachen.«

»Ich möchte endlich eine Pause machen und ein bisschen nach draußen gehen«, bettelt Rosa.

»Ich weiß nicht so recht«, antwortet Alma zögernd und blickt zu Greta.

»Rosa, sieh mich an«, sagt Greta.

Gehorsam dreht sich Rosa zu ihrer großen Schwester.

»Du willst doch nicht so enden wie Papa?«, fragt Greta vorwurfsvoll und sieht das kleine Mädchen in dem rosa Tutu unverwandt an.

»Nein«, antwortet Rosa kleinlaut.

»Papa ist oben im Himmel und schaut uns genau zu. Er will, dass du das für die Familie tust«, spricht Greta ruhig weiter. »Nur wenn jeder von uns seine Pflicht erfüllt, dann wird es uns weiterhin gut gehen.«

»Aber Rosa braucht auch einmal eine Pause!« Alma klappt den Deckel des Klaviers herunter und geht auf ihre kleine Schwester zu.

»Komm, du darfst jetzt mit deinen Puppen spielen«, sagt sie und hockt sich zu Rosa auf den Boden. »Als ich so alt war wie du, musste ich auch immer tanzen. Aber seit Papas Tod ist das vorbei. Und irgendwann wird es auch für dich vorübergehen.«

»Lass diese alten Geschichten«, weist Greta ihre jüngere Schwester zurecht. »Damit soll sich Rosa nicht belasten.«

»Papa hat sich erschossen«, platzt Rosa altklug heraus.

»Es war ein Unfall«, korrigiert Alma sie. »Papa hat sich aus Versehen getötet. Das hat auch die Polizei gesagt.«

»Das stimmt, aber wie konnte eine echte Patrone in die Sarajewo-Pistole gelangen, als Vater wieder mit dem Psychospiel begonnen hat?«, fragt Greta.

»Das war eben einfach Schicksal«, erwidert Alma versonnen und streckt Rosa die Hände entgegen. »Komm, Rosa, du sollst dich nicht mit diesen Dingen beschäftigen. Mach jetzt eine Pause und spiel lieber mit deinen Puppen.«

»Habt ihr denn überhaupt kein Pflichtbewusstsein?« Greta tritt in die Mitte des Raums und stemmt die Fäuste in die Hüften. »Ich trage hier die Verantwortung. Keiner von uns verdient Geld, wovon, glaubt ihr, sollen wir leben?«, sagt sie und dreht sich dann zum Spiegel. Greta ist hübsch, aber ihre Züge sind südländisch und das stört sie. Deshalb trägt sie auch ihr schwarzes gelocktes Haar unter einer Mütze verborgen. Sie leidet darunter, dass sie nicht so aussieht wie Alma oder Rosa, die beide helle zarte Gesichter und feines blondes Haar haben. Aber das wird sie niemals zugeben.

»Johannes finanziert unser Leben, deshalb musst du auch tun, was er will. Hast du das verstanden, meine Kleine?« Greta wendet sich von ihrem Spiegelbild ab und fasst Rosa unter den

Achseln. Mit einem Schwung hebt sie ihre kleine Schwester in die Höhe, küsst und umarmt sie. Dann dreht Greta sich mit ihr im Kreis.

»Spiel für uns, Alma«, ruft Greta, und gehorsam setzt sich Alma wieder an das Klavier und spielt einen Abba-Song.

Rosa ist sehr dünn und ein Fliegengewicht. Greta kann sie mit Leichtigkeit in die Höhe werfen, wieder auffangen und mit ihr im Zimmer herumwirbeln. Als das Lied zu Ende ist, stellt Greta ihre kleine Schwester wieder auf den Boden, knufft und zwickt sie spielerisch in die Hüften, sodass Rosa vor Freude laut kreischt.

»Natürlich kannst du nach draußen in den Park gehen und dort mit deinen Puppen spielen. Niemand hält dich davon ab, mein Liebling«, sagt Greta und macht dazu ein ernstes Gesicht. »Aber du weißt auch, dass die Familie auf dich zählt.«

»Was meinst du damit?«, fragt Rosa schüchtern und ihre gute Laune ist wie weggeblasen.

Greta nimmt Rosa an der Hand und führt sie zu einem der bodentiefen Fenster. »Schau hinaus in den Park. Das alles ist verloren, wenn du nicht deinen Beitrag leistest. Dann können wir auch nie wieder unseren Spaß haben, so wie eben. Das wäre doch traurig.«

»Was soll ich also tun?«, fragt Rosa und blickt ängstlich zu ihren beiden Schwestern.

»Wir zwingen dich nicht, Rosa-Schatz«, winkt Alma ab und streicht sich die langen blonden Haare zurück. Alma ergreift niemals die Position von Rosa, wenn Greta anderer Meinung ist. Für sie muss die Welt rosig und lieblich sein. »Du bist alt genug, um selbst herauszufinden, was wichtiger ist. Die Familie oder deine Puppen.«

»Wieso kann ich nicht ein ganz normales Mädchen sein?«, fragt Rosa traurig, während sie aus dem Fenster sieht. Im Park leuchten die Blumen, und die Äste der Bäume wiegen sich sanft im Wind. Sie beobachtet ihren Bruder Max, der gerade mit einer Schubkarre ein Sofa zu einem Lieferwagen karrt. Seit Vater tot ist, verkauft Max das Mobiliar an Trödler aus ganz Wien. Plötzlich verdeckt eine dunkle Wolke die Sonne und ein Schatten legt sich über das Schloss. Es ist, als wüsste der Himmel, dass sich bald ein drohendes Unheil über Rosa zusammenbraut.

12

Levi gingen viele Gedanken durch den Kopf, als er am Abend von der Polizeiakademie in seine Wohnung im zweiten Bezirk fuhr. *Wie stark und tapfer Olivia gewesen ist. Und doch so furchtbar einsam*, dachte er. Jeder Mensch braucht eine Insel, einen Rückzugsort, von dem er die Welt aussperren kann. Levi besaß diesen Ort, aber Olivia hatte ihn vielleicht verloren.

Das Glück war auf Levis Seite, denn er fand auf Anhieb einen freien Parkplatz direkt vor seiner Haustür. Levi packte die Unterlagen seiner Studenten und stieg aus dem Saab. Insgeheim freute er sich bereits darauf, zu Hause weiterzuarbeiten, eingehüllt in einen Kokon aus Tönen, die aus dem Musikzimmer von Rebecca, seiner Frau, kamen.

Als er die Eingangstür zu seiner Wohnung öffnete, war etwas anders. Es fehlte die Musik. Es fehlten die Melodien, die ihn wie so oft bereits an der Wohnungstür begrüßten. Es fehlten die Töne, die ihn umringten, um schließlich wieder ins Musikzimmer zurückzukehren, wo Rebecca diese herrlichen Klänge am Klavier hervorzauberte. Doch heute war es kalt und still in der Wohnung.

»Rebecca? Bist du da?«, rief er und ging sofort in das Musikzimmer. Doch das Klavier war geschlossen und die Notenblätter fehlten. Auf dem kleinen Glastischchen lag Rebeccas Kette mit der Miniatur-Mesusa, die in einer Kapsel aus Silber steckte. Rebecca hatte die winzige Pergamentrolle als Glücksbringer von ihrer Mutter, einer orthodoxen Jüdin, erhalten. Levi nahm die Silberhülse in die Hand und betrachtete sie. Durch eine schmale Öffnung konnte man das hebräische Wort »Shadai« lesen, »Hüter der Tore Israels«. Er erinnerte sich an Erzählungen seiner Großmutter Esther. In ihrer Wohnung gab es eine Mesusa an der Eingangstür, die man jedes Mal berühren musste, wenn man hinausging, damit einen das Glück nicht verließ.

»Wahrscheinlich ist sie noch bei Noah zum Üben«, sagte Levi zu sich, während er in sein Arbeitszimmer ging. Noah war ein junger Impresario, der Rebecca einen Konzertauftritt in Salzburg verschafft hatte. Noch vor einiger Zeit hatte seine Frau an ihren Fähigkeiten gezweifelt und war mit ihrem Job als Klavierlehrerin unzufrieden gewesen. Aber seit sie den jungen Noah kannte, hatte sie ihr Selbstbewusstsein wiedererlangt. Außerdem gefiel Rebecca, dass sich Noah in der jüdischen Kultusgemeinde engagierte. Immer wieder hatte sie mit Levi lange Diskussionen geführt, warum er als Jude die Traditionen seiner Glaubensgemeinschaft nicht lebte. Wenigstens hatte sie ihn so weit gebracht, dass er nur noch koscheres Fleisch aß.

Seufzend setzte sich Levi an den Schreibtisch und blätterte in den Berichten, die seine Studenten von der Tatortbesichtigung in dem Tunnel verfasst hatten. Doch er konnte sich einfach nicht konzentrieren. Es fehlte ihm die Musik, die ihn sonst immer zur Ruhe kommen ließ.

Seine Gedanken schweiften zurück zu dem Mörder Andreas Sperl und seiner merkwürdigen Botschaft »Ich verzeihe dir« an den Wänden. Reiter hatte ein Foto auf seinem

Schreibtisch liegen gehabt, das die Zelle von Sperl zeigte. Sie wirkte beklemmend, das lag vor allem an den vollgekritzelten Mauern, die aufgrund Sperls krakeliger Handschrift ein unruhiges Eigenleben führten. Sperl verweigerte jede Auskunft dazu, und Reiter schien das auch nicht weiter zu beschäftigen. Für ihn war der Fall mit dem Fund von Rosas sterblichen Überresten abgeschlossen.

Aber es gab noch das Halstuch von Olivias Tochter. Vielleicht fand man darauf Spuren von Sperl und konnte beweisen, dass er auch mit Juli zumindest in Kontakt gewesen war. Und dieser Sache wollte er sofort auf den Grund gehen. Kurz entschlossen stand er auf und ging hinaus auf den Flur. Er griff nach Sakko und Autoschlüssel und verließ die Wohnung.

Über die Rossauer Brücke fuhr er zunächst hinauf in den neunten Bezirk und dann weiter, bis er die Gerichtsmedizin erreicht hatte. Er stellte seinen Wagen auf dem Parkplatz ab und ging zu dem Portier am Eingang.

»Inspektor Kant«, sagte er selbstsicher und hielt dem Mann seinen Ausweis der Polizeiakademie entgegen. »Ich muss in die Gerichtsmedizin.«

»Nur zu!« Der Portier blätterte weiter in einem Magazin, ohne einen Blick auf den Ausweis zu werfen, sodass Levi ungehindert passieren konnte.

Wie damals, während seiner aktiven Zeit, stieg er die Treppe in den Keller hinunter, wo ihm der altvertraute Geruch nach Formaldehyd und Lösungsmittel entgegenschlug. Die metallenen Kühlkästen, in denen die zu obduzierenden Leichen gelagert wurden, glänzten im Neon und spiegelten Levis Umrisse.

Als er den großen Obduktionssaal betrat, sah er einen Mann mit grauen Haaren und einer großen schwarzen Brille, der sich über einen Metalltisch beugte und mit einer glänzenden Zange hantierte. Aus einem Lautsprecher ertönte gerade ein Klavierstück von Max Richter, dessen perlende Melodie einen krassen Gegensatz zu dem Skelett bildete, das auf dem blanken Stahltisch lag.

»Wie geht's dir, Grünberg?«, fragte Levi. Er war erleichtert gewesen, als er von Reiter hörte, dass Grünberg die Obduktion vornahm. Mit ihm hatte Levi während seiner Zeit als Inspektor immer gut zusammengearbeitet und war jedes Mal aufs Neue erstaunt über dessen messerscharfe Obduktionsergebnisse. Die Berichte von Grünberg hatten mehr als einmal entscheidend dazu beigetragen, einen Täter zu überführen. Mit den Jahren hatte er eine Art freundschaftliches Verhältnis zu dem Gerichtsmediziner aufgebaut.

»Levi Kant, das ist aber eine Überraschung«, sagte Grünberg erfreut, drehte sich um und nahm seine Brille ab. »Bist du jetzt wieder im aktiven Polizeidienst?«, fragte er neugierig.

»Nicht direkt«, erwiderte Levi ausweichend, »ich analysiere mit meinen Studenten Cold Cases.«

»Das hier ist aber kein unaufgeklärter Fall.« Grünberg legte die Zange beiseite. »Das ist Rosa Hohenwald. Ihr Mörder wurde vor fünf Jahren verurteilt, aber erst jetzt hat man ihre Leiche gefunden.«

»Ich weiß. Hast du schon herausgefunden, wie die kleine Rosa gestorben ist?«, fragte Levi.

»Sie wurde erwürgt«, antwortete Grünberg. Er beugte sich über den verwitterten Schädel und winkte Levi zu sich. »Hier, siehst du das Zungenbein? Der Knochen ist gebrochen.«

»Wie lange ist die Leiche denn bereits vergraben gewesen?«, fragte Levi und betrachtete die bleichen Knochen, die auf dem Metalltisch lagen und im gnadenlosen Licht der Neonlampen fahl schimmerten. *So wenig bleibt übrig, wenn ein Mensch gestorben ist*, dachte er. *Nichts weiter als ein Haufen Knochen.*

»Ich würde sagen, so um die fünf Jahre. Novak, unser Kriminalbiologe, macht noch eine Analyse der Bodenproben. Die Erdbrocken neben der Leiche sind trocken und darin habe ich Chitinhüllen von Käferlarven gefunden. Dadurch lässt sich der Zeitraum noch weiter eingrenzen. Einige Wurzeln haben sich um die Knochen geschlungen, auch damit kann man die Zeit bestimmen.«

»Was ist mit dem Halstuch von dem Mädchen Juli?«, fragte Levi weiter. »Gibt es vielleicht verwertbare Spuren auf dem Stoff?«

»Du meinst, um eine Verbindung zu Andreas Sperl herzustellen?«

»Genau das meine ich«, erwiderte Levi. »Du hast doch einen guten Draht zur KTU, der kriminaltechnischen Untersuchungsabteilung.«

»Sobald ich etwas weiß, gebe ich dir Bescheid«, meinte Grünberg. »Du bist jetzt schon der zweite Ex-Bulle, der Informationen darüber haben will«, fügte er hinzu.

»Welcher ehemalige Kollege interessiert sich denn noch für diese Sache?«, fragte Levi überrascht.

»Otto Brenner, er hat ja in dem Fall damals ermittelt.«

»Brenner? Stimmt, er war der Chefermittler. Ich lag zu der Zeit mit meiner Schussverletzung im Krankenhaus«, erinnerte sich Levi. »Aber für Reiter ist der Fall jetzt abgeschlossen, das hat er mir selbst gesagt. Was will Brenner denn wissen? Kennst du ihn näher?«

»Brenner ist ein Freund. Er wäre an dem Fall beinahe zerbrochen. Damals verschwand die kleine Rosa und dieser verdächtige Autodrom-Verleiher Sperl gestand sofort den Mord. Sagte aber nicht, wo die Leiche ist. Brenner entwickelte daraufhin seine eigene Theorie und glaubte, dass Rosa vielleicht von Sperl bloß eingesperrt wurde und noch leben könnte. Aber der Druck von oben auf Brenner nahm zu, denn der Kriminalfall wurde von der Presse aufgegriffen, erregte auch international großes Aufsehen. Eine alte K.-u.-k.-Adelsfamilie war Futter für die Boulevardpresse. Dazu kommt noch, dass Johannes

Arnheim, der jetzige Staatsoperndirektor, mit einer Schwester von Rosa eng befreundet war. Also blieb Brenner nichts anderes übrig, als sich auf Sperl als einzigen möglichen Täter zu konzentrieren und andere Spuren zu vernachlässigen.«

»Unter diesen Umständen ist keine vernünftige Polizeiarbeit möglich«, stimmte ihm Levi zu, der natürlich wusste, welchen Einfluss der Druck von Vorgesetzten und der Öffentlichkeit auf die Ermittlungen haben konnte.

»Genau. Brenner sind jeden Tag die Schlagzeilen um die Ohren geflogen. Er brauchte eben einen Schuldigen. Und Sperl hatte gestanden, obwohl Brenner an dem Geständnis so seine Zweifel hatte.«

»Was für Zweifel?«, fragte Levi nach.

»Brenner hat nie konkret mit mir darüber gesprochen. Alles, was er sagte, war: ›Sperl verbirgt etwas. Wir haben uns zu früh auf ihn als Täter festgelegt.‹«

»Kann ich mit Brenner sprechen?«, fragte Levi. »Ich würde mich gern mit ihm über den Fall unterhalten.«

Grünberg schwieg und griff nach einem Stift, um etwas zu notieren. Dann reichte er Levi den Zettel.

»Hier, seine Nummer und Adresse. Brenner freut sich sicher, wenn er mit dir über den Fall reden kann. Er hat ja sonst niemanden mehr. Und ich gebe dir Bescheid, wenn die KTU etwas über das Halstuch herausgefunden hat.«

»Danke, Grünberg«, sagte Levi und ging zur Tür.

»Bis zum nächsten Mal und richte deiner schönen Frau liebe Grüße aus«, rief ihm Grünberg hinterher.

»Das mach ich«, antwortete Levi und verließ den Obduktionssaal.

Langsam stieg er die Treppe nach oben. Auf dem Parkplatz des Instituts blieb er noch eine Weile stehen und blickte in den abendlichen Himmel. *Jeder Mensch verbirgt etwas*, dachte er. *Welche Dämonen verbergen sich wohl in der Seele des Mörders Andreas Sperl?*

13

Olivia warf einen schnellen Blick auf ihre Armbanduhr. Sie war spät dran. Den ganzen Nachmittag hatte sie ihren unentgeltlichen Sozialdienst in der psychiatrischen Klinik absolviert und völlig vergessen, dass sich für den Abend noch ein Patient angemeldet hatte. Es blies ein heftiger Wind, sodass sie tüchtig in die Pedale ihres Fahrrads treten musste. Als sie endlich in ihrer Praxis in der Bergstraße ankam, wartete der neue Patient bereits vor der Eingangstür.

»Hallo, Herr Hochwart«, sagte sie und stieg vom Fahrrad. Sie stellte es an die Hausmauer und sperrte es ab. »Warten Sie schon lange?« Wieder blickte Olivia auf ihre Uhr. »Zum Glück bin ich ja fast pünktlich«, sagte sie mit einem entschuldigenden Lächeln.

»Das stimmt nicht ganz, Frau Doktor«, korrigierte sie der Patient. »Es sind bereits zehn Minuten über der vereinbarten Zeit.«

»Die hängen wir einfach hinten dran«, meinte Olivia salopp und schloss die Tür ihrer Praxis auf.

Sie stellte den Rucksack in die Garderobe und ging vor dem Patienten in ihr Sprechzimmer. Olivia setzte sich hinter den Schreibtisch und bedeutete dem Mann, auf dem Stuhl davor Platz zu nehmen. Ursprünglich war es die Praxis ihres Vaters gewesen, aber nachdem man Alzheimer bei ihm diagnostiziert hatte, hatte Olivia die Räume übernommen. Diese trüben Gedanken rutschten jedoch in den Hintergrund, denn jetzt musste sie sich auf ihre Arbeit konzentrieren.

»Also, Herr Hochwart. Wir können gleich beginnen«, sagte sie ruhig und fuhr mit den Handflächen über die vollkommen leere Schreibtischplatte. Das war eine der Techniken von Olivia. Nichts sollte ihre Patienten ablenken, sie sollten sich bei der Therapie ganz auf ihr Inneres konzentrieren. Auf den ersten Blick wirkte Hochwart völlig ausgeglichen, aber etwas an ihm irritierte Olivia.

»Sie müssen noch die Datenschutzerklärung unterschreiben und die Bestätigung, dass Sie freiwillig zu mir in die Therapie kommen«, sagte Olivia und zog zwei Blätter aus der Schreibtischschublade. »Ich habe Ihren Namen bei der telefonischen Terminvereinbarung nicht genau verstanden. Sie heißen doch Hochwart?«

Der Mann ignorierte die Frage, griff nach den Papieren und unterzeichnete beide, ohne sie durchzulesen.

»Das wäre erledigt«, sagte der Mann und schob die Blätter über den Schreibtisch zurück zu Olivia.

»Wie sind Sie eigentlich auf mich gekommen?«, fragte Olivia.

»Meine Schwester hat mir einiges über Sie erzählt. Das hat mich neugierig gemacht. Ich habe mir Ihren Namen notiert und dann fand ich einen Artikel von Ihnen im Internet. Dort stand auch eine Telefonnummer. Und da bin ich«, sagte Hochwart mit ruhiger Stimme.

»Das freut mich. Aber wer ist denn Ihre Schwester?« Olivia blickte Hochwart gespannt an.

»Das werden Sie gleich erfahren. Aber etwas anderes stimmt mich nachdenklich. Es bestürzt mich geradezu«, sagte der Mann leise und beugte sich vor. Mit seinen braunen Augen blickte er Olivia unverwandt an.

»Was beunruhigt Sie?«, fragte Olivia in neutralem Tonfall. Sie spürte, dass sich etwas an Hochwarts Mimik verändert hatte. Sie hatte plötzlich das Gefühl, als würde ein anderer Mensch vor ihr sitzen.

»Mich verstört«, antwortete Hochwart, »dass wir beide so viel gemeinsam haben.«

»Wie bitte?« Olivia konzentrierte sich darauf, ruhig und sachlich zu bleiben. Blitzschnell durchforstete sie ihr Gedächtnis, um doch noch eine Verbindung zu Hochwart zu finden. Aber außer, dass ihr sein Gesicht vage bekannt vorkam, war da keine Erinnerung.

Mittlerweile war die Sonne schon hinter den Häusern verschwunden und die Schatten im Zimmer wurden länger. Hochwarts Gesicht lag jetzt im Zwielicht und Olivia konnte seine Augen nicht mehr sehen. Die Atmosphäre in dem Raum war unvermittelt elektrisch aufgeladen, und als Olivia ihre Hand auf die Schreibtischplatte legte, spürte sie einen leichten Schlag in ihren Fingerspitzen.

»Können Sie mir erklären, was Sie mit unseren angeblichen Gemeinsamkeiten meinen?«, fragte Olivia souverän und gelangte so wieder auf das sichere Terrain der angewandten Psychiatrie.

»Sie haben mich schon richtig verstanden. Wir haben viel gemeinsam. Sie haben zwei Familienmitglieder verloren, ich nur eines. Aber beide trauern wir um unsere kleinen Mädchen.«

»Welche kleinen Mädchen? Woher wissen Sie von meinem Verlust? Wer sind Sie überhaupt?« Olivia lehnte sich irritiert in ihrem Stuhl zurück und griff nach dem Anmeldeformular. »Ich habe Sie vorhin gefragt, wie Ihr Name ist, denn Sie haben so undeutlich gesprochen. Sie haben mir noch immer nicht darauf geantwortet.«

»Das tut mir leid. Sie haben den Namen am Telefon leider falsch verstanden. Ich hätte Sie eigentlich gleich bei unserer Begrüßung darauf hinweisen sollen, Verzeihung.«

»Also, wie heißen Sie wirklich?«

»Ich heiße Max Hohenwald.«

»Hohenwald? Sind Sie verwandt mit Greta Hohenwald?«

Plötzlich war Olivia die Szenerie wieder gegenwärtig. Sie unterhielt sich mit Greta. Etwas entfernt im Park befand sich die Grabstätte der Familie. Dort standen mehrere Personen und sprachen miteinander. Sie hatte die Gesichter nur flüchtig wahrgenommen. Doch eins davon war das von Max Hohenwald gewesen. Deshalb kam er ihr auch bekannt vor.

»Ja, Greta ist meine Schwester.« Max Hohenwald beugte sich wieder über den Schreibtisch. »Ich habe Sie im Schlosspark beobachtet, als Sie mit meiner Schwester spazieren gegangen sind. Sie wirkten so selbstbewusst und waren so schön im goldenen Schein der Abendsonne. ›Eine interessante Frau‹, habe ich zu meiner Schwester gesagt. Greta hat mir geraten, mich mit meinen Problemen an Sie zu wenden. Deshalb bin ich hier und hoffe, dass Sie mir helfen können.«

»Ihre Schwester schickt Sie also zu mir?«, fragte Olivia.

»Nicht direkt«, relativierte Hohenwald. »Sie gab mir nur den Anstoß.«

»Wie stellen Sie sich das denn vor?« Olivia bemühte sich, nicht die Fassung zu verlieren. Wie sollte sie sich verhalten? Alles in ihr sträubte sich dagegen, Hohenwald als Patienten zu akzeptieren. »Ich kann Sie nicht therapieren.«

»Warum?« Hohenwald machte ein verblüfftes Gesicht. »Ich bin doch jetzt Ihr Patient und habe alles unterschrieben.«

»Das stimmt, aber ich wusste ja vorher nicht, wer Sie wirklich sind. Außerdem sind Sie der Bruder von Rosa«, entgegnete Olivia.

»Das ist ja das Drama. Der Fund ihrer sterblichen Überreste hat alles wieder hochgespült. Hier geht es um mich und unsere Familie.« Hohenwald krallte seine Finger in die Stuhllehnen.

»Ich kann Sie an einen erfahrenen Kollegen vermitteln«, schlug Olivia ihm vor.

»Bitte, Sie müssen mir helfen.« Hohenwald verstummte und sackte in sich zusammen. Doch dann raffte er sich auf und begann zu reden: »Schon als kleiner Junge hatte ich eine schwere Zeit. Ich war oft hungrig und bekam selten etwas zum Essen. Unser Vater war eine sehr strenge Autoritätsperson. Er verschleuderte das ganze Geld für wertlose Antiquitäten. Die Zimmer im Schloss sind bis unter die Decke mit nutzlosen Dingen angefüllt. Meine Schwestern und ich aber mussten häufig vor leeren Tellern sitzen und uns einbilden, es wäre Suppe darin.« Hohenwald nestelte in der Tasche seines Sakkos herum und zog eine zerdrückte Schachtel Cracker heraus. »Deshalb habe ich auch immer eine Notfallration bei mir«, erklärte er und lächelte bitter.

»Das tut mir alles sehr leid. Aber bitte reden Sie jetzt nicht weiter. Ich schicke eine Mail an einen Kollegen, der soll sich Ihrer Sache annehmen. Ist das so in Ordnung?«

»Und wie soll ich den Tod meiner kleinen Schwester verarbeiten?«, fragte Hohenwald plötzlich.

»Indem Sie sich Ziele für die Zukunft setzen«, erwiderte Olivia und sah, dass Hohenwald die Arme vor der Brust verschränkte und auch die Beine übereinanderschlug. »Rosa ist mutmaßlich vor fünf Jahren verstorben und jetzt hat man ihre sterblichen Überreste gefunden. Das ist ein Signal für Sie, um endgültig damit abzuschließen.«

»Und was ist mit Ihnen?«, fragte Hohenwald. »Ist es nicht besser, die Vergangenheit ruhen zu lassen? Vielleicht sollten auch Sie ein neues Leben beginnen.«

»Das ist jetzt nicht das Thema«, erwiderte Olivia bestimmt. »Entweder Sie sagen mir jetzt, was Sie wollen, oder Sie verlassen meine Ordination.« Olivia legte die Hände auf die Schreibtischfläche.

»Es tut mir leid. Ich wollte Sie nicht verstimmen. Es war der Wunsch meiner Schwester Greta, Sie aufzusuchen. Wir alle machen uns nämlich große Sorgen, dass Sie die ganze Angelegenheit nicht ruhen lassen.«

»Was ich tue, geht Sie im Grunde überhaupt nichts an«, antwortete Olivia. »Warum wollen Sie nicht, dass ich weiter nachforsche?«

»Weil wir unsere kleine Schwester endlich in Ruhe beerdigen wollen.«

»Das kann ich gut verstehen«, meinte Olivia.

»Danke. Wie sieht es mit meiner Therapie bei Ihnen aus?«, fragte Hohenwald zaghaft.

»Ich gebe Ihnen Bescheid«, erwiderte Olivia. Sie würde morgen Ulf anrufen, um ihm den Sachverhalt zu schildern. Er wusste sicher, was sie in diesem Fall zu tun hatte.

»Unsere Stunde ist jetzt zu Ende.« Olivia stand auf, trat hinter ihrem Schreibtisch hervor und öffnete die Tür zum Flur. Auch Hohenwald erhob sich.

Beim Hinausgehen kamen ihr wieder die beiden Fotos von Rosa in den Sinn. Einmal als fröhliches Kind und das andere Mal als bleiches Skelett.

»Waren Sie in der Gerichtsmedizin?«

»Ich? Wieso denn?«, fragte Hohenwald verblüfft.

»Um Abschied von Rosa zu nehmen. Von ihr ist zwar nur noch das Skelett übrig, aber trotzdem war sie Ihre Schwester.«

»Hören Sie sofort auf damit.« Hohenwald hielt sich die Ohren zu und schloss die Augen. »Das kann ich nicht.«

»Haben Sie Rosa eigentlich geliebt?«

»Sie meinen, so wie man eine Schwester liebt? Ich weiß es nicht. Sie wollte es immer allen recht machen und sie war Teil unserer Familie. Aber so richtig lieben gelernt habe ich Rosa erst nach ihrem Verschwinden. Und da war es dann zu spät.«

»Es ist doch nie zu spät, zu lieben«, sagte Olivia.

»Adieu. Ich warte auf ein Zeichen von Ihnen«, verabschiedete sich Hohenwald und verbeugte sich leicht vor Olivia, während er ihr die Hand reichte.

»Ich kann Ihnen nichts versprechen«, meinte Olivia ausweichend und blickte ihm nachdenklich hinterher.

Einerseits hatte sie Mitleid mit dem großen Bruder von Rosa, und sie spürte, dass er eine schwere Kindheit gehabt hatte. Aber andererseits waren seine Versuche, eine Schuld moralisch zurechtzurücken, außerordentlich beunruhigend gewesen. Auch seine panische Reaktion, als Olivia von dem Skelett gesprochen hatte, war eigenartig.

Wie eine unheilvolle Gewitterwolke schwebte ein dunkles Geheimnis über der Familie Hohenwald. Es würde sich eines Tages mit einem gnadenlosen Unwetter entladen und alle ins Verderben reißen.

14

Den ganzen nächsten Tag war Levi damit beschäftigt, mit seinen Studenten die Tatortanalyse anhand eines Rasterverfahrens zu vervollständigen.

»Sie unterteilen den Raum in lauter kleine Quadrate und untersuchen ein Quadrat nach dem anderen. Ein Stich traf Tanja Malkova von oben, also können wir ungefähr die Größe des Mörders bestimmen. Dem Opfer wurde zum Schluss der Hals durchgeschnitten, daher sind diese Planquadrate ein Anhaltspunkt, um festzustellen, wie das Blut gespritzt ist.«

»Das sehen wir auch so. Wozu braucht man dann dieses Raster?«, fragte ein Student.

»Wir haben mit dem Raster einen Radius, in dem sich der Täter bewegt hat. So kann es sein, dass ein Quadrat außerhalb der Blutspritzer liegt. Und dort könnte unser Täter ja etwas verloren haben.«

Es war eine praktische Übung und jeder Student konnte über die Tatortfotos des Tunnels sein eigenes Raster legen und nach übersehenen Spuren suchen.

Draußen dämmerte es bereits, als Levi nach Hause fuhr und endlich Zeit hatte, Brenner anzurufen.

Nachdenklich sah er auf den Zettel mit der Telefonnummer in seinen Fingern und griff dann entschlossen zu seinem Handy.

»Brenner«, hörte er die Stimme des Ermittlers kurz und abgehackt. »Geht es um das Jahrestreffen pensionierter Polizisten?«, fragte Brenner barsch. »Da gehe ich nicht hin.«

»Hier spricht Levi Kant. Wir waren früher Kollegen bei der Mordkommission. Ich rufe wegen des Falls Rosa Hohenwald an. Du warst kürzlich bei Grünberg in der Gerichtsmedizin und wolltest Informationen, stimmt's?«, fragte Levi.

»Warum möchtest du das denn wissen?« Brenner klang bereits merklich freundlicher.

»Das erzähle ich dir persönlich«, sagte Levi. »Lass uns treffen, dann kannst du mir von deinen Bedenken berichten.«

»Das stimmt, ich habe Bedenken bei diesem Fall. Sperl als Mörder stößt mir noch immer auf. Treffen wir uns am besten bei mir. Ich habe ja noch immer alle Unterlagen zu Haus«, antwortete Brenner. Er nannte Levi eine Adresse an der Peripherie von Wien und legte grußlos auf.

Nach dem Telefonat mit Brenner verband Levi sein Handy mit dem Laptop, um die Fotos von Rosa Hohenwald, die er bei Reiter von der Pinnwand gemacht hatte, auf dem größeren Bildschirm genauer betrachten zu können. Er war so vertieft in die Analyse, dass er überhaupt nicht mitbekam, wie die Tür zu seinem Arbeitszimmer geöffnet wurde und Rebecca den Kopf hereinsteckte.

»Störe ich?«, fragte sie.

»Aber nein«, sagte Levi und drehte sich zu seiner Frau um. Noch immer wirkte Rebecca mit ihrer feingliedrigen Figur jung und fast mädchenhaft. Sie trug einen bunten Kaftan, den ihr eine Freundin genäht hatte, die ein kleines Designgeschäft im zweiten Bezirk führte. Dieses bunte Kleidungsstück unterstrich noch ihre Jugendlichkeit, obwohl sie schon auf die fünfzig zuging.

»Das erinnert mich an früher«, sagte Rebecca leise nach einem schnellen Blick auf Levis Computer. »In deiner aktiven Zeit als Ermittler hast du immer die Fotos von Opfern und Tätern zu Hause betrachtet. Du konntest einfach nicht abschalten.«

»Dieses Mädchen ist vor ungefähr fünf Jahren ermordet worden«, erwiderte Levi und deutete auf das Foto von Rosa. »Aber erst jetzt hat man die Leiche gefunden.«

»Immer denkst du nur an Tote«, sagte Rebecca und trat hinter ihn. Mit ihren langen schmalen Fingern fuhr sie durch sein Haar und beugte sich zu ihm hinunter.

»Es sieht ganz danach aus«, sagte Levi und küsste Rebeccas Fingerspitzen.

»Wäre schön, wenn du auch einmal Leben in unser Heim bringen würdest.« Rebecca seufzte. »Aber du hörst wohl nie damit auf, dich mit Toten zu umgeben.«

»So wie du mit diesen Händen einfach Klavier spielen musst, drängt mein Herz mich dazu, mir diesen seltsamen Fall vorzunehmen.«

»Warum kannst du dich nicht den positiven Dingen des Lebens widmen?«, fragte Rebecca. »Du sagst, du willst unsere jüdische Tradition wieder aufleben lassen. Aber bisher spüre ich nichts davon. Stattdessen sitzt du an deinem Schreibtisch und starrst dieses verstörende Foto mit dem Skelett eines kleinen Mädchens an.«

»Das gehört zu dem Fall«, erwiderte Levi und klappte hastig den Laptop zu. »Vielleicht hast du ja recht, vielleicht bin ich zu sehr mit negativen Dingen beschäftigt. Aber ich kann diesen Fall nicht einfach vergessen.«

»Vor dem Vergessenwerden haben wir wohl alle Angst«, meinte Rebecca nachdenklich und küsste Levi auf die Wange.

»Du solltest dir den Bart trimmen. Bald siehst du aus wie der Rabbi Samuel.«

»Dazu fällt mir etwas ein.« Levi stand auf und ging zu dem Schrank, den er neu gekauft hatte, da er den alten Aktenschrank auf Geheiß von Rebecca entsorgen musste. »Es geht um das ›Vergessenwerden‹, wie du es so treffend formuliert hast.« Langsam öffnete er die Schranktüren und holte einen alten verschlissenen Mantel hervor.

»Das ist doch der Mantel von Esther«, sagte Rebecca erstaunt. »Ich dachte, du hättest ihn schon vor längerer Zeit dem Jüdischen Museum überlassen.«

»Bin noch nicht dazu gekommen«, erwiderte Levi knapp. Das war natürlich gelogen. Er brachte es einfach nicht übers Herz, den Mantel seiner Großmutter wegzugeben. Esther war als junges Mädchen nur knapp den Nazis entkommen und hatte sich bis zum Kriegsende in einem Kellergewölbe versteckt. Ihr einziges Kleidungsstück gegen die Kälte war ein großer schwerer Mantel gewesen. In diesem Mantel hatte sie die Erinnerungen von im KZ ermordeten Juden aufbewahrt und vor dem Vergessen gerettet.

Er erinnerte sich zurück an seine Großmutter, die immer in ihren Mantel gehüllt am Fenster gesessen und nach draußen gestarrt hatte. »Ich muss aufpassen, dass sie nicht kommen, um mich zu holen«, hatte sie gesagt und dem kleinen Levi über die Haare gestrichen. Dann erhob sie sich ächzend aus ihrem Stuhl. »Ich trage schwer an diesen Erinnerungen«, sagte sie und streichelte behutsam über den unförmigen Mantel.

»Sind diese Erinnerungen da drinnen?«, fragte der kleine Levi seine Großmutter und tippte auf den dicken Stoff.

»Ja, ich habe für jede dieser Erinnerungen eine eigene Tasche genäht«, murmelte Esther mit ihrer brüchigen Stimme und öffnete den Mantel. Im Inneren gab es kein Futter, sondern nur Dutzende kleiner Taschen in unterschiedlichen Farben, die zusammen wie ein Gemälde jüdischer Schicksale wirkten. »In jeder dieser Taschen ist der ganz persönliche Schatz eines Mitglieds unserer Glaubensgemeinschaft. Es sind Briefe oder hier der kleine Teddybär.« Esther streichelte mit ihren knochigen Fingern den Kopf eines kleinen mottenzerfressenen Plüschteddys. »Aber auch Medaillons, Ohrringe oder Fotos. Diese Schätze müssen nicht wertvoll sein, aber die Erinnerung muss wachgehalten werden.«

»Deshalb hat Esther ihn den ›Mantel der Unvergessenen‹ genannt«, meinte Levi zu Rebecca und hängte den Mantel vorsichtig wieder zurück in den Schrank.

»Ich liebe die Geschichten über deine Großmutter. Du versuchst also, die Opfer vor dem Vergessen zu bewahren. Willst du damit sagen, dass du die Tradition deiner Großmutter fortführst?«, fragte Rebecca.

»So ist es. Auch ich will die Opfer in diesen ungelösten Fällen zu Unvergessenen machen. Das ist beste jüdische Tradition«, meinte er mit einem Lächeln.

»Von diesem Standpunkt aus gebe ich dir recht«, sagte Rebecca. Sie fasste Levi um die Hüften und legte den Kopf an seine Brust. »Ich gehe Freitagabend mit Noah in die Synagoge, und anschließend könnten wir alle hier zum Schabbat-Essen zusammenkommen. Was meinst du?«

»Eine gute Idee«, sagte er.

Rebecca drückte ihm noch einen Kuss auf die Wange und verschwand in ihrem Musikzimmer. Kurz darauf hörte Levi die glasklaren Akkorde, als Rebeccas Hände über die Tasten glitten. Die Töne waren wie Perlen, die durch den Raum glitten und in Levis Herz ihren Platz fanden.

Als Levi seinen Laptop abschalten wollte, fiel ihm eine Mail auf, die aus dem Freud-Museum an ihn geschickt worden war.

Ein gewisser Richard Berger schrieb ihm, dass er im Zuge einer Wohnungsauflösung den Nachlass seines Großvaters Rudolf in Leipzig gesichtet habe. Dabei hatte er Tagebuchaufzeichnungen gefunden, in denen von einer Freundschaft zu einer gewissen Esther Kant im Jahr 1938 die Rede war. In den Notizen stand, dass es einen Brief geben musste. Dieses Schreiben hatte Rudolf nicht mehr persönlich überbringen können, weil er an die Front musste. Nach dem Krieg war Rudolf in russische Gefangenschaft geraten und hatte anschließend erfahren, dass die Familie von Esther und wahrscheinlich auch Esther selbst im KZ ums Leben gekommen waren.

Berger fragte weiter, ob Levi vielleicht mit Esther Kant verwandt sei und ob er etwas über den Verbleib dieses Briefes wüsste. Im Anhang schickte Berger ein Foto mit, das seinen Großvater in einer Wehrmachtsuniform zeigte.

Levi runzelte überrascht die Stirn. Konnte es sein, dass seine Großmutter, die Jüdin Esther, mit einem Soldaten der deutschen Wehrmacht befreundet gewesen war? Levi stand auf und ging zurück zu dem Schrank. Erneut nahm er den Mantel seiner Großmutter heraus und betrachtete wie so oft die bunten Flicken auf der Innenseite. Er wusste von Esther, dass sie in einer Tasche ihre eigenen privaten Schätze verborgen hatte. Aber er hatte noch nie den Wunsch gehabt, so tief in Esthers Leben einzudringen. Kurz entschlossen griff er in die Tasche aus rotem Samt und zog den Inhalt heraus. Vorsichtig legte er einen zerknitterten Brief und zwei Fotos auf seinen Schreibtisch. Auf dem einen Foto war Esther mit ihren Eltern zu sehen. Das andere Foto zeigte drei Mädchen und einen Jungen. Alle vier grinsten vergnügt in die Kamera. Das waren Rachel, Rosa, Rebecca und Nathan Rosenzweig, die besten Freunde von Esther. Im März 1938 hatte man sie abgeholt und in das Konzentrationslager Dachau gebracht, wo sie eines elenden Todes starben. Levi kannte die Geschichte, denn die Stolpersteine vor dem ehemaligen Haus der Rosenzweigs erinnerten daran.

Und da war noch der Brief. Auf dem Umschlag stand nur der Name Esther in Kurrentschrift. Unschlüssig drehte Levi ihn zwischen seinen Händen. Dann steckte er den Brief und die beiden Fotos wieder zurück in die samtene Tasche, deren Farbe wie ein rotes Signalfeuer leuchtete.

15

Max Hohenwald stand neben dem Bett von Olivia und versuchte ihr begreiflich zu machen, was er unter Schuld verstand.

»Wenn ich Sie jetzt töte, dann wäre es eine kriminelle Schuld, die mich belastet. Doch gesetzt den Fall, ich höre Stimmen in meinem Kopf, die mir den Befehl dazu erteilen, dann wäre meine Schuld moralischer Natur. Vielleicht nicht einmal das, denn ich wäre ja krank.«

Hohenwald setzte sich an den Bettrand und packte plötzlich mit beiden Händen Olivias Hals. »Am besten, wir probieren es einmal aus.«

Mit einem leisen Aufschrei schreckte Olivia aus diesem Albtraum auf und blickte verwirrt umher. Der Salon lag noch im Halbdunkel und die verschiedenen Umzugskartons schienen ein unheimliches Eigenleben zu führen. Die Vorhänge bauschten sich in einem feinen Luftzug und der Verkehrslärm von draußen klang wie eine Meeresbrandung.

Langsam stand Olivia auf und verstrubbelte mit den Fingern ihre Haare. Dann tappte sie nach draußen auf den Flur und warf einen schnellen Blick in das Zimmer von Leopold, der noch tief schlief. In der Küche setzte sie Wasser auf, wartete, bis es kochte, um es dann in einen Becher mit Kaffeepulver zu gießen. Mit der Tasse in der Hand setzte sie sich an den Küchentisch und griff nach ihrem Moleskine-Notizbuch, um die Eindrücke, die sie von Hohenwald hatte, zu notieren.

Zunächst schrieb sie die Fragmente ihres Traums nieder, dann versuchte sie, das Gespräch mit Hohenwald aus dem Gedächtnis wiederzugeben. Als sie damit fertig war, umkringelte sie die Worte »moralische Schuld«.

»Von welcher Schuld spricht Max Hohenwald?«, fragte sie sich. Eine Antwort darauf würde ein therapeutisches Gespräch bringen, aber ob das ratsam war, konnte ihr nur Ulf sagen. Deshalb tippte sie schnell eine Mail an ihn in ihr Handy.

Als sie die Nachricht abgeschickt hatte, hörte sie bereits Leopold in seinem Zimmer rumoren. Schnell ging sie zu ihrem Vater, um ihm bei der Morgentoilette zu helfen. Dann führte sie Leopold in die Küche und achtete darauf, dass er seine Tabletten einnahm.

Ihr Telefon klingelte. Es war Levi.

»Ich bin auf dem Weg in die Polizeiakademie. Kann ich auf einen Sprung bei dir vorbeischauen?«, fragte er. »Wir müssen uns besprechen, bevor ich mich mit dem damaligen Ermittler treffe. Bist du zu Hause?«

»Ja. Komm doch auf ein Frühstück zu uns.«

»Dann bis gleich.«

Olivia hatte gerade das Handy auf den Tisch gelegt, als es an der Tür klingelte. Erna konnte es noch nicht sein, denn die Pflegerin würde erst nachmittags kommen, wenn Olivia in die Praxis fuhr.

»Wahrscheinlich ist es Levi. Der ist aber fix«, murmelte Olivia und eilte mit der Haarbürste in der Hand nach draußen. Schwungvoll riss sie die Tür auf und erstarrte.

»Guten Morgen. Ich hoffe, ich komme nicht ungelegen.«
Max Hohenwald lächelte verlegen und zog seine Hand zurück,
als er Olivias erstaunten Gesichtsausdruck bemerkte.

»Woher haben Sie meine Adresse?«, fragte Olivia und wollte
im ersten Impuls Hohenwald die Tür vor der Nase zuschlagen.
Doch im letzten Moment beherrschte sie sich.

»Ich habe mich über Sie und Ihren Vater kundig gemacht,
Olivia. Dabei bin ich auf diese Adresse gestoßen.«

»Was wollen Sie, Herr Hohenwald?«, fragte Olivia
förmlich.

»Mich interessiert, ob Sie schon zu einem Entschluss bezüg-
lich meiner Therapie gelangt sind.«

»Das bin ich allerdings.« Olivia holte tief Luft. Sollte
sie Hohenwald hereinbitten, um ihm ihre Entscheidung
mitzuteilen? Nein, denn sie wollte keine Patienten in ihre
Privatsphäre lassen. Also blieb sie zwischen Tür und Angel
stehen.

»Ich muss Sie an einen Kollegen vermitteln«, sagte sie so
sachlich wie möglich. »Soll ich Ihnen die Telefonnummer des
Kollegen geben?«

»Das wäre außerordentlich hilfreich«, meinte Hohenwald
ohne sonderliche Gefühlsregung.

»Ist gut, bitte warten Sie hier einen Augenblick.« Olivia
drehte sich um und lief schnell in den Salon zu ihrem
Schreibtisch. Dort verwahrte sie die Visitenkarten von einigen
Kollegen. Hastig blätterte sie die Namen durch und fand
schließlich einen erfahrenen Psychiater.

»Schön haben Sie es hier.«

Olivia wirbelte herum und sah Hohenwald mit verschränkten Armen in der Tür stehen.

»Ein sehr großzügig geschnittener Salon. Hier also leben
Sie.«

»Ich empfehle Ihnen einen Kollegen, der auf Schuldtherapien spezialisiert ist«, sagte Olivia so ruhig wie möglich und hielt Hohenwald die Visitenkarte hin.

»Danke, das ist sehr zuvorkommend von Ihnen«, sagte Hohenwald und steckte die Karte in seine Sakkotasche.

»Ich habe jetzt noch viel zu tun. Wenn Sie bitte meine Wohnung verlassen würden.« Olivia wies mit der Hand zur Eingangstür.

»Natürlich. Es tut mir leid, Ihnen Umstände gemacht zu haben«, sagte Hohenwald und ging langsam aus dem Zimmer.

In diesem Moment wurde die Tür aufgestoßen und Levi trat in den Flur. In der Hand hielt er eine Tüte mit duftenden frischen Semmeln.

»Die Tür war bloß angelehnt.« Als Levi Hohenwald sah, blieb er verdutzt stehen. »Oh, ich komme ungelegen.«

»Ganz und gar nicht«, erwiderte Olivia.

»Ist das Ihr neuer Freund?«, fragte Hohenwald und betrachtete währenddessen Levi von oben bis unten.

»Das ist meine Privatangelegenheit«, sagte Olivia und wandte sich zu Levi. »Herr Hohenwald wollte gerade gehen.«

»Hat mich gefreut, Sie kennenzulernen«, antwortete Hohenwald und ging an Levi vorbei hinaus auf die Galerie.

Hastig schloss Olivia die Tür und lehnte sich mit dem Rücken an das weiß gestrichene Holz.

»Das war Max Hohenwald. Der ist einfach zu mir nach Hause gekommen«, sagte sie zu Levi.

»Ich weiß, ich habe ihn von den Fotos her erkannt. Ein merkwürdiger Typ. Was wollte er denn von dir?«, fragte Levi.

»Nach meinem Termin bei der Polizei bin ich spontan zum Schloss der Familie Hohenwald gefahren und habe mich mit Greta Hohenwald unterhalten. Ich wollte sie wegen des Halstuchs von Juli fragen. Max von Hohenwald hat uns beobachtet und ist gestern plötzlich in meiner Praxis aufgetaucht. Ich soll ihn therapieren, habe aber abgelehnt.«

»Das war keine gute Idee, alleine zum Schloss zu fahren. Du musst besser auf dich aufpassen. Wer weiß, was Max von Hohenwald wirklich von dir will«, warf Levi ihr vor.

»Du hast recht. Komm, gehen wir in die Küche.«

Als sie mit Levi den Raum betrat, saß Leopold noch immer versunken vor seiner Tasse Kaffee.

»Meinen Vater Leopold kennst du ja bereits.« Olivia holte eine Tasse aus dem Schrank und löffelte Kaffeepulver hinein.

»Das ist löslicher Kaffee«, sagte Levi überrascht.

»Ja, und?«, wunderte sich Olivia. »Ist etwas nicht in Ordnung damit?«

»Doch, alles o. k.«, beeilte sich Levi zu sagen. Doch Olivia bemerkte, dass er die Kaffeetasse sehr skeptisch betrachtete, die sie auf den Tisch stellte.

»Ich habe bei diesem ganzen Fall ein unangenehmes Gefühl im Bauch«, sagte Levi und bestrich sich eine Semmel mit Butter. »Sperl gesteht einen Mord und schweigt über das Versteck der Leiche. Das ist mir in meiner ganzen Laufbahn noch nie so passiert.«

»Gut, dass du es ansprichst.« Olivia trank einen Schluck Kaffee. »Nach meiner Erfahrung als Psychiaterin ist Sperl auf halber Strecke stehen geblieben. Er sucht Vergebung für seine Tat, doch die bekommt er nur, wenn er die Polizei zu der Leiche führt.«

»Das hat er aber nicht gemacht«, erinnerte Levi sie und stützte sein Kinn in beide Hände.

»Es sei denn, er wusste überhaupt nicht, wo die Leiche von Rosa begraben liegt«, sagte Olivia.

»Das ist aber eine sehr gewagte Theorie«, sinnierte Levi. »Im Klartext heißt das wohl, Sperl deckt jemanden. Aber warum sollte er das tun? Und wer nimmt schon eine jahrzehntelange Gefängnisstrafe auf sich?«

»Darauf weiß ich auch keine Antwort.« Olivia zuckte mit den Schultern.

»Es kann natürlich auch ganz anders sein. Wir täuschen uns beide. Sperl ist ein Psychopath und stellt sich in den Mittelpunkt. Indem er das Versteck der Leiche nicht preisgibt, wird er für Psychologen interessant. Genauso verhält es sich mit seiner Botschaft an den Wänden«, überlegte Levi.

»Da kannst du recht haben.«

»Aber ich finde deinen Ansatz trotzdem interessant. Vielleicht kann mir Brenner einen Tipp dazu geben.«

»Darf ich dich einmal etwas Persönliches fragen?« Olivia beugte sich vor.

»Nur zu«, meinte Levi und biss noch einmal von seiner Semmel ab. Den Kaffee rührte er nicht an, wie Olivia sehr wohl bemerkte.

»Warum beschäftigt dich der Fall so sehr?«, fragte sie dann.

Levi wischte sich mit einer Serviette über den Mund. »Ich möchte herausfinden, wie Julis Halstuch zu der Leiche von Rosa gekommen ist.«

»Ja, das würde ich auch gern wissen«, antwortete Olivia. »Vielleicht kann ich Sperl selbst dazu befragen.«

»Sperl will niemanden sehen. Das hat mir Reiter gesagt. Ich denke also nicht, dass du eine Besuchserlaubnis bekommst«, gab Levi zu bedenken.

Sie tauschten sich noch eine Weile über den Fall aus, bis Levi zu seiner Vorlesung aufbrechen musste.

Sie waren schon an der Tür, als Levi fragte: »Glaubst du, dass Max Hohenwald etwas damit zu tun hat?«

»Hohenwald? Das kann ich nicht so schnell beurteilen. Aber ich denke, er verbirgt etwas, das bei ihm Schuldgefühle erzeugt. Er ist ein sehr labiler junger Mann«, antwortete Olivia.

»Wir sollten ihn auf jeden Fall im Auge behalten.« Levi hob grüßend die Hand und verschwand.

Olivia ging langsam in die Küche zurück, wo Leopold noch immer seinen Kaffee anstarrte.

»Dein Freund mag keinen Instantkaffee«, sagte Leopold mit klarer Stimme.

»Das hast du gut erkannt, Papa«, erwiderte Olivia. Plötzlich kam ihr eine Idee. »Ich habe eine Frage«, sagte Olivia schnell, denn sie wollte die wache Phase ihres Vaters ausnutzen. »Du kanntest doch eine Psychologin, die im Gefängnis in der Josefstadt arbeitet, soweit ich mich erinnern kann.«

»Ach, du meinst Adele Bauer«, erwiderte ihr Vater. »Ich habe viel mit ihr zusammengearbeitet. Gemeinsam haben wir auch mehrere Beiträge in Fachzeitschriften publiziert. Was ist mit ihr?«

»Arbeitet sie noch für die Justizanstalt?«

»Ich glaube schon. Sie ist ja eine echte Idealistin. Glaubt immer an das Gute in den Menschen. Selbst bei den schlimmsten Straftätern hat sie immer noch einen Funken Hoffnung gehabt.«

Olivia schnappte sich ihren Laptop und verschwand in ihrem Salonzimmer. Hastig scrollte sie durch das ärztliche Adressverzeichnis. Schon bald hatte sie die Nummer von Adele Bauer gefunden und rief sie sofort an.

»Ich bin Olivia Hofmann. Die Tochter von Leopold Hofmann. Sie kennen ihn von Ihrer Zusammenarbeit vor einigen Jahren«, sagte sie, nachdem Adele abgehoben hatte. »Können Sie sich noch daran erinnern?«

»Aber natürlich erinnere ich mich an unsere gemeinsame Zeit. Wie geht es Poldi?«, fragte Adele erfreut.

»Nicht so gut. Er hat Alzheimer«, antwortete Olivia.

»Das tut mir aber leid«, sagte Adele mitfühlend. »Poldi war ein großartiger Psychiater. Er war so wissbegierig und sozial engagiert.«

»Ja, das alles ist schlimm für ihn. Arbeiten Sie noch immer in der Justizanstalt Josefstadt?«, fragte Olivia.

»Natürlich, und da bleibe ich auch bis zu meiner Pensionierung«, erwiderte Adele. »Warum möchten Sie das denn wissen?«

»Ich habe eine Bitte an Sie«, kam Olivia auf das Wesentliche zu sprechen.

»Das dachte ich mir schon«, meinte Adele neugierig. »Worum geht es?«

Olivia erzählte Adele, weshalb sie unbedingt mit Sperl reden musste. »Deshalb brauche ich eine Besuchserlaubnis.«

Als sie geendet hatte, wartete sie gespannt auf eine Reaktion. Doch alles, was sie hörte, war ein atmosphärisches Rauschen und eine Stille, die in ihren Ohren gellte.

»Hallo? Sind Sie noch dran?«, fragte sie zaghaft, denn sie befürchtete schon, Adele hätte einfach aufgelegt.

»Natürlich bin ich noch in der Leitung. Ich mache das nur wegen Poldi«, sagte Adele knapp. »Ich rufe Sie in Kürze zurück. Aber ich kann nichts versprechen.« Ohne sich zu verabschieden, trennte Adele die Verbindung.

Olivia ließ das Handy sinken und drehte es nervös zwischen ihren Fingern.

Lieber Gott, gib mir wenigstens fünf Minuten mit diesem Mörder, betete sie insgeheim und blickte aus dem Fenster, wo die Sonne sich in den schmutzigen Scheiben brach.

Einen Versuch war es wenigstens wert, dachte sie enttäuscht, als sich Adele auch eine Stunde später noch nicht gemeldet hatte. Jetzt war sie auf die Informationen und Aktionen der Polizei angewiesen. Gegen Mittag machte sie sich zurecht, um in die Praxis zu fahren. Sie war schon bei der Eingangstür, als ihr Handy klingelte. Hastig kramte sie es aus ihrem Rucksack. Es war Adele.

»Kommen Sie morgen um elf Uhr zur Justizanstalt in der Josefstadt. Dort erwarte ich Sie. Ich habe am Vormittag immer meine therapeutischen Sitzungen mit den Häftlingen. Sie können fünfzehn Minuten mit Sperl reden, aber keine Sekunde länger.«

16

Das Grau des Himmels entsprach Olivias Gemütsverfassung. Mit gemischten Gefühlen fuhr sie am nächsten Vormittag mit ihrem Fahrrad zur Justizanstalt. In der Einfahrt wartete bereits eine Frau mittleren Alters mit braunem Pagenkopf, die eine Zigarette rauchte. Als die Frau Olivia bemerkte, warf sie schnell die Kippe weg und winkte ihr zu.

»Hallo, Dr. Bauer, wie haben Sie mich denn erkannt?«, fragte Olivia, während sie ihr Fahrrad mit dem Schloss absperrte.

»Sie sind ein Abbild von Flora«, erwiderte Adele herzlich. »Genauso hübsch.«

»Ach, Sie übertreiben«, relativierte Olivia, der Komplimente über ihr Aussehen noch immer unangenehm waren. »Meine Mutter Flora ist leider vor einigen Jahren verstorben.«

»Das tut mir sehr leid«, sagte Adele und schüttelte Olivia die Hand.

»Danke, dass Sie mir helfen, Dr. Bauer.«

»Sagen Sie einfach Adele zu mir«, meinte die Psychologin und kramte in ihrer Umhängetasche herum. Kurz darauf zog sie eine laminierte Karte hervor, die an einem Lanyard baumelte.

»Das ist Ihr Besucherausweis. Damit können Sie mich in die Justizanstalt begleiten.«

Olivia hängte sich die Karte um und folgte Adele durch die Einfahrt in einen quadratischen Innenhof, von dem mehrere in alphabetischer Reihenfolge beschriftete Stahltüren abgingen.

»Wir müssen in den Trakt B«, sagte Adele und zog ihre Karte durch ein Lesegerät. Die Stahltür öffnete sich lautlos. Sie gelangten in ein fensterloses Foyer, das von einem großen Personenscanner dominiert war. Ein schwer bewaffneter Polizist stand daneben und deutete auf eine graue Plastikschale.

»Handys, Kugelschreiber und Schlüssel bitte in die Schale legen. Dazu Ihre Handtaschen und Rucksäcke. Dann stellen Sie sich bitte einzeln in den Scanner«, sagte er. »Die Füße genau auf die am Boden markierten Stellen.«

Olivia tat wie gewünscht und blickte starr nach vorne. Ein rotes Licht begann zu leuchten und der Polizist kam schnell auf sie zu.

»Haben Sie noch andere Metallgegenstände bei sich?«, fragte der Beamte und blieb vor Olivia stehen.

Überrascht fuhr sich Olivia an den Hals. »Nur meine Halskette«, sagte sie.

»Bitte abnehmen und in die Schale legen«, befahl der Polizist. Dann warf er einen prüfenden Blick auf seinen Bildschirm und nickte.

»O. k., Sie können jetzt mit der Frau Doktor passieren.« Der Polizist nickte Adele zu.

Schweigend gingen sie durch einen langen Korridor, bis sie vor einem Stahlgitter standen. Ein Wachmann prüfte nochmals eingehend ihre Ausweise, ehe er die Gittertür öffnete.

»Wir müssen in den zweiten Stock. Dort finden zu dieser Zeit die psychologischen Workshops mit den Inhaftierten statt. Am besten, wir gehen zu Fuß«, erklärte Adele. »Der Lift ist mir zu eng.«

»Danke, dass Sie das für mich tun«, sagte Olivia und spürte auf einmal schmerzhaft den Schlag ihres Herzens. Was, wenn Sperl sagte, dass er auch Juli ermordet hatte? Wie würde sie reagieren? Da wurde ihr schwarz vor Augen und sie musste sich am Treppengeländer festhalten.

»Was ist?« Adele blieb stehen und blickte Olivia beunruhigt an. »Fehlt Ihnen etwas?«

»Es geht schon«, winkte Olivia ab. »Ich dachte nur daran, dass ich vielleicht gleich Näheres über das Halstuch meiner Tochter erfahre.«

»Machen Sie sich bitte nicht zu viele Hoffnungen. Sperl redet kaum etwas. Er sitzt den ganzen Tag in seiner Zelle und schreibt die Wände voll«, erwiderte Adele.

»Ich weiß. Er schreibt den Satz ›Ich verzeihe dir‹. Haben Sie herausgefunden, wen er damit meint?«, fragte Olivia.

»Nein, auch darüber schweigt er.«

Sie erreichten das Ende der Treppe. Adele zog ihre Keycard durch ein weiteres Lesegerät und eine Stahltür öffnete sich.

»Die Männer sind bereits im Aufenthaltsraum«, sagte ein Wachbeamter und deutete in Richtung eines großen Saales mit tiefen vergitterten Fenstern hin zur Straße. Mehrere Stuhlreihen waren aufgestellt und vor einer Wand stand ein Tisch mit einem Mikrofon. Auf den Stühlen lümmelten einige Männer in grauen Drillichjacken, die teilnahmslos an die Decke starrten. Olivia bemerkte zwei Vollzugsbeamte, die an der rückwärtigen Wand lehnten und aufmerksam das Geschehen in dem Saal beobachteten. Der Raum war mit einer Atmosphäre latenter Gewalt aufgeladen.

»Therapieren Sie diese Gruppe immer alleine?«, fragte Olivia. »Haben Sie keine Angst, dass jemand gewalttätig wird?«

»Doch, aber ich vertraue auf das bisschen Menschlichkeit, das noch in diesen Männern steckt.«

»Wo sitzt Andreas Sperl?«, flüsterte Olivia, nachdem sie sich umgesehen hatte.

»Der dunkelhaarige Mann auf dem äußersten Stuhl«, erwiderte Adele und setzte sich an den Tisch. Geschäftig holte sie ihre Unterlagen aus einer Aktentasche und stapelte sie auf der Tischplatte. »Nehmen Sie einfach neben mir Platz«, forderte Adele sie auf. Gehorsam setzte sich Olivia, konnte aber den Blick nicht von Sperl abwenden. Sie hatte sich diesen Kindermörder ganz anders vorgestellt. Sperl war ein gut aussehender junger Mann mit einer feingliedrigen Figur. In Wirklichkeit sah er viel sympathischer aus als auf den wenigen Fotos von dem Prozess, die Olivia im Internet gefunden hatte. Sperl hatte sich anscheinend verletzt, denn er trug den linken Arm in einer Schlinge. Jetzt schien er Olivias Blicke zu spüren, denn plötzlich drehte er den Kopf in ihre Richtung. Erst jetzt sah sie, dass Sperl auch eine große Platzwunde an der Schläfe hatte und eines seiner Augen rot und geschwollen war.

»Was ist mit ihm passiert?«, flüsterte Olivia, während sie den Blick senkte.

»Ein Kindermörder hat es nicht leicht in der Gefängnishierarchie«, antwortete Adele deprimiert. »Sperl wurde von einigen der Inhaftierten zusammengeschlagen, deshalb hat er auf meine Initiative hin einen Antrag gestellt, um in ein normales Krankenhaus zur Behandlung verlegt zu werden.«

»Das ist sicher schlimm«, erwiderte Olivia. Sie spürte so etwas wie Mitleid mit Sperl, aber dann musste sie an die ermordete Rosa und an ihre Tochter Juli denken, und ihre Anteilnahme für ihn verflog.

Ihr Blick streifte die anderen Männer. Einer von ihnen mit muskulösen Oberarmen fing ihren Blick auf und leckte sich über die Lippen. Sofort schaute Olivia zur Seite, doch es war zu spät. Schwungvoll hievte sich der Mann aus dem Stuhl und kam schnell auf den Tisch zu. Vor Olivia blieb er stehen und stützte seine Fäuste auf der Platte auf.

»Was glotzt du mich so an?«, fragte der Häftling mit mühsam unterdrückter Wut. »Brauchst du jemanden, der es dir einmal ordentlich besorgt?«

»Setzen Sie sich bitte wieder an Ihren Platz, Herr Wagner«, sagte Adele und griff nach dem Arm des Häftlings. Doch dieser stieß ihre Hand weg.

»Halt dich da raus«, zischte der Mann. »Ich rede mit der hübschen Dame hier.«

»Aber ich spreche nicht mit Ihnen«, sagte Olivia, die in diesem Moment von einer inneren Ruhe erfasst wurde. Aus ihrer psychiatrischen Arbeit wusste sie, dass man Menschen wie Wagner bestimmt entgegentreten musste. Das waren sie von Frauen nicht gewöhnt. »Setzen Sie sich einfach wieder auf Ihren Platz. Sie sind nur langweilig.«

»Du kannst mir gar nichts befehlen, Bitch!« Wagner ballte die Fäuste, doch Olivia zuckte nicht zurück. Im Gegenteil, sie beugte sich sogar weiter nach vorne.

»Schlagen Sie doch zu. Dann ist es vorbei mit Ihren Vergünstigungen«, sagte sie beherrscht und griff dann nach einem Blatt Papier. Sie las den Text, doch die Worte verschwammen vor ihren Augen. *Ruhig ein- und ausatmen*, dachte sie und erwartete jeden Augenblick einen Schlag. Doch nichts passierte. Wagner richtete sich auf.

»Das nächste Mal kommst du mir nicht so einfach davon«, drohte der Häftling noch. Dann drehte er sich um und schlenderte aufreizend langsam wieder an seinen Platz zurück.

»Alle Achtung. Das war jetzt aber sehr souverän«, sagte Adele beeindruckt. »Wollen Sie nicht als freie Therapeutin mit mir hier arbeiten? Ich kann ein gutes Wort für Sie einlegen.«

»Danke, dieses Wort-Duell gerade hat mir gereicht«, meinte Olivia.

»Vielleicht überlegen Sie sich das noch. Wir beginnen gleich mit unserem therapeutischen Workshop.« Adele senkte ihre Stimme, als sie erklärte: »Ich frage jetzt Sperl, ob er mit Ihnen reden will. Sie können dann in ein anderes Zimmer gehen. Es wird natürlich bewacht, aber Sie sind ungestört.« Adele deutete auf eine offen stehende Tür an der seitlichen Wand und stand auf.

Olivia beobachtete sie unauffällig, als sie sich zu Sperl hinunterbeugte und mit ihm redete. Sperl nickte und warf einen schnellen Blick in Richtung Olivia. Langsam stand Sperl auf und kam in Begleitung von Adele zu dem Tisch, an dem Olivia saß.

»Sie wollen mich sprechen?«, fragte Sperl mit einer überraschend sanft klingenden Stimme.

»Ja, ich bin Psychiaterin und habe nur ein paar Fragen an Sie.«

»Ich rede eigentlich nicht mit Fremden, sondern nur mit meiner mir vertrauten Ärztin«, erwiderte Sperl ruhig und sah Olivia unentwegt in die Augen.

»Es hat nichts mit meinem Beruf zu tun. Es ist etwas Persönliches«, sagte Olivia und hielt dem Blick von Sperl stand.

»Etwas Persönliches? Sie machen mich neugierig.« Sperl nickte zustimmend.

»Gehen Sie jetzt in den Nebenraum«, sagte Adele.

In dem kargen Zimmer gab es nur zwei Stühle und einen kleinen Holztisch. Sperl wirkte jetzt mit ihr allein etwas zurückhaltend. Doch seine Augen waren wach und sein Blick selbstsicher. Olivia erkannte sofort, dass er sich seiner Wirkung auf Frauen durchaus bewusst war.

»Was möchten Sie von mir wissen?«, fragte Sperl und beugte sich vor. Er legte seinen unverletzten Arm auf die Tischplatte und lächelte Olivia gewinnend an.

»Eines interessiert mich vorab: Warum schreiben Sie ›Ich verzeihe dir‹ an die Wände Ihrer Zelle?«

»Darüber möchte ich nicht sprechen«, sagte Sperl.

Olivia wusste, dass sie anders vorgehen musste, um das Vertrauen von Sperl zu gewinnen.

»Meine Tochter Juli ist vor fünf Jahren verschwunden«, begann sie. Sie zeigte ihm ein Foto des Halstuchs, das man bei Rosas Skelett entdeckt hatte. »Wissen Sie etwas darüber?«

»Ach, die arme Rosa. Man hat mir berichtet, dass ihre Leiche aufgetaucht ist. Dabei hat man das Tuch gefunden.« Sperl lächelte hintergründig und lehnte sich wieder zurück.

»Was haben Sie der Polizei gesagt?«, fragte Olivia.

»Nichts. Aber Sie sind mir sympathisch und deshalb erzähle ich Ihnen die Wahrheit. Dieses Tuch habe ich schon mal gesehen. Im Moment weiß ich allerdings nicht mehr, wo. Mein Verstand wird hier drinnen immer löchriger. Ich nehme ja einige Tabletten.« Mit der Hand strich er über seinen verbundenen Arm. »Sonst würde ich es nicht aushalten. Hier drinnen ist es ziemlich gefährlich.«

»Können Sie sich vielleicht an ein kleines Mädchen mit dem Namen Juli erinnern? Sie hat dunkle Locken und große blaue Augen.« Olivia versuchte, ihre Stimme ruhig klingen zu lassen.

»Ja, natürlich erinnere ich mich an diesen Engel. Rosa ist eines Tages mit der kleinen Juli an der Hand beim Autoscooter in Süßenbrunn aufgetaucht.« Sperl schloss die Augen und Olivia hatte den Eindruck, als würde hinter seiner Stirn eine Geschichte ablaufen, die nur für ihn bestimmt war. »Juli war sehr aufgeweckt und lebendig.«

»Warum sagen Sie ›war‹? Heißt das, Juli lebt nicht mehr?« Olivia spürte, wie ihr Herz hektisch zu schlagen begann. »Ist sie tot?«

»Ich weiß es nicht.« Sperl riss die Augen weit auf. »Ich habe nur das Bild aus meiner Vergangenheit gesehen. Die beiden kamen zu mir und wir sind gemeinsam mit den Autoscootern gefahren. Das machte ihnen großen Spaß. Mein Gott, was haben wir gelacht. Juli plapperte viel und erzählte mir, dass sich ihre Eltern immer streiten und dass sie so gern eine Schwester hätte.«

»Das glaube ich nicht«, antwortete Olivia spontan. »Kam Juli immer nur mit Rosa zu Ihnen oder auch mit ihrem Vater?«

»Juli kam immer nur mit Rosa. Sie sagte mir, dass ihr Vater gerade sehr beschäftigt sei. Und Alma hat die Mädchen öfter abgeholt.«

»Alma Hohenwald?«, fragte Olivia.

Sperl nickte.

»Kannten Sie Alma näher?«

»Nein, wo denken Sie hin?«, antwortete Sperl und wurde leicht unruhig. »Wir haben immer nur ein paar Worte miteinander gewechselt, aber nie mehr. Sie kommt aus einer anderen Gesellschaftsschicht, und sie war doch noch so jung. Alma hat mit alldem nichts zu tun.«

»Womit könnte sie denn etwas zu tun haben?«, hakte Olivia sofort nach.

»Lassen Sie Alma in Ruhe.« Plötzlich griff sich Sperl an den Kopf und drückte seine Faust gegen die Stirn. »Ich habe jetzt wieder meine schlimmen Kopfschmerzen, das kommt von den Schlägen.«

»Können Sie sich noch erinnern, wann genau Juli immer zu Ihnen kam?«, wechselte Olivia das Thema, als sie sah, dass Sperl komplett abblockte.

»Ich weiß es nicht mehr. Das ist auch schon einige Jahre her. Ich werde darüber nachdenken, aber im Moment ist meine Erinnerung nur schwarz.«

Langsam stand Sperl auf und ging zur Tür. Olivia blieb sitzen und schaute ihn an.

»Fällt Ihnen wirklich kein Datum ein?«

»Leider nein. Sie müssen mich wieder besuchen. Ich denke oft an Rosa. Sie war wie eine kleine Schwester für mich. Etwas ganz Besonderes.«

»Haben Sie Rosa getötet?«

»Ich habe bereits ein Geständnis abgelegt. Ich habe Sie wegen Juli nicht angelogen. Sie war wirklich ein paar Mal mit Rosa bei mir. Das müssen Sie mir glauben.«

»Warum sollte ich das tun?«, erwiderte Olivia und stand ebenfalls auf. Sie wollte an Sperl vorbeigehen, doch dieser hielt sie am Arm zurück.

»Weil ich weiß, wo Sie damals das Halstuch für Juli gekauft haben. Es war das große Kaufhaus in der Mariahilfer Straße. Abends wollten Sie sich mit Ihrem Mann beim Italiener treffen, aber er ist nicht gekommen.«

»Das stimmt«, bestätigte Olivia und musste heftig schlucken. »Genauso ist es gewesen.«

Eine eisige Kälte kroch in ihrem Inneren hoch und ließ ihr Herz gefrieren. Sperl hatte Juli tatsächlich gekannt. Hatte er sie vielleicht auch getötet?

17

FÜNF JAHRE ZUVOR

Zwei Monate vor Rosas Tod

Im Morgengrauen kommt Andreas Sperl mit seinem weißen Lieferwagen nach Süßenbrunn. Er fährt an Schloss Hohenwald vorbei, das versteckt hinter Bäumen in einem weitläufigen Park liegt. Dabei denkt er sehnsüchtig an das blonde schöne Mädchen, das um diese Zeit noch friedlich im Bett liegt und schläft. Auf dem Dorfplatz parkt er den Wagen und steigt aus. Die seitlichen Planen seiner Autoscooter-Anlage sind noch heruntergerollt und der Strom ist abgestellt.

Andreas setzt sich auf die Stufen und trinkt Kaffee aus einer Thermoskanne. Wieder denkt er an das Mädchen und wünscht sich, dass es jetzt bei ihm sitzen würde.

»Vielleicht kommt sie mich nachmittags besuchen«, sagt Andreas zu sich und rollt langsam die Planen seiner Anlage nach oben. Gestern Abend hat es einen Kurzschluss gegeben und deshalb ist Andreas auch so früh schon hier, um den Schaden zu beheben. Das dauert länger als geplant und als er endlich wieder unter der Anlage hervorkriecht, ist es fast Mittag.

»Hallo, dürfen wir eine Runde drehen?«

Andreas sieht die zwei Mädchen, die sich an den Händen halten und auf dem Gehsteig stehen.

»Wir haben dir beim Arbeiten zugesehen«, sagt das ältere Mädchen, das blonde Haare hat. »Du bist ja ganz schmutzig im Gesicht.«

»Das kommt vom Öl, mit dem ich die Zahnräder geschmiert habe«, antwortet Andreas.

Das ältere Mädchen heißt Rosa und ist die Schwester von Alma, der verträumten Sechzehnjährigen, mit der er sich immer heimlich trifft. Das andere Mädchen ist vielleicht vier oder fünf Jahre alt und noch viel zu klein, um alleine ins Dorf zu gehen. Andreas hat es schon ein paar Mal mit Rosa gesehen, doch seinen Namen hat er sich nicht gemerkt.

»Was ist jetzt, dürfen wir einmal fahren?«, fragt Rosa erneut.

»Das kostet zwei Euro die Runde«, sagt Andreas.

»Aber du weißt doch, dass wir kein Geld haben«, meint Rosa mit einem traurigen Blick.

»Hmm. Was machen wir denn da?« Andreas legt den Finger auf die Lippen und denkt nach. Er hat die beiden Mädchen schon einige Male gratis fahren lassen. Besonders Rosa tut ihm leid, denn sie muss ständig so viel fürs Tanzen üben. Heute hinkt sie sogar ein wenig.

»Was ist mit deinem Fuß passiert?«, fragt Andreas.

»Ich habe mir einen Nagel halb abgerissen«, sagt Rosa und hockt sich an den Rand des Gehsteigs. Langsam zieht sie ihren Turnschuh aus und zeigt Andreas ihren blutverkrusteten großen Zeh. »Das tut noch immer furchtbar weh.«

»Das kann ich mir denken. Kommt das vom Tanzen?«, fragt Andreas mitfühlend.

»Ja, ich muss immer Spitze üben«, sagt Rosa und schlüpft wieder in ihren Schuh.

»Tanzt du auch?« Andreas dreht sich zu dem anderen Mädchen, das still danebensteht. Es hat dunkle Augen.

»Nur manchmal mit meiner Mama«, sagt es leise.

»Wo ist denn deine Mama jetzt?« Andreas denkt nach, aber er hat das Mädchen immer nur in Begleitung von Rosa gesehen.

»Mama arbeitet«, erwidert das kleine Mädchen. »Und Papa muss viele Sachen erledigen.«

»Ach so ist das.« Andreas nickt langsam. »Also gut, ihr könnt eine Runde fahren. Und dann spielen wir zusammen etwas.«

»Und was?«, fragt Rosa neugierig.

»Lasst euch überraschen. Wer kommt euch abholen?«

»Greta kann heute nicht«, flüstert ihm Rosa verschwöre-risch ins Ohr. »Sie ist beschäftigt.«

»Ach, und was hat Greta denn so Wichtiges zu tun?« Andreas kennt Greta vom Sehen. Auf ihn macht sie einen sehr unnahbaren Eindruck. Das liegt aber vielleicht auch daran, dass sie nicht Andreas' Typ ist. Ihm gefällt die sanfte Alma viel besser.

»Greta hat einen neuen Freund, der viel älter ist als sie«, flüs-tert Rosa weiter. »Deshalb hat sie auch keine Zeit für mich. Sie kümmert sich nicht um mein Training und ich kann machen, was ich will.« Sie zwinkert Andreas spitzbübisch zu.

»Na, das ist doch toll«, gibt ihr Andreas recht. »Hoffentlich ist das für Greta endlich etwas Ernstes.«

»Sicher, denn ich habe sie schon einige Male zusammen ge-sehen«, meint Rosa. »Im Wald und hinten im Schlosspark bei der alten Scheune. Da habe ich sie beobachtet.«

»Und was hast du gesehen?«, fragt Andreas und setzt sich jetzt zu den Mädchen auf den Gehsteigrand.

»Sie haben sich umarmt, wie ich es manchmal mit meinen Barbiepuppen spiele«, sagt Rosa. »Und es war ziemlich heiß in der Scheune.«

»Wie kommst du darauf?«, wundert sich Andreas.

»Greta hat sich ausgezogen und sogar ihre Mütze abgenommen. Dann hat ihr Freund sie massiert, so ähnlich wie Alma das immer bei mir macht, wenn ich einen Krampf im Bein bekomme. Und dann haben sie sich geküsst.« Rosa hält sich die Hand vor den Mund und kichert.

»Da seid ihr ja.« Plötzlich steht Alma hinter Andreas. Er hat sie nicht kommen hören und springt sofort auf. Wischt sich mit dem Handrücken über die schmutzige Wange.

»Hallo Alma«, sagt er und senkt verlegen den Blick.

»Andi, schön dich zu sehen«, sagt Alma. Ihre Lippen sind rot und glänzen verheißungsvoll wie Kirschen in der Sommersonne. Mit diesen Kirschlippen küsst sie ihn auf den Mund. Sie duftet nach Rosen. »Was hast du denn da im Gesicht?« Alma wischt mit ihren zarten Fingern über die Wange von Andreas. Rosas Schwester trägt ein duftiges Sommerkleid, das genauso weiß ist wie ihre Haut. »Gehen wir ein wenig spazieren?«, fragt Alma und fasst Andreas an der Hand.

»Gern«, flüstert Andreas und würde Alma am liebsten vor den Kindern innig küssen. Doch Alma möchte, dass ihr Verhältnis geheim bleibt, und das hat Andreas zu akzeptieren.

»Ich lasse die Kinder inzwischen ein paar Runden mit den Autos drehen«, sagt er und streicht Alma verstohlen über den Po.

Dann legt Andreas den Schalter für den Strom um. Die Scooter erwachen zum Leben und die Musik setzt ein. »Ihr könnt umsonst fahren«, sagt er. Rosa lenkt einen Wagen und kracht sofort in ein anderes Auto. Die beiden Mädchen kreischen vor Vergnügen und Andreas fällt in das Lachen ein. Er blickt zu Alma, die neben ihm steht. Ihre Augen sind blau wie der Himmel und sie lächelt Andreas so verliebt an, dass ihm beinahe das Herz bricht.

In diesem Moment fährt ein Lieferwagen auf den Stadtplatz. Eine junge Frau steigt aus und geht mit schnellen Schritten auf Andreas zu. Hastig lässt er die Hand von Alma los. »Bin gleich wieder hier«, sagt er und geht der Frau entgegen.

»Was machst du hier, Kathi?«, fragt er. »Du sollst doch sonntags beim Bierausschank im Prater arbeiten.«

»Ist sie das?«, fragt Kathi und ignoriert die Frage. »Die sieht ja noch aus wie ein Kind.« Sie deutet mit dem Kopf zu Alma.

»Das ist jetzt vielleicht nicht der richtige Augenblick, um zu streiten«, antwortet Andreas und schiebt Kathi schnell hinter den Brunnen am Stadtplatz.

»Du schläfst mit einem sechzehnjährigen Mädchen. Ja, schämst du dich denn gar nicht?«, herrscht Kathi ihn an. »Denkst du denn überhaupt nicht an unser gemeinsames Leben?« Sie versucht, Andreas zu küssen, doch er stößt sie zurück.

»Ich habe dir doch gesagt, dass wir keine Zukunft haben«, erwidert Andreas. »Zwischen uns ist es aus und vorbei.«

»Aus und vorbei!« Kathi sieht ihn ungläubig an. »Das ist nicht dein Ernst. Was ist mit unseren Plänen, mit der Cateringfirma und dem Lokal im Prater?«

»Hast du wirklich geglaubt, dass ich jemals etwas mit dir planen wollte? Du bist mir viel zu billig. Schau dich doch mal an!«

»Du Schwein, du hast mich nur ausgenutzt. Und jetzt treibst du es mit einem viel zu jungen Mädchen, das kein Geld hat! Diese Familie ist doch vollkommen pleite.«

»Woher willst du das denn wissen?« Andreas schüttelt verständnislos den Kopf. »Und überhaupt ist mir das egal. Mit Alma komme ich in ganz andere Kreise. Außerdem liebe ich Alma nun einmal und sie mich.«

»Du liebst sie?«, wiederholt Kathi und Tränen schießen ihr in die Augen. »Zu mir hast du das nie gesagt.«

»Das war auch keine Liebe zwischen uns.«

»Was dann?« Kathi kämpft gegen die Tränen an, macht einen letzten Versuch, Andreas auf ihre Seite zu ziehen. »Mein Vater würde uns das Geld für die Ablöse des Praterlokals geben. Wir können gleich morgen den Pachtvertrag unterzeichnen.«

»Das mit uns war nur eine Affäre. Für mich ist der Prater schon längst Vergangenheit«, sagt Andreas kühl und winkt Alma zu, die mit wehenden blonden Haaren eine Runde im Autoscooter dreht. »Such dir doch einen Mann, der zu dir passt und der sein Leben lang im Prater arbeiten will.«

»Darauf kannst du Gift nehmen«, schreit Kathi. »Aber die Rache meiner Tränen wirst du noch spüren.«

18

Levi saß in seinem kleinen Büro in der Akademie. Vor sich auf dem Schreibtisch lagen die Seminararbeiten seiner Studenten, die korrigiert werden mussten. Doch in Gedanken war er noch immer bei Brenner und dessen Andeutungen, dass etwas an dem Fall merkwürdig war. Da Levi immer wieder abschweifte, schob er seufzend die Hefte zur Seite und klappte seinen Laptop auf, um nach Berichten über den Prozess gegen Andreas Sperl zu suchen.

Interessant war, dass keines der Geschwister von Rosa vor Gericht aussagen musste. Einzig die Belastungszeugin wurde angehört, ansonsten nur die Kriminaltechniker und Gutachter. Auch war kein Mitglied der Familie Hohenwald im Gerichtssaal erschienen, und so gab es von der Verhandlung nicht ein einziges Foto von ihnen. Levi durchsuchte mehrere Bilddatenbanken, bis er schließlich doch noch auf ein gemeinsames Foto der Hohenwald-Kinder stieß. Es war kurz vor dem Sommerfest bei einer Benefizveranstaltung in der Staatsoper aufgenommen worden und zeigte die vier Geschwister, damals noch mit ihrer Mutter Lila und dem jetzigen Staatsoperndirektor Johannes Arnheim.

Levi beugte sich tief über das Foto, um die Gesichter näher zu betrachten. Rosa war eindeutig ein Nachzügler, denn die anderen Geschwister waren wesentlich älter als sie. Max und Greta hatten dunkle Haare, während Alma und Rosa blond waren. Levi kopierte das Foto auf seine Festplatte, zoomte das Bild so weit auf, bis ihn die Augen der vier Geschwister riesig auf seinem Bildschirm anstarrten. Gretas Augen sahen aus, als wären sie aus dunklem Stahl, hinter dem ein Geheimnis sicher verwahrt ist. Der Blick von Max war abwesend; dahinter verbarg sich eine schwache, sensible Persönlichkeit.

Almas Blick wirkte unsicher und verletzlich, während aus Rosas Augen die pure Lebensfreude funkelte.

Levi lehnte sich in seinem Stuhl zurück und verschränkte die Hände im Nacken. »Was ist damals wirklich passiert?« Er wusste, dass er nicht eher ruhen würde, bis er eine Antwort auf diese Frage gefunden hatte. Früher, als Ermittler, hatte er nächtelang an seinem Schreibtisch gesessen und sich sehr zum Missfallen von Rebecca in seine Fälle verbissen. Jetzt spürte er wieder diese Unruhe in sich aufsteigen.

Er packte seinen Laptop in die Tasche und verließ das Büro. In Gedanken versunken fuhr er mit seinem Saab durch die dunkle Stadt. An einer Ampel musste er stoppen und plötzlich hatte er das Gefühl, als würden ihn die Augen von Max und Greta durch das rote Signallicht anstarren.

»Warum musste Rosa sterben?«, fragte er zu der Ampel hinauf, die gerade auf Grün umschaltete, und fuhr los, ohne eine Antwort darauf gefunden zu haben.

Als Levi in seine Wohnung kam, war es fast schon Mitternacht, und Rebecca saß noch immer am Klavier.

»Hallo, mein Liebling«, sagte Levi und küsste den Nacken seiner Frau.

»Du kommst spät. Hast du so lange mit dem toten Mädchen geredet?« Rebecca stand auf, nahm ihr Rotweinglas und folgte ihm ins Wohnzimmer.

»Nur ein bisschen, die meiste Zeit habe ich mit meinen Studenten verbracht«, meinte Levi lächelnd.

»Heute will ich dir glauben«, sagte Rebecca. »Übrigens, denkst du an Freitagabend? Ich begleite Noah am Erew Schabbat in die Synagoge, anschließend werden wir hier gemeinsam unser traditionelles Essen einnehmen. Wir haben ja schon darüber gesprochen.«

»Und ich frage mich immer noch, seit wann du freitags in die Synagoge gehst. Sind da Frauen überhaupt erlaubt?«, stellte Levi sich absichtlich dumm. *Immer wieder dieser Noah.* Levi spürte, dass er sich seine Frische und Energie erhalten musste, um nicht ins Hintertreffen gegen diesen jüngeren Mann zu geraten.

»Frauen können in einem eigenen Raum beten«, antwortete Rebecca und stieß ihn in die Seite. »Aber das weißt du doch.«

»Wie passt das in dein modernes Frauenbild?«, konnte sich Levi eine Bemerkung nicht verkneifen.

»Das ist einfach Religion«, erwiderte Rebecca und küsste ihn mit ihren nach Rotwein schmeckenden Lippen. »Meine Emanzipation besteht darin, dass du für uns das Schabbat-Abendessen zubereitest.«

»Ich soll für diesen Noah kochen? Natürlich alles koscher und dreimal vom Rabbi abgesegnet. Ein Essen zu dritt macht mir aber keinen Spaß«, ereiferte sich Levi.

»Genau, du lernst schnell. Deswegen sollst du auch Olivia, deine Bekannte, dazu einladen. Dann sind wir zu viert«, meinte Rebecca und drückte sich geschmeidig an Levis Körper. »Gehen wir ins Schlafzimmer«, flüsterte sie plötzlich und griff nach der Rotweinflasche.

Als sie gemeinsam im Bett lagen, vergrub Levi sein Gesicht in Rebeccas Haaren. Noch immer übte ihr Duft eine unwiderstehliche Wirkung auf ihn aus, und seine aufkommende Eifersucht verflüchtigte sich unter Rebeccas Küssen.

Nachdem seine Frau eingeschlafen war, lag Levi noch wach und starrte an die Decke. Unruhig wälzte er sich hin und her und stand schließlich auf, um Rebecca nicht zu wecken. Noch immer geisterte das Lügengespinst der Familie Hohenwald durch seine Gedanken. Während Levi darüber nachdachte, erinnerte er sich an eine Geschichte von seiner Großmutter Esther. »Lügen haben mir das Leben gerettet«, hatte sie an einem heißen Sommertag zu dem kleinen Levi gesagt und sich mit einem alten zerdrückten Kuvert Luft zugefächelt. Levi ging in sein Arbeitszimmer und öffnete den neuen Kleiderschrank, in dem der alte zerschlissene Mantel hing. Er holte ihn vorsichtig heraus und breitete ihn auf seinem Schreibtisch aus. Die vielen Taschen waren zum Großteil leer, nur die rote Samttasche, in der Esther ihre persönlichen Schätze aufbewahrte, leuchtete verheißungsvoll.

Levi griff hinein und zog das Kuvert hervor. Er setzte sich an seinen Schreibtisch und glättete das brüchige Papier. Die Worte »Esther Leopoldstadt Wien«, die in schön geschriebenen Kurrentbuchstaben auf dem Umschlag standen, waren bereits verblasst. Er dachte zurück an die Abende, an denen er aus seinem Kinderzimmer heimlich zu seiner Großmutter schlich.

Esther hatte wie immer am Fenster in ihrem Schaukelstuhl gesessen und der kleine Levi hatte gespannt zu ihren Füßen gehockt. Mit leiser Stimme erzählte Esther ihm dann eine Geschichte aus einer dunklen Zeit, als Lügen ihr geholfen hatten.

19

Im März 1938 ging ich das letzte Mal in die Bäckerei in der Taborstraße.

»Hallo Esther«, begrüßte mich Rudi, der Sohn des Bäckermeisters, freundlich. »Hier, ich habe extra für dich ein Herzkipferl gebacken.«

»Das ist aber lieb von dir«, sagte ich. »Gibst du mir bitte noch fünf Semmeln für zu Hause?«

»Aber sicher«, sagte Rudi und griff nach einer Papiertüte.

»Guten Tag, Herr Berger«, sagte ich, als Rudis Vater aus der Backstube nach vorne in den Verkaufsraum trat.

»Ja, spinnst du?« Ohne mich eines Blickes zu würdigen, nahm der alte Berger seinem Sohn die Tüte aus der Hand. »Wir bedienen keine Juden.«

»Aber Papa, das ist doch Esther. Die kauft immer bei uns ein.«

»Willst du uns alle ins Unglück stürzen, du Depp?« Der alte Berger verpasste seinem Sohn eine Kopfnuss. »Und du verschwinde und lass dich nie wieder hier blicken, Judenmädel«, schnauzte er mich an.

Völlig verstört schlich ich aus dem Laden und lief weinend nach Hause. Ich war ja erst sechzehn Jahre alt und wollte nicht wahrhaben, was plötzlich mit den Leuten los war, die uns früher gegrüßt hatten und jetzt die Straßenseite wechselten, sobald sie uns erblickten.

»Das geht bald vorüber«, versuchte mich Mama zu trösten, doch die dunkle Zeit ging nicht vorüber, sondern wurde noch schlimmer.

Eine lange Zeit verbrachte ich im Kohlenkeller unseres Hauses, nachdem meine Eltern von der Gestapo abgeholt und nach Dachau gebracht worden waren. In den ersten Monaten wagte ich mich noch nach draußen, doch dann wurde es immer gefährlicher und ich konnte mein Versteck kaum noch verlassen.

»Wo bist du, Esther?«, hörte ich eines Morgens die Stimme eines jungen Mannes. Mein Herzschlag setzte aus und ich wagte nicht mehr zu atmen. Ganz vorsichtig grub ich mich tiefer in die Kohlen, bis ich auf den staubigen Brettern lag.

»Ich bin's, Rudi. Du weißt doch, die Bäckerei in der Taborstraße. Wir sind einmal gemeinsam ins Lichtspielhaus gegangen und haben uns ›Burgtheater‹ mit Hans Moser angesehen.«

Vorsichtig kroch ich aus meinem Versteck und wischte mir notdürftig den Ruß aus dem Gesicht.

»Rudi, natürlich erinnere ich mich. Was willst du hier?«

»Schau, ich hab dir was mitgebracht.« Rudi hielt ein an den Ecken zusammengeknüpftes Geschirrtuch in die Höhe. Wie ein Zauberer legte er es auf die Kohlen und öffnete es. »Kipferl und Semmerl, habe ich selbst gebacken«, erklärte er freudig.

»Woher weißt du, dass ich hier bin?«, fragte ich, denn ich hatte immer Angst davor, entdeckt zu werden.

»Ich hab die paar Juden, die's noch gibt, nach dem Mädel mit dem Wundermantel gefragt. Aber keiner wollt's mir sagen. Da bin ich einer Frau heimlich gefolgt, die dir etwas zum

Aufbewahren gebracht hat. Ich bin ja jetzt bei der Hitlerjugend, da lernt man das richtige Anschleichen«, sagte Rudi stolz. »Komm, iss, das ist alles für dich.«

»Danke«, sagte ich und schlang gierig ein Semmerl hinunter, denn ich hatte den ganzen Tag noch nichts gegessen. »Das schmeckt wirklich gut. Du bist der beste Bäcker in der Leopoldstadt.«

»Weißt, Esther, in ein paar Jahren kann ich die Bäckerei vom Vater übernehmen. Dann backe ich auch Geburtstagstorten und werde der berühmteste Tortenbäcker von Wien«, sagte Rudi und packte das Geschirrtuch wieder zusammen. »Ich komme bald wieder.«

Dann verschwand er und ich kroch wieder unter die Kohlen. Ich hüllte mich in den dicken Mantel mit seinen vielen Taschen, die immer mehr wurden, denn im November 1938 fand das große Pogrom statt. In der Nacht vom neunten zum zehnten November wurden in Wien jüdische Synagogen, Geschäfte, Lokale und Wohnungen verwüstet und zerstört. An die fünftausend Juden wurden verhaftet und nach Dachau gebracht.

Diese zwei Tage verbrachte ich ohne Essen und Trinken unter den Kohlen. Erst am elften November traute ich mich wieder in die Waschküche zum Wassertrinken. Als ich in mein Versteck zurückschlich, stand plötzlich ein kleiner Junge vor mir. Es war der kleine Pauli aus der Großen Sperlgasse.

»Ich muss mich von dir verabschieden«, sagte er, kletterte auf die Kohlen und setzte sich ganz oben drauf. »Draußen ist alles kaputt«, berichtete er traurig. »Und den Papa hat die Gestapo mitgenommen.«

»Warum denn das?«, fragte ich überrascht. Denn der Vater von Paul war ein waschechter Wiener Journalist und schrieb für die Arbeiterzeitung.

»Weil er Sozialist ist«, erklärte Pauli und kramte in seiner Tasche. »Kannst du das für mich aufheben?«, fragte er und zeigte mir eine silberne Kette mit einem Medaillon. »Wir fahren jetzt weit weg in das große Amerika. Mein Onkel sagt, dass ich Glück habe und nur ein halber Jude bin. Ist das schlimm? Was meinst du?«

»Nein, das ist doch nichts Schlimmes«, beruhigte ich Paul.

»Aber die Mama hat viel geweint und mir diese Kette für dich zum Aufbewahren mitgegeben. Da ist ein Foto von mir und Mama drinnen. Gib es bitte meinem Papi, wenn er zurückkommt, damit er weiß, wie wir aussehen, und uns suchen kann.«

»Das mache ich«, sagte ich und begann sofort, als der Paul wieder weg war, eine neue Tasche in den Mantel zu nähen.

Nadel und Faden hatte ich von der Hausmeisterin erbettelt, die mich auch heimlich mit Essen versorgte. Vorsichtig schob ich die Kette in diese Tasche und kroch aus meinem Versteck. In jeder dieser Taschen war ein Schicksal verborgen und das gab mir Kraft. Ich wusste, dass ich diese düstere Zeit überleben musste, um all die Dinge aus meinem Mantel den Besitzern zurückzugeben. Mein Magen knurrte und ich war nicht sicher, ob die Hausmeisterin die Katzenschüsseln für mich nachgefüllt hatte. Als ich vor den leeren Schüsseln hockte, kamen mir vor Enttäuschung und Hunger die Tränen.

Eines Tages tauchte auch Rudi wieder auf.

»Esther, ich hab dir ein Herz mitgebracht«, flüsterte er, und voller Freude kroch ich aus meinem Versteck. Doch Rudi war völlig verändert. Er trug eine schwarze Uniform und glänzende Stiefel.

»Warum schaust du mich so entsetzt an?«, fragte er mich und knotete das Geschirrtuch auf. »Ich hab dir ein Lebkuchenherz zum Essen mitgebracht.«

»Bist du jetzt Soldat?«, fragte ich leise und griff nach dem Kuchenherz.

»Nein. Bei der SS«, sagte Rudi stolz. »Was ist los mit dir? Warum isst du denn nicht?«

»Da steht ›Heil Hitler‹ auf dem Kuchen«, sagte ich und deutete auf die Zuckergussschrift.

»Genau, wir haben einen Großauftrag für eine Weihnachtsfeier bekommen. Hundert Lebkuchenherzen auf einmal, die wir ins Hotel Metropol geliefert haben.«

»Aber dort ist doch die Gestapo«, flüsterte ich.

»Schon, aber das sind alles nur Gerüchte, dass die so brutal vorgehen. Zu mir waren alle nett.«

Der Duft des Lebkuchenherzens stieg mir in die Nase und mein Magen revoltierte. Ich schloss die Augen und biss ein großes Stück vom »Heil Hitler« herunter.

»Wohin haben sie dich versetzt?«, fragte ich Rudi, nachdem ich den ganzen Hitler verspeist hatte.

»Ich bin im Umerziehungslager Dachau stationiert«, sagte Rudi.

»Da sind auch meine Eltern!«, rief ich und begann plötzlich vor Aufregung zu zittern. »Du kennst sie doch. Ich will wissen, ob es ihnen gut geht. Bitte mach das für mich, Rudi«, bettelte ich.

»Ich schau, was ich für dich tun kann«, antwortete Rudi ausweichend. »Übrigens, ich bin jetzt nicht mehr der Rudi. In unserer Einheit heiße ich Rudolf.«

Ein paar Wochen hörte ich nichts von Rudi. Eines Abends hockte ich in meinem Verschlag und nähte mit einem Stück Bindfaden eine neue Tasche in meinen Mantel. Da hörte ich von draußen ein Auto vorbeifahren und vor unserem Haus anhalten. Eine Tür knallte und Schritte von Stiefeln kamen die Kellertreppe nach unten. Wie eine Ratte kroch ich unter die Kohlen, legte den Mantel vorsichtig schützend über mich, damit die Medaillons, Münzen, Ringe und Fotos nicht klirrten oder raschelten.

»Esther, bist du noch hier?«, hörte ich die flüsternde Stimme von Rudi.

»Ja, Rudi«, antwortete ich zaghaft.

»Du sollst Rudolf sagen.«

»Natürlich, Rudolf.«

»Ich habe wenig Zeit. Muss Volksfeinde verhaften. Ich soll dir schöne Grüße von deinem Papa und deiner Mama aus Dachau ausrichten.«

»Du hast sie gesehen?«, fragte ich und Tränen rannen mir übers Gesicht. »Wie geht's ihnen?«

»Gut, sehr gut. Deine Mama leitet den Frauenchor und dein Papa ist der Schreiber vom Lagerkommandanten Loritz.«

»Danke, Rudolf. Das macht mich so glücklich, dass sie noch leben«, bedankte ich mich überschwänglich.

»Leider dürfen sie dir nicht schreiben, aber ich berichte dir dann wieder, wie es um sie steht.«

Lange Zeit kam Rudi regelmäßig in meinen Keller. Immer erzählte er mir von meinen Eltern, was sie zu essen hatten und dass meine Mutter jetzt in der Kantine arbeitete, während mein Vater zum Chefschreiber des Lagerkommandanten befördert worden war. Doch 1942 wurde Rudi nach Russland abkommandiert und ich hörte nichts mehr von ihm.

Nach der Befreiung 1945 suchte ich meine Eltern auf den Listen der KZ-Überlebenden, konnte sie aber nirgends finden. Ich wohnte damals in der Kleinen Sperlgasse und hatte nichts außer meinem Mantel der Unvergessenen. Eines Tages brachte mir der Postbote einen Brief, auf dem nur »Esther Leopoldstadt Wien« stand.

»Sind Sie das?«, wollte der Mann wissen.

»Ja, ich bin Esther«, bestätigte ich. Als ich alleine war, öffnete ich den Brief. Er war von Rudi. Zunächst fragte er, ob es mir gut gehe, erzählte dann von seiner Zeit in Russland und endete mit einem Geständnis: »Als ich Ende November 1938 nach Dachau kam, ging es deinen Eltern noch gut. Doch der Winter war hart und deine Mutter bekam eine Lungenentzündung und konnte nicht mehr im Wald Holz schlagen. Da hat man sie aus der Baracke ausquartiert und mit einer Decke vor die Tür gesetzt. Ich habe mich nicht getraut, ihr zu helfen, und sie ist noch in derselben Nacht erfroren. Im Jänner 1939 wurde dein Vater selektiert und in den Osten deportiert. Ich stand am Bahnsteig und hätte ihn retten müssen, aber ich war zu jung und zu feige. Ich weiß, dass du mir das nie verzeihen kannst.«

Ich klebte den Brief wieder zu und nähte eine letzte rote Tasche dafür in meinen Mantel. Rudi habe ich nie wiedergesehen, aber ich habe ihm verziehen.

Seine Lügen haben mich am Leben erhalten, denn die Wahrheit hätte mich damals zerstört.

20

Levi wurde am frühen Morgen durch verführerischen Kaffeeduft geweckt. Rebecca war bereits fertig angezogen in der Küche und schlürfte ihren Kaffee im Stehen.

»Noah bekommt heute Vormittag die Schlüssel für einen Saal im Konzerthaus. Das ist die Gelegenheit für mich, um am Steinway-Flügel zu üben«, sagte Rebecca zwischen zwei Bissen Brot. »Und wie verbringst du deinen Tag, unterrichtest du?«

»Nein, ich besuche einen pensionierten Kollegen«, antwortete Levi.

»Was machst du denn bei einem Polizisten in Rente?«, wunderte sich Rebecca.

»Es geht um die Kinderleiche, die man vor ein paar Tagen am Donaukanal gefunden hat. Mein ehemaliger Kollege war damals der leitende Ermittler in dem Fall. Er möchte mir etwas zeigen.«

»Dann pass auf dich auf«, meinte Rebecca gut gelaunt und war schon durch die Wohnungstür verschwunden.

Kurz darauf saß Levi in seinem weißen Saab 900 und fuhr zu der Adresse von Paul Brenner.

Sein ehemaliger Kollege wohnte in einer Kleingartensiedlung etwas außerhalb von Wien, die in einem schmalen Streifen zwischen der Donauuferautobahn und der Schnellbahn lag. Levi parkte seinen Wagen vor der Anlage und stieg aus. Vom Parkplatz aus wirkten die kleinen Gartenhäuser mit ihren winzigen Balkonen und sauber geschnittenen Hecken wie eine Puppenstadt. Brenners Häuschen befand sich am hinteren Rand der Siedlung und war von den Gleisen der Schnellbahn nur durch einen Maschendrahtzaun getrennt.

Levi ging einen schmalen Kiesweg entlang, der an ordentlich gestutzten Büschen und einem gepflegten Zierteich mit Goldfischen vorbeiführte, bis er vor dem grün gestrichenen Holzhäuschen stand.

»Hallo Brenner! Ich bin's!« Levi klopfte an die schmale Eingangstür und wartete. Aber nichts rührte sich. Er klopfte nochmals, doch sein Pochen ging im Lärm der vorbeifahrenden Schnellbahn unter. Als wieder Stille eingekehrt war, hörte Levi schlurfende Schritte von drinnen. Kurz darauf wurde die Holztür geöffnet. Brenner steckte den Kopf nach draußen, eine bauchige Tasse in der Hand.

»Hallo Levi, ich war gerade in der Küche beim Eierkochen«, sagte Brenner und winkte Levi herein. Mit einem leisen Quietschen schwang die Eingangstür zurück und Levi trat in einen engen Flur, der in ein winziges Wohnzimmer mit Blick auf die Brückenpfeiler der Autobahn führte. An die Wände waren mit Reißzwecken Fotos gepinnt, die Brenner im Kreise seiner Kollegen bei diversen Ehrungen, Jubiläen und Geburtstagsfeiern zeigten. Es gab kein einziges privates Familienfoto, obwohl Levi wusste, dass Brenner irgendwann einmal verheiratet gewesen war. In einem kleinen Glasschrank lagen eine Dienstmarke des New Yorker Police Departments, eine Polizeiurkunde in chinesischer Sprache und eine Fellmütze, wie sie die Moskauer

Politsiya trug. Levi hatte den Eindruck, als würde Brenner ausschließlich in seiner Vergangenheit als Kriminalbeamter leben.

»Früher hast du doch in der Stadt gewohnt«, meinte Levi und setzte sich auf eine niedrige Couch. »Wieso bist du jetzt hierher in diese Einsamkeit gezogen?«

»Ich hab's in der Großstadt einfach nicht mehr ausgehalten. Die vielen Menschen, die Hektik und diese Oberflächlichkeit. Hier draußen habe ich meine Ruhe und Nachbarn, die mich ab und zu freundlich grüßen«, sagte Brenner.

»Das kann ich gut verstehen. Wohnen auf dem Land hat etwas für sich. Aber von Ruhe kann hier wohl keine Rede sein. Die Schnellbahn fährt doch direkt an deinem Haus vorbei«, sagte Levi.

»Der Lärm erinnert mich daran, dass ich jederzeit wieder zurück in die Stadt übersiedeln kann. Ich bin nicht völlig vom Leben abgeschnitten«, erwiderte Brenner.

»So kann man das auch sehen.« Levi nickte zustimmend. Brenner hatte anscheinend eine sehr eigenwillige Logik.

»Willst du Tee oder Kaffee?«, fragte Brenner und ging in seine schmale Kochnische. »Ich mache dir Green Tea, der bringt dich auf Touren.«

»Na gut. Du hast mich überredet«, sagte Levi. »Was machst du eigentlich den ganzen Tag, wenn du nicht Tee trinkst?«

»Ich meditiere und übe dabei das Loslassen«, erwiderte Brenner, während er eine Flamme des Gasherdes mit einem kleinen Streichholz entzündete.

»Das hätte ich jetzt nicht von dir gedacht«, meinte Levi überrascht. Auf ihn machte Brenner nicht den Eindruck, als würde er sich mit spirituellen Dingen beschäftigen. Aber vielleicht täuschte er sich auch, denn schließlich kannte er Brenner ja nur oberflächlich.

»Tja, manchmal kann man sich eben irren. Komm mit, ich zeige dir meinen Meditationsraum.« Brenner hob vielsagend die

Augenbrauen, dann goss er den Tee auf und drückte Levi die Tasse in die Hand.

»Du machst mich neugierig.«

Levi stand auf und folgte Brenner zu einer schmalen Holztreppe, die in den oberen Stock zum Dachboden führte. Dort gab es nur einen großen hellen Raum mit einem Fenster, durch das man in weiter Ferne die Skyline von Wien sehen konnte. Davor stand ein Schreibtisch mit einem alten Computer, und zwischen die Dachschrägen war eine provisorische Pinnwand gezwängt, wo Zeitungsausschnitte und Fotos von Rosa und der Familie Hohenwald hingen.

»Vor dieser Pinnwand meditiere ich«, sagte Brenner mit einem Augenzwinkern. »Wie du siehst, beschäftigt mich gerade der Fall Rosa Hohenwald, den ich schon vor ein paar Jahren gern losgelassen hätte.«

»Ach, *das* verstehst du also darunter.« Jetzt fiel bei Levi der Groschen. Brenners meditative Beschäftigung waren seine alten Fälle, die er von allen Seiten beleuchtete und analysierte. *Rebecca hat wahrscheinlich doch recht*, dachte er. *Man durfte sich nicht zu sehr vom Berufsalltag auffressen lassen, sondern musste auch andere sinnvolle Lebensbereiche suchen.* Er wollte etwas dazu sagen, doch wieder raste eine S-Bahn mit ohrenbetäubendem Lärm vorbei und das ganze Haus zitterte leicht. »Dann schieß los mit deinen Überlegungen«, forderte er Brenner auf.

»Sperl wurde als Letzter auf dem Sommerfest zusammen mit Rosa gesehen. Das hat ihn sofort verdächtig gemacht. Er hat auch öfter auf Rosa aufgepasst«, begann Brenner. »Bei einer Durchsuchung seines Lieferwagens wurde Rosas Jacke entdeckt, an der Blutspuren hafteten.« Brenner räusperte sich. »Tja, und dann gab es ja noch das Geständnis von Sperl.«

»Aber was hat dich dann an der Schuld von Sperl zweifeln lassen? Es gab ein Geständnis und die Beweise waren doch erdrückend. Dazu noch die Aussage der Augenzeugin, die Sperl ja zweifelsfrei identifiziert hat.«

»Das ist es eben. Die Beweise wurden uns auf dem Silbertablett präsentiert, die Jacke war zu offensichtlich platziert«, meinte Brenner. »Und Sperl gesteht den Mord, nennt aber nicht den Ort, wo er die Leiche abgelegt hat. Nein, das passt nicht zusammen.« Bei diesen Worten tippte sich Brenner an die Stirn. »Aber das Geständnis war nun einmal da.«

»Und du konntest diese Aussage nicht widerlegen?«, fragte Levi.

»Nein, Sperl blieb dabei. Er verwendete immer dieselben Formulierungen. Es kam mir so vor, als hätte er den Text auswendig gelernt.«

»Und erst jetzt hat man die Leiche von Rosa gefunden«, ergänzte Levi.

»Genau. Das hat mich motiviert und ich habe meine alten Kontakte bei der Polizei gebeten, mir die Fotos vom Fundort per Mail zu schicken. Dabei habe ich festgestellt, dass man rund um das Skelett von Rosa jede Menge kleiner Dinge gefunden hat. Glasscherben, Münzen und dergleichen. Und bei der Durchsicht der Fotos ist mir etwas aufgefallen. Das haben die jungen Kollegen bei der Fundortanalyse wahrscheinlich übersehen.« Brenner schaltete seinen altmodischen Computer ein, der aber nur ein lautes Brummen von sich gab. »Das dauert jetzt ein wenig«, meinte er entschuldigend. »Wegen diesem Foto habe ich noch gestern Abend bei Max Hohenwald angerufen.«

»Was wolltest du denn von ihm?«, fragte Levi interessiert.

»Sage ich dir, wenn wir uns die Aufnahme ansehen. Leider war die Auskunft von Hohenwald nicht befriedigend.«

»Jetzt bin ich aber gespannt«, sagte Levi und setzte sich auf einen Stuhl. Plötzlich hörte er von unten ein Tapsen. Es erschien ihm wie Schritte, die leise im Erdgeschoss umherschlichen. Doch im gleichen Moment raste eine Schnellbahn draußen vorbei und verschluckte alle Geräusche. Als der Lärm abgeebbt war, lauschte Levi angestrengt. Jetzt war alles still, bis auf das monotone Surren von Brenners Computer. Levi lehnte sich entspannt zurück und wartete darauf, dass der Rechner endlich hochfuhr. Plötzlich vernahm er von unten ein gedämpftes Plätschern, als wäre ein Wasserhahn undicht.

»Brenner, läuft bei dir das Wasser in der Küche?«, fragte Levi.

»Ja, kann schon sein«, murmelte Brenner, ohne den Blick von seinem Computer zu lösen. »Der Wasserhahn tropft schon länger.«

»Ich sehe mal nach«, meinte Levi und stand auf. Er wollte gerade die Treppe hinuntergehen, als Brenner ihn zurückhielt.

»Warte. Jetzt ist es gleich so weit.«

Levi stellte sich hinter Brenner und blickte auf den Bildschirm. Er konzentrierte sich auf den Monitor und die Fotos, die in mehreren Reihen darauf zu sehen waren.

»Ich kann überhaupt nichts erkennen«, sagte Levi.

»Sekunde, ich finde gleich die richtige Aufnahme«, erklärte Brenner. »Es ist ein Abzeichen. Ein Kreis mit einer Harfe. Und genau so ein Abzeichen habe ich auf einem Foto vom Sommerfest entdeckt.«

Doch ehe sie sich das Bild genauer ansehen konnten, drang ein merkwürdiger Geruch zu ihnen herauf.

»Was riecht hier so komisch?«, fragte Levi und streckte die Nase in die Höhe. Er drehte sich um und sah dünne Rauchschwaden die steile Treppe nach oben treiben. »Um Gottes willen! Es brennt!«, rief er. »Wir müssen sofort nach unten.« Plötzlich hörte er einen lauten Knall und eine Stichflamme tauchte das Erdgeschoss in ein rötlich gelbes Licht. »Die Gasflasche in der Küche ist explodiert«, rief Levi und drehte sich zu Brenner. »Nichts wie weg!«

»Verdammt! Die alte Gasflasche war also doch defekt«, fluchte Brenner. Mit beiden Händen packte er seinen Rechner, riss einfach die Kabel aus der Wand und eilte damit zur Treppe. Doch Levi hielt ihn zurück.

»Was willst du denn mit dem Computer?«

»Darauf sind die Aufnahmen, die ich dir zeigen wollte.« Brenner keuchte.

»Dafür haben wir jetzt keine Zeit mehr. Komm schon!«

»Nein. Warte!« Brenner schlang seine Arme um das Gehäuse und schnappte nach Luft. Die Augen quollen ihm beinahe aus dem Schädel und sein Gesicht war krebsrot. Plötzlich ließ er den Computer fallen und schwankte vor und zurück.

»Ich kriege keine Luft mehr«, krächzte er und riss sich den Hemdkragen auf. »Ich ersticke.« Er sackte in die Knie und atmete hektisch aus und ein.

»Was ist los mit dir?« Levi fasste Brenner unter den Achseln und zog ihn wieder hoch.

»Das verdammte Herz! Ich glaube, ich schaffe das nicht mehr. Du musst den Computer retten.«

»Vergiss den Rechner. Jetzt geht es um dich.« Levi packte Brenner und zog ihn zur Treppe. Ganz langsam schleppte er ihn die steilen Stufen nach unten, wo ihm die Hitze wie eine glühende Wand entgegenschlug. Die Flammen hatten bereits das Wohnzimmer in ein loderndes Inferno verwandelt und es war nur noch eine Frage von Minuten, bis auch die Treppe und das Dachgeschoss lichterloh brennen würden.

Endlich hatten sie das Erdgeschoss erreicht. Brenner keuchte und krallte sich seine Finger in die Brust. Wieder sackte er zusammen, doch Levi richtete ihn auf.

»Du darfst jetzt nicht schlappmachen!«

»Die Fotos … auf dem Computer«, röchelte Brenner. Er wollte noch etwas sagen, doch ein Hustenanfall stoppte ihn.

Die Flammen züngelten bereits gefährlich nahe, als Levi endlich den Eingang erreichte. Er packte den Griff, um die Tür aufzumachen, doch das Metall war glühend heiß. Schnell griff er nach einem schon angesengten Tuch und wickelte es um seine Hand. Aber die Tür ließ sich nicht öffnen. Levi konnte sich nicht erinnern, dass Brenner hinter ihm abgeschlossen hatte. Wieder rüttelte er an der Tür, doch nichts passierte. Die Flammen leckten bereits an dem kleinen Vorzimmerschrank, und der Kunstfaserteppich verschmorte zu einem klumpigen Haufen. Brenner hing leblos in Levis Armen und atmete nur noch schwach. Mit dem Fuß trat Levi gegen das Türblatt, doch nur ein wenig vom Lack platzte von dem Holz ab.

»So ein Mist!«, fluchte er. Der Rauch wurde dicker und er musste husten. Da entdeckte er eine Axt, die an der Wand lehnte. Brenner verwendete sie wahrscheinlich zum Holzhacken. Er ließ Brenner zu Boden gleiten, packte die Axt und schlug damit gegen die Tür. Jetzt zersplitterte das Holz und Levi konnte unter Aufbietung seiner letzten Kräfte Brenner durch die Öffnung nach draußen zerren. Erschöpft sank er auf die Wiese und fühlte Brenners Puls.

»Wir brauchen sofort einen Krankenwagen!«, rief er den Nachbarn zu, die sich vor dem Zaun versammelt hatten.

»Ist schon unterwegs«, rief ihm ein junger Mann zu. Gemeinsam trugen sie Brenner nach vorne zum Parkplatz und warteten auf den Notarzt. Von ferne hörte Levi bereits das Heulen der Sirene und langsam kam er wieder zu Atem. Auch Brenner bewegte sich und schlug die Augen auf.

»Da hast du jetzt aber mächtig Glück gehabt«, sagte Levi, erleichtert darüber, dass Brenner wieder bei Bewusstsein war.

»Ich sperre die Eingangstür niemals ab«, röchelte Brenner und wurde erneut ohnmächtig.

Die Sirenen wurden lauter und kurz darauf rasten die Wagen von Feuerwehr und Rettung auf den Parkplatz. Während die Feuerwehrmänner ihre Schläuche entrollten, um das in Flammen stehende Gartenhaus zu retten, knieten die Sanitäter bei Brenner und legten ihn auf eine Trage.

»Mein Kollege hat Probleme mit dem Herzen«, sagte Levi.

»Ich kann noch etwas Puls spüren. Er muss sofort ins Krankenhaus«, sagte der Notarzt. Die Sanitäter schoben Brenner mit der Bahre zu dem Rettungswagen, der kurz darauf aufheulend davonraste.

Levi stand auf der Straße und blickte auf Brenners Grundstück. Das Gartenhaus brannte lichterloh und stürzte dann unter lautem Krachen in sich zusammen. Noch einmal loderte eine Stichflamme auf und kämpfte gegen den Wasserstrahl der Feuerwehrmänner an, sank dann aber in sich zusammen, um zwischen Holz, Papieren und Möbeln zu verlöschen.

»Da wird eine alte Gasflasche explodiert sein«, sagte einer der Feuerwehrleute und nahm seinen Helm ab. »Das passiert öfter, wenn die Schläuche undicht sind.«

»Aber es hat bereits gebrannt, ehe die Gasflasche explodiert ist«, meinte Levi nachdenklich. Er nahm das Handtuch, das ihm einer der Nachbarn reichte, und wischte sich den Ruß aus dem Gesicht. »Außerdem war die Eingangstür versperrt.«

»Wir sehen uns alles gründlich an. Wenn es Brandstiftung war, dann stellen wir das mit Sicherheit fest«, sagte der Leiter der Feuerwehr.

»Kann ich Sie kurz sprechen?« Eine Nachbarin nahm Levi zur Seite. »Ich habe gehört, was Sie vorhin gesagt haben«, meinte die Frau leise. »Kurz bevor das Feuer ausgebrochen ist, habe ich eine Gestalt aus dem Garten kommen sehen.«

»Eine Gestalt? Konnten Sie erkennen, ob es ein Mann oder eine Frau war?«, fragte Levi.

»Das kann ich nicht sagen, aber die Person war schlank. Sie ist dort hinübergelaufen.« Die Nachbarin deutete zu den Gleisen.

»Das müssen Sie unbedingt den Beamten erzählen«, sagte Levi. Langsam ging er zu seinem Wagen zurück. Brenner und er interessierten sich für den Fall von Rosa Hohenwald. Und jetzt war das Haus von Brenner abgebrannt. Das konnte kein Zufall sein.

21

Eine riesige schwarze Spinne kroch die Kaimauer hinauf und krallte ihre behaarten Beine in die Zwischenräume der Steine. Das dreidimensionale Graffito an der Wand wirkte so echt, dass Olivia ein Schauer über den Rücken lief, als sie davorstand. Sie war mit dem Fahrrad am Donaukanal entlanggeradelt, um sich hier mit Levi zu treffen. Sofort nach ihrem Besuch bei Sperl hatte sie versucht, ihn zu erreichen, war aber nur auf seiner Mailbox gelandet.

Es war allerdings nicht irgendein Treffpunkt, sondern die Stelle, an der man die sterblichen Überreste von Rosa Hohenwald gefunden hatte. Olivia wollte unbedingt den Ort sehen, wo es seit Jahren das erste Zeichen ihrer Tochter gegeben hatte. Sie war früh dran. Die Hausdächer im dritten Bezirk auf der anderen Seite des Kanals glitzerten in der Sonne, während hier die Ausläufer des Praters noch im Schatten lagen. Olivia lehnte ihr Rad an einen Baum und ging über die Wiese. Von ferne war der Lärm der Stadtautobahn zu hören, der in Wellen zu ihr herübergetragen wurde. Die zerfetzten Absperrbänder der Polizei flatterten im Wind und der Boden war aufgewühlt, so als hätten riesige Maulwürfe die Erde umgepflügt. Der Tod war für Olivia allgegenwärtig und hing wie eine schwarze Wolke über dem Gelände. Immer wieder blieb sie stehen, bückte sich, um einen Gegenstand auf dem Boden genauer in Augenschein zu nehmen. Um vielleicht doch noch ein Lebenszeichen von Juli zu finden. Aber meistens waren es nur Scherben oder Kronkorken, die dort lagen. Was hatte sie denn erwartet? Dass irgendwo ein deutlicher Hinweis auf Juli zu finden wäre? Vor einer tiefen Rinne stoppte sie, hockte sich ins Gras und starrte auf Wurzeln und Holzreste in der Grube, die wie mit Zucker bestreut wirkten.

»Das sind noch Reste von dem Pulver der Spurensicherung«, hörte sie plötzlich eine Stimme hinter sich. Sie blickte hoch und sah Levi, der mit einer Vintage-Lederjacke bekleidet hinter ihr stand. »Damit kann man selbst auf einer Oberfläche wie dieser Fingerabdrücke erkennen.«

»Hier hat man also Rosa gefunden«, sagte Olivia und stand auf. »Du hast mir doch von deinem Kollegen Brenner erzählt«, sagte sie dann. »Das war eine schlimme Sache mit dieser Gasexplosion. Ich habe davon im Internet gelesen.«

»Ich war dabei, als es passiert ist«, antwortete Levi. »Es war kein Unfall, sondern jemand hat das mit Absicht gemacht. Nur kann ich das im Moment noch nicht beweisen. Aber reden wir später darüber. Bist du schon lange hier?«

»Ich habe gedanklich nach einer Spur von Juli gesucht, aber nichts gefunden. Ich dachte, vielleicht gibt sie mir ein spirituelles Zeichen«, sagte Olivia und deutete zur Wiese.

»Und hast du etwas gespürt?«, fragte Levi.

»Nein, nichts. Nur ein Gefühl von Trauer und Wut.«

»Weshalb Wut?«, wunderte sich Levi.

»Weil die kleine Rosa so jung und so grausam sterben musste«, antwortete Olivia. »Über Sperl bin ich mir noch nicht so recht im Klaren. Ich hatte teilweise das Gefühl, dass er mich manipulieren wollte, aber auf der anderen Seite wirkt er sehr sensibel.«

»Richtig, du warst ja bei Andreas Sperl«, sagte Levi. »Wie bist du denn so schnell zu einer Besuchserlaubnis gekommen?«

»Ich habe eben Beziehungen«, erwiderte Olivia. »Und ich war sehr überrascht, als ich Sperl zum ersten Mal persönlich gegenübergestanden habe. Er sieht gut aus und wirkt ausgesprochen sympathisch.«

»Viele Mörder wirken einnehmend. Das ist ein Wesenszug von Psychopathen«, widersprach Levi.

»Er hat mir von Rosa und Juli erzählt. Dass sie ihn oft am Autoscooter in Süßenbrunn besucht haben. Sperl hat auch das Halstuch von Juli erwähnt.«

»Sagt er die Wahrheit?«

»Juli hat ihm erzählt, wo wir das Tuch damals gekauft haben. Sperl wusste auch, dass wir anschließend beim Italiener vergebens auf Michael gewartet haben. Niemand kannte diese Geschichte.«

»Das ist höchst interessant«, meinte Levi und kratzte sich seinen Bart. »Ich habe heute mit Reiter telefoniert und er hat mir gesagt, dass sich Brenner wegen eines Fotos bei ihm gemeldet hat. Das muss kurz vor dem Feuer in seinem Haus gewesen sein.«

»Um welches Foto ging es dabei?«, fragte Olivia.

»Es war ein Abzeichen oder etwas Ähnliches darauf zu sehen. Ein Kreis mit einer Harfe. Auch mir wollte Brenner dieses Foto zeigen, aber dann gab es ja diese Explosion.«

»Das ist doch kein Zufall«, sagte Olivia.

»Nein, das glaube ich auch nicht. Vielleicht hat Max Hohenwald etwas mit diesem Brand zu tun. Brenner erwähnte bei meinem Besuch ein Telefonat mit ihm.«

»Du meinst, Max hat das Feuer gelegt?« Olivia runzelte ungläubig die Stirn.

»Was ist mit Greta?«, warf Levi ein.

»Aus Greta werde ich nicht wirklich schlau. Auf der einen Seite ist sie kühl und unnahbar, aber auf der anderen Seite kümmert sie sich aufopfernd um die Familie. Das hat mir Max erzählt. Allerdings hat sie mir direkt ins Gesicht gelogen. Und auch ihr Bruder hat bei seinem Besuch behauptet, dass er keine Juli kennt.«

»Max Hohenwald wirkt sehr steif«, sagte Levi. »Aber er ist schlau, trotz seiner Komplexe. Ich weiß, dass du natürlich nichts von dem Gespräch erwähnen darfst, denn das fällt unter die ärztliche Schweigepflicht. Aber diese Familie ist eigenartig. Warum lügen sie?« Levi blickte Olivia fragend an.

»Warum sagt man nicht die Wahrheit? Weil man etwas zu verbergen hat«, antwortete Olivia und griff nach ihrem Rucksack. »Ich habe eine Freundin, die bei einer Zeitung arbeitet. Sie hat mir einige interessante Informationen über die Familie Hohenwald gemailt. Ich habe alles dabei.«

»Warum nimmst du einen Berg Papier mit und schickst mir nicht einfach eine Mail?«, fragte Levi.

»Ich bin da ein wenig altmodisch und muss ein Papier in den Händen halten, wenn ich lese. Genauso, wie ich gedruckte Bücher lieber mag.«

»Alles klar. Gehen wir in ein Caféhaus, dort können wir die Unterlagen in Ruhe durchsehen«, schlug Levi vor.

»Nein, fahren wir doch zu mir.«

»Aber ich kann dein Fahrrad nicht mitnehmen«, meinte Levi. »Dann treffen wir uns vor dem Haus. Ich muss vorher noch etwas aus meinem Wagen holen.«

»Was denn?« Olivia blieb stehen und beobachtete Levi, wie er zu seinem Saab ging. Kurz darauf kehrte er mit einem Strauß Wiesenblumen zurück.

»Woher hast du denn die schönen Blumen?«

»Ich bekomme sie von Moses, einem philosophischen Blumenhändler am Karmelitermarkt. Normalerweise sind diese Blumen für eine gewisse Stelle am Praterstern bestimmt«, antwortete Levi zweideutig.

»Was für eine Stelle?«, bohrte Olivia neugierig nach.

»Es ist der Platz, an dem ich angeschossen wurde und gerade noch überlebt habe«, erwiderte Levi. »Aber diesmal hat Rosa diese Blumen mehr verdient als ich.«

Levi ging über die Wiese und hockte sich an den Rand der Grube. Vorsichtig legte er den Strauß hinein und sprach dabei etwas auf Hebräisch.

»Was bedeutet das?«, fragte Olivia, die kein Wort davon verstanden hatte.

»Das waren einige Sätze aus dem Kaddisch. Das ist ein jüdisches Gebet, mit dem man Tod und Trauer assoziiert. Man preist Gott, damit er den Toten wohlgesinnt ist. Ich will einfach, dass es Rosa in einer anderen Welt besser geht als hier.«

»Ich wusste nicht, dass du religiös bist«, sagte Olivia und war von den einfachen Worten Levis tief berührt.

»Bin ich auch nicht. Aber Rosa ist es wert, dass man für sie betet.«

In diesem Moment wusste Olivia, warum sie die Freundschaft mit Levi so sehr schätzte und nie mehr missen wollte.

22

Kurz darauf parkte Levi seinen Saab in einer ruhigen Seitenstraße im neunten Bezirk. Olivia erwartete ihn bereits unten an der Haustür.

»Vielleicht sollte ich mir auch ein Fahrrad zulegen. Damit kommt man in Wien viel schneller voran«, sagte Levi, als sie die breite Treppe hinaufstiegen. Olivia öffnete die Wohnungstür und führte Levi gleich in einen großen Raum. Dort standen noch vereinzelt Kisten herum und die Wände waren alle leer. Plötzlich erinnerte sich Levi an Olivias alte Wohnung, in der sie ein großes Foto an die Wand gepinnt hatte, das ihre kleine Familie zeigte. Darunter hatte Olivia den Satz »Wo seid ihr?« geschrieben. »Was wurde eigentlich aus dem großen Familienfoto?«, fragte er interessiert.

»Das habe ich weggeworfen«, antwortete Olivia. »In einem dieser Kartons habe ich noch Kleider von Juli und Michael. Das ist alles.«

Olivia stellte ihren Rucksack auf einen Karton und zog einen Stoß Blätter heraus, die sie auf einen niedrigen Tisch legte. Dann drehte sie sich wieder zu Levi. »Ich habe keine eigene Wohnung mehr und keine Familie. Alles, was mir geblieben ist, ist ein kranker, aber sehr lieber Vater. Es ist ein neuer Lebensabschnitt für mich. Da hätte dieses Bild nicht hierhergepasst.«

»Ich kann dich gut verstehen. Meine Eltern leben beide nicht mehr. Aber kannst du nicht eine Pflegerin engagieren, die rund um die Uhr auf deinen Vater aufpasst?«, fragte Levi.

»Nein, das ist nicht zu finanzieren. Erna betreut meinen Vater tagsüber und das kostet bereits eine Menge. Dazu kommen noch die wöchentlichen Besuche der Therapeutin und die teuren Medikamente. Aber ich will nicht klagen«, fasste sich Olivia und straffte ihre Schultern. »Willst du etwas trinken? Ich habe nur Fruchtsaft und Wein im Kühlschrank. Und es gibt Instantkaffee.«

»Langsam gewöhne ich mich schon an deinen Kaffee. Eine Tasse davon wäre jetzt angenehm«, meinte Levi. »Was ist damals eigentlich genau passiert? Du hast nie mit mir darüber geredet. Aber du musst mir natürlich nichts erzählen.«

»Doch, ich will darüber reden.« Olivia räusperte sich, ehe sie fortfuhr. »Michael und Juli sind eines Abends im August vor fünf Jahren einfach nicht nach Hause gekommen«, sagte sie zögerlich, denn noch immer kostete es sie Überwindung, die Erinnerung laut auszusprechen. »Michael und ich haben uns in den Wochen zuvor häufig gestritten. Er war spielsüchtig und schon länger arbeitslos. Die ganze Verantwortung lastete auf mir, wir hatten finanzielle Probleme wegen Michaels Schulden, und ich dachte schon daran, mich scheiden zu lassen. Dann sind die beiden verschwunden, und die Welt war plötzlich eine andere.«

»Glaubst du, dass er sich das Leben genommen hat?«, fragte Levi vorsichtig.

»Michael ist nicht der Typ für Selbstmord. Er hat das Leben und seine kleine Tochter geliebt. Aber wer weiß schon, welche Dämonen in einer Person lauern«, sagte sie mit einem bitteren Lächeln. »Dann diese eigenartige Sache mit dem

Halstuch. Sperl hat gesagt, dass Rosa und Juli einige Male bei ihm waren. Also muss auch Michael dort gewesen sein. Ein vierjähriges Mädchen fährt nicht alleine nach Süßenbrunn.« Olivia verstummte abrupt und stand auf. Sie öffnete die Tür auf den Balkon und trat hinaus. »Irgendwann muss ich mit der Vergangenheit abschließen, auch wenn es noch so schmerzt. Aber ich will wenigstens wissen, wer Rosa tatsächlich getötet hat«, sagte sie. »Dort liegen die Unterlagen, die meine Freundin für mich zusammengetragen hat.« Sie deutete auf den Stoß Papiere.

»Dann sehen wir uns das einmal an«, meinte Levi und blickte auf der Suche nach einer Sitzgelegenheit um sich.

»Nimm doch den Stuhl vom Schreibtisch.« Sie beobachtete Levi, während er die Unterlagen überflog und dabei sein Bein massierte.

»Es gab also ein paar Wochen vor Rosas Verschwinden einen Autounfall, bei dem eine ältere Frau schwer verletzt wurde und anschließend im Krankenhaus gestorben ist«, fasste Levi den Inhalt zusammen, nachdem er alles gelesen hatte. »Angeblich hat Max Hohenwald am Steuer gesessen. Aber eine vertrauliche Quelle bei der Polizei hat deiner Journalisten-Freundin geflüstert, dass man Blutspuren auf der Fahrerseite fand, die nicht von Max Hohenwald stammten und in denen zwei Promille Alkohol festgestellt wurden. Max hatte keine Verletzung, es war also nicht sein Blut. Woher stammte es dann? Greta saß betrunken auf dem Rücksitz des Wagens und hatte sich am Kopf verletzt, doch niemand kam auf die Idee, das genauer zu hinterfragen. Und Johannes Arnheim tauchte noch an der Unfallstelle auf. Die Sache wurde anschließend nicht weiterverfolgt. Der Staatsanwalt sah von einer Haftstrafe ab und Max kam mit Bewährung davon.«

»Das wundert mich, denn Staatsanwalt Müller ist ansonsten für sein hartes Vorgehen bekannt«, merkte Olivia an.

»Das braucht dich nicht zu wundern. Müller ist der Halbbruder von Johannes Arnheim. Er stammt aus der ersten Ehe der Mutter.«

»Jetzt wird mir so einiges klar«, erwiderte Olivia. »Meine Freundin wollte noch einen kritischen Kommentar über das Vorgehen der Polizei bei Promis schreiben, doch sie wurde von der Chefredaktion zurückgepfiffen, weil eine Namensnennung laut Staatsanwaltschaft gegen die neuen Richtlinien zum Datenschutz verstößt«, ergänzte Olivia.

»Dieser Johannes Arnheim hat als Staatsoperndirektor eben äußerst gute Verbindungen«, meinte Levi. »Arnheims Bruder war auch bei dem Prozess der Staatsanwalt.«

»Da kann es doch nicht mit rechten Dingen zugegangen sein«, empörte sich Olivia.

»Brenner ist derselben Meinung. Er fand die Beweise so offensichtlich, dass er stutzig wurde. Aber der Fall wurde vom Polizeipräsidenten und von Staatsanwalt Müller ausschließlich in Richtung Sperl vorangetrieben. Es gab auch keine anderen Verdächtigen.«

»Wie passt eigentlich Johannes Arnheim in dieses ganze Bild?«, fragte Olivia. »Ich bin bei meinem Besuch am Schloss kurz auf ihn getroffen.«

»Arnheim ist seit Kurzem mit Alma Hohenwald verheiratet«, antwortete Levi. »Und Rosa war eine seiner Ballettschülerinnen, die an der Staatsoper ausgebildet wurden.«

»Dass Rosa dort unterrichtet wurde, ist naheliegend. Schließlich ist Arnheim der Direktor.« Olivia schwieg und dachte kurz nach, ehe sie weiterredete: »Sperl hat ziemlich emotional reagiert, als ich ihn nach Alma gefragt habe. Er sagte: ›Alma hat mit all dem nichts zu tun.‹ Vielleicht sollten wir uns auf Alma konzentrieren. Sie ist ein absolut unbeschriebenes Blatt. Alles, was ich über sie herausgefunden habe, ist, dass sie früher getanzt hat und jetzt für die Kindervorstellungen an der

Staatsoper das Bühnenbild entwirft. Sperl sagte, dass sie Rosa und Juli manchmal vom Autoscooter abgeholt hat. Ich glaube, Sperl war in sie verliebt. Fragen wir sie doch einfach«, schlug Olivia vor.

»Wie willst du das anstellen? Einfach bei ihr vorbeischauen?«, meinte Levi.

»Natürlich nicht. Aber meine Freundin ist Journalistin und hat überall ihre Kontakte. Und bei ihrer Zeitung gibt es auch eine Gesellschaftsredaktion. Dort weiß man sicher, wo man den Staatsoperndirektor und seine Frau abends beim Dinner antrifft«, erwiderte Olivia.

»Ist das nicht auffällig, wenn du als Frau alleine in einem Restaurant zu Abend isst?«

»Du kannst ja mitkommen, wenn du Lust hast.«

»Ja, das mache ich.«

Levi beobachtete Olivia, die aufgestanden war und mit großen Schritten zwischen den Kartons umherging. Er spürte mit einem Mal die frische Energie, die sie verströmte und die auf ihn übersprang. Olivia wollte genauso wie er dieses Lügengespinst durchstoßen, das sich wie ein unsichtbares Netz über die Familie Hohenwald spannte. Dieses engmaschige Netz, das die Sonne aussperrte und alles in ein schattenhaftes Halbdunkel tauchte, um zu verhindern, dass die Wahrheit ans Tageslicht kam.

23

FÜNF JAHRE ZUVOR

Ein Monat vor Rosas Tod

Seit Greta verliebt ist, hat sie sich völlig verändert. Sie vernachlässigt ihre Pflichten und ist zum ersten Mal in ihrem Leben glücklich. Das früher so diszipliniert eingehaltene Tanztraining für Rosa fällt jetzt öfter aus. Und zwar immer dann, wenn Gretas Freund auftaucht. Dann muss Rosa auf das kleine Mädchen aufpassen und kann nicht üben.

»Rosa macht keinerlei Fortschritte mehr«, sagt Johannes eines Tages, als sich die Familie im Salon versammelt. »Sie ist jetzt ständig im Dorf bei diesem dummen Schausteller, der dort seinen Autoscooter aufgebaut hat.«

»Andi ist nicht dumm«, wirft Alma ein.

»Woher willst du das wissen?«, fragt Johannes. »Kennst du ihn denn näher?« Er schaut Alma argwöhnisch an.

»Nein, natürlich nicht. Ich habe Rosa manchmal von dort abgeholt«, weicht Alma aus.

»Es tut uns leid, wenn Rosa deinen Ansprüchen nicht gerecht wird«, sagt Greta und zerrt nervös an ihrer Mütze. »Es wird nicht mehr vorkommen.«

»Das hoffe ich«, entgegnet Johannes. »Ansonsten muss ich euch die Zuwendungen kürzen.«

»Rosa begleitet dich«, meint Max. »Sie zeigt dir gern, wie hoch sie schon springen kann.«

Johannes nimmt Rosa an der Hand und geht mit ihr aus dem Salon.

In der Tür dreht sich Rosa noch einmal um. »Muss ich wirklich mitgehen?«, fragt sie.

»Ja! Es ist deine Pflicht«, erwidert Greta mit versteinerter Miene.

Am Abend geht ein fürchterliches Gewitter über dem Schloss nieder. Die Geschwister sitzen im Salon, während der Wind den Regen an die Fenster peitscht.

»Wir brauchen die Unterstützung von Johannes nicht mehr«, sagt Greta gut gelaunt. Entgegen ihrer Gewohnheit hat sie bereits zwei Gläser Gin getrunken und fühlt sich jetzt stark und unbesiegbar. »Max verkauft in Zukunft Antiquitäten. Ich arbeite nebenbei während meines Psychologiestudiums und verdiene Geld. Dann mache ich meine eigene Praxis auf. Alma tanzt bei Musicals und wird ein Star. So kommen wir doch prächtig über die Runden.«

»Und was ist mit mir?«, fragt Rosa, die bisher still danebensitzt und die verschorften Wunden an ihren Füßen betrachtet.

»Du gehst nach dem Sommer endlich in eine richtige Schule«, antwortet Greta. »Seid ihr dafür?«, fragt sie in die Runde und alle nicken. »Gut, dann lasst uns jetzt zu Johannes fahren und ihm unsere Entscheidung mitteilen.«

Greta steht auf und geht in das Entree. Irgendwo in einer Lade des üppig verzierten Barocktischchens müssen noch die

Autoschlüssel ihres Vaters sein. Sie findet die Schlüssel und geht wieder zurück in den Salon.

»Los, wir sagen Johannes, dass wir ihn nicht mehr brauchen.« Greta ist stark, jetzt übernimmt sie die Verantwortung für die Familie.

»Willst du wirklich bei diesem Gewitter noch fahren?«, gibt Max zu bedenken.

»Hast du etwa Angst?«, fragt Greta provokant und trinkt schnell ein weiteres Glas Gin fast leer. Jetzt spürt sie den Alkohol, es ist ein wohliges Gefühl, und die Kommandos an ihre Geschwister fallen ihr leicht.

Greta rüttelt an den Türen des Entrees. Die Feuchtigkeit hat das Holz verzogen und sie kann das Tor nicht öffnen. Max hilft ihr und wuchtet den verzogenen Rahmen mit der Schulter zur Seite. Der Regen peitscht den Geschwistern ins Gesicht und in Sekundenschnelle sind sie klatschnass.

»Geben wir Johannes doch lieber erst morgen Bescheid«, wirft Alma vorsichtig ein. Sie hält Rosa an der Hand, die sich einen großen Strohhut ihrer Mutter über den Kopf gestülpt hat und jetzt wie ein Zwerg aussieht.

»Nein, jetzt ist der beste Moment dafür«, beharrt Greta. Sie weiß, dass morgen wieder alles anders sein wird und das wunderbare Gefühl der Freiheit verflogen ist.

Der alte Wagen von Vater steht in der Scheune und ist mit einer Plane zugedeckt. Mit Schwung reißt Greta das graue Plastik herunter.

»Papas Rover«, sagt Max sentimental und streicht mit der Hand über das dunkelgrüne Blech. »Damit sind wir als Kinder immer auf die Flohmärkte gefahren.«

»Ja, genau. Um lauter unnütze Dinge zu kaufen.« Greta öffnet die Fahrertür und setzt sich hinein. »Worauf wartet ihr?«

Als die Geschwister schweigend im Wagen sitzen, startet Greta den Motor und fährt los. Zunächst holpert der Wagen ein wenig, denn sie muss sich erst an die Gangschaltung gewöhnen, aber als sie aus der Scheune fährt, hat sie alles im Griff.

Draußen prasselt der Regen heftig auf die Windschutzscheibe und Greta kann die Allee nur schemenhaft erkennen. Sie fährt durch das offene Tor und biegt dann nach rechts ab. Ein Stück weiter vorne gibt es eine Unterführung und dann wäre sie schon bald auf der Stadtautobahn, die durch das Gewerbegebiet von Kagran und weiter in die Innenstadt führt.

»Wieso sitzt du eigentlich am Steuer? Du hast doch gar keinen Führerschein«, fragt Alma plötzlich und beugt sich vor.

»Nein, aber ich kann fahren, wie ihr seht«, antwortet Greta.

»Es ist vernünftiger, wenn ich fahre«, sagt Max. Er ist der Einzige in der Familie, der einen Führerschein besitzt.

»Nein, ich trage jetzt die Verantwortung für euch«, erwidert Greta und beschleunigt. »Deshalb fahre ich. Ich habe früher öfter heimlich Vaters Wagen ausprobiert.«

Der Scheibenwischer gleitet über das Glas, hat aber keine Chance gegen den prasselnden Regen. Vorne taucht schemenhaft die Eisenbahnunterführung auf. Greta gibt Gas, sie will endlich die hell erleuchtete Stadtautobahn erreichen. Die Sicht ist schlecht und der Wagen ist auf der Landstraße viel zu schnell unterwegs. In diesem Moment zerreißt ein Blitz die Dunkelheit und in dem gleißenden Lichtstrahl sieht Greta eine Gestalt mit einem Regenschirm auf dem Zebrastreifen die Straße überqueren. Augenblicklich tritt sie auf die Bremse, doch der Rover bricht hinten aus und schlingert. Die Gestalt kommt näher und immer näher, jetzt ist das entsetzte Gesicht einer alten Frau im Scheinwerferlicht zu sehen. Sekunden später prallt der Körper gegen den Kühler, wird von der Wucht des Aufschlags emporgehoben und gegen die Windschutzscheibe geschleudert. Das Glas knirscht und bildet Risse, die wie ein Spinnennetz die Scheibe überziehen. Greta würgt den Wagen ab und plötzlich ist kein Laut mehr zu hören.

»Du hast eine Frau überfahren.« Die Worte von Max durchschneiden die Stille und da strömt die grausame Realität in den Innenraum des Wagens. Rosa beginnt zu weinen und Alma flüstert: »Oh mein Gott!« Max stöhnt auf. »Das ist eine Katastrophe«, presst er hervor. Nur Greta bleibt ganz ruhig. Erst jetzt merkt sie, dass sie sich bei dem Aufprall den Kopf am Türrahmen angeschlagen hat. Hastig wischt sie das Blut mit dem Handrücken weg und zieht ihre Mütze über die Stirn. Dann stößt sie die Fahrertür auf und steigt aus. Die Frau liegt merkwürdig verkrümmt auf dem Boden. Unaufhörlich prasselt der Regen auf ihren Rücken. Greta hockt sich zu ihr. Die Frau atmet ganz schwach und Greta weiß, dass sie handeln muss.

»Ruf sofort einen Krankenwagen«, sagt sie zu Max, der hinter ihr steht. Langsam richtet sie sich wieder auf. Wirft einen Blick auf den Rover. Der Wagen ist vorne eingedrückt und die Windschutzscheibe ist zersplittert. Das kann man nicht vertuschen. Ihre Gedanken rasen. Sie muss eine Lösung finden, und zwar sofort. Wieder zuckt ein Blitz durch die Nacht und in dem gelben Schein sieht sie Max telefonieren.

»Wir sagen, dass du gefahren bist«, sagt Greta und packt Max an den Schultern. »Du hast einen Führerschein und bist nüchtern. Dir wird nicht viel passieren. Johannes regelt das. Hast du das verstanden?« Max hat Angst und nickt wortlos, er wagt nicht zu widersprechen. Greta öffnet die hinteren Türen. »Aussteigen!«, befiehlt sie Rosa und Alma.

»Ruf sofort Johannes an!«, sagt sie zu Alma. »Er muss uns helfen.« Noch kurz zuvor wollte sie die Familie aus der Abhängigkeit von Johannes befreien, doch jetzt ist alles anders.

Alma nickt und zieht ihr Handy aus ihrer Jacke.

»Hast du die Frau totgefahren, Greta?«, fragt Rosa.

»Max saß am Steuer«, erwidert Greta. »Und ich neben dir. Weißt du das nicht mehr?«

»Das stimmt doch nicht«, jammert Rosa.

»Sicher. Und genau das wirst du der Polizei sagen.« Sie hockt sich vor Rosa hin und sieht ihr in die Augen. »Max ist gefahren und wir beide haben hinten gesessen.«

»Das ist eine Lüge.«

»Es ist unsere Wahrheit. Wenn du das nicht für mich tust, dann muss ich ins Gefängnis und kann euch nicht mehr helfen. Dann seid ihr ganz alleine«, insistiert Greta und steht auf. Sie stellt sich vor die Geschwister und hebt die Arme. »Schwört, dass ihr bei unserer Wahrheit bleibt.«

»Wir schwören!«, rufen die Geschwister im Chor und fassen sich an den Händen.

Während der Krankenwagen die schwer verletzte Frau notversorgt und die Polizei alle Daten aufnimmt, taucht der dunkle Jaguar von Johannes aus der Dunkelheit auf. Johannes steigt aus und redet lange mit den Polizisten. Dann winkt er Rosa zu sich.

»Wir haben gelogen«, flüstert Rosa und geht auf Johannes zu. Greta sieht ihr nach und denkt, dass Rosa einfach nicht begreifen will, dass dies eine Lüge für die Familie ist.

24

Das Gasthaus »Schöne Perle« in der Leopoldstraße war bekannt für die gute Wiener Küche und eine entspannte Atmosphäre. Olivia wusste, dass die Journalistin Anna Hauser meistens zur Mittagszeit in diesem Lokal saß, da sie ein ausgesprochenes Faible für Hausmannskost hatte. Vor der Gaststätte kettete Olivia ihr Fahrrad an einen der neuerdings überall aufgestellten Fahrradplätze und ging hinein. Das Gasthaus verströmte den Charme einer Retro-Bahnhofshalle, aber gerade das machte die »Schöne Perle« so beliebt. Olivia kannte Anna noch aus der gemeinsamen Studienzeit und später, als Annas Mutter plötzlich starb, hatte Olivia ihr über die schwere Zeit hinweggeholfen.

Anna saß alleine an einem Tisch mit einem Teller Wiener Schinkenfleckerl vor sich und war in ihr Handy vertieft.

»Hallo Anna«, sagte Olivia.

»Olivia! Mein Gott, hast du mich jetzt erschreckt.« Anna zuckte zusammen. »Das ist ja schon wieder ein paar Monate her, dass wir uns das letzte Mal gesehen haben.«

»Darf ich mich zu dir setzen?«, fragte Olivia.

»Aber natürlich.« Anna packte ihr Handy weg und blickte Olivia erwartungsvoll an.

»Was ist? Warum siehst du mich so an?«, fragte Olivia.

»Du siehst so verändert aus. Ist etwas geschehen? Doch nicht etwas mit deiner Familie?«

»Das erzähl ich dir alles in Ruhe, wenn du mich endlich in meiner neuen Wohnung besuchst. Aber jetzt muss ich dich um einen Gefallen bitten«, antwortete Olivia.

»Sehr gern, meine Liebe. Für dich immer. Also schieß los, wie kann ich dir helfen?«

»Du kennst doch sicher den Staatsoperndirektor.«

»Johannes Arnheim? Was möchtest du über ihn wissen?« Anna lehnte sich in ihrem Stuhl zurück.

»Mich interessiert seine Gattin, Alma Hohenwald«, erklärte Olivia ihrer Freundin.

»Oh, die schöne Alma von Hohenwald.« Anna verzog den Mund zu einem spöttischen Lächeln. Dann beugte sie sich verschwörerisch vor. »Alma hat Arnheim mit achtzehn Jahren geheiratet. Er ist dreißig Jahre älter. Aber gekannt haben sie sich wahrscheinlich schon länger. Soweit ich weiß, finanziert der gute Arnheim außerdem das Pflegeheim der Mutter sowie die Erhaltung des Schlosses Hohenwald, und er unterstützt die ganze Familie. Warum macht er das wohl?«

»Vielleicht ist er ein Familienmensch, dem die Geschwister seiner Frau am Herzen liegen«, warf Olivia ein.

»In welcher Welt lebst du, Olivia, Schätzchen?« Anna lachte kurz auf. »Für eine Leistung erwartet so ein Typ Mann immer eine Gegenleistung.«

»Na ja, er will eine junge, schöne, adlige Frau und im Gegenzug verspricht er, ihre Familie zu unterstützen«, brachte Olivia vor.

»Ich glaube, dass es eine Hochzeit aus Berechnung war. Alma liebt diesen Arnheim überhaupt nicht.«

»Glaubst du? Vielleicht hast du recht.« Olivia dachte wieder an Sperls Verhalten, als sie den Namen Alma erwähnte. Die beiden hatten mehr als nur ein paar Worte gewechselt, das sagte Olivia ihr Bauchgefühl.

»Willst du nichts essen?«, fragte Anna und zerteilte die flaumigen Fleckerl. »Diese Schinkenfleckerl sind einfach köstlich.«

»Nein danke«, winkte Olivia ab. »Wo kann ich denn Alma Hohenwald unauffällig treffen und mit ihr ins Gespräch kommen?«

»Mmhh …« Anna spießte ein Fleckerl auf ihre Gabel und betrachtete es versonnen. »Heute wird ein Kinderballett in der Staatsoper aufgeführt. Arnheim und seine Gattin gehen vorher meistens in ein Schnitzel-Restaurant am Schubertring zum Abendessen.«

»Das Lokal kenne ich gar nicht.«

»Wo lebst du eigentlich? Auf dem Mond?« Anna verzog in gespieltem Entsetzen das Gesicht. »Da gibt es vorzügliche Schnitzel. Du solltest einfach wieder öfter ausgehen und ein bisschen flirten.«

»Ich werde es mir zu Herzen nehmen«, antwortete Olivia lächelnd und blickte auf ihre Uhr. »Oh, schade, ich habe gleich ein Patientengespräch in meiner Praxis. Ich muss los. Danke für deine Infos.«

»Aber gern doch. Vergiss nicht die Einladung in deine Wohnung. Ich möchte unbedingt mal deinen Vater Leopold kennenlernen«, rief ihr Anna noch hinterher, als Olivia das Gasthaus verließ.

Zurück in ihrer Praxis wählte sie sofort Levis Nummer.

»Ich weiß jetzt, wo wir Alma treffen können«, sagte sie aufgeregt und berichtete Levi von ihrem Gespräch mit Anna Hauser.

»Und was willst du überhaupt von ihr?«, fragte Levi ein wenig skeptisch.

»Na, ganz einfach. Ich frage Alma, ob sie mit Andreas Sperl ein Verhältnis gehabt hat.«

»Bist du noch bei Verstand? Das kannst du nicht machen«, warnte sie Levi.

»Und wieso nicht?«

»Weil Alma dann sicher alles abstreitet. Du musst viel subtiler vorgehen. Als Psychiaterin kennst du doch sicher einige Kniffe, wie man aus Leuten die Wahrheit herauskitzelt, ohne dass sie es merken.«

»Das ist also deine Meinung über Psychiater«, schmollte Olivia. »Das war doch nur ein Scherz. Ich überlege mir natürlich, wie ich Alma aus der Reserve locken kann.«

»Dann ist ja alles gut. Treffen wir uns gegen achtzehn Uhr vor dem Lokal. Und denk daran, Alma soll uns nur Hinweise zu Sperls merkwürdiger Aussage geben.«

»Vielleicht kann ich sie auch dazu überreden, Sperl im Gefängnis zu besuchen.«

»Warten wir zunächst das Treffen mit Alma ab«, sagte Levi und verabschiedete sich.

Olivia löffelte einen Joghurt und blickte dabei aus dem Fenster hinunter in den kleinen Park. Dort schaukelte gerade ein Vater seinen Sohn, während der Kleine entzückt aufschrie. Daneben saß ein Hund und schaute beiden interessiert zu. Wie gern würde sie jetzt mit Juli auch in den Park gehen. Dann schweiften ihre Gedanken wieder zu Alma und ihrer Beziehung zu Andreas Sperl. Würde es ihr heute Abend gelingen, Licht in das Dunkel um den Tod von Rosa zu bringen?

25

In dem Lokal am Schubertring herrschte eine gediegene Atmosphäre, als Levi und Olivia eintraten. Kellner huschten beflissen zwischen den Tischen umher und der Duft nach köstlichen Schnitzeln erfüllte die Luft. Leise Musik ertönte aus versteckten Lautsprechern und die Beleuchtung war gedimmt. Es war ein Restaurant, in dem man sich sofort wohlfühlte. Sie bekamen einen Tisch an der Seitenwand des Lokals. Von dort aus hatte man einen guten Überblick über den gesamten Raum.

Olivia trug ein rotes Strickkleid, das perfekt mit ihren schwarzen Haaren harmonierte, und eine Halskette ihrer Mutter Flora. Nach langer Zeit hatte sie zum ersten Mal wieder Lippenstift aufgetragen und sich dezent geschminkt.

»Du siehst sehr gut aus«, machte ihr Levi ein Kompliment, als sie sich setzten.

»Das kann ich nur zurückgeben«, erwiderte Olivia. Es stimmte, denn Levi wirkte in dem dunklen Sakko, dem weißen Hemd und der schwarzen Hornbrille wie ein cooler Intellektueller. »Seit wann trägst du eine Brille?«, fragte sie.

»Schon seit einigen Jahren, aber ich brauche sie nur zum Lesen«, meinte Levi und studierte die Speisekarte.

»Alma und Arnheim sitzen dort drüben«, flüsterte Olivia und warf einen schnellen Blick auf die beiden.

»Ich habe sie schon entdeckt«, erwiderte Levi. »Aber du darfst nicht so auffällig hinüberstarren.«

Arnheim saß mit ausdruckslosem Gesicht bei Tisch und drehte sein Handy zwischen den Fingern hin und her. Die junge Alma wirkte in ihrem geblümten Kleid noch zerbrechlicher als auf dem Foto, das Olivia bei der Polizei gesehen hatte. Auch Alma verzog keine Miene und starrte ins Leere. Vor ihnen standen die Teller mit den halb aufgegessenen Schnitzeln.

»Die beiden haben sich anscheinend nicht viel zu sagen«, meinte Levi und verstummte, als der Ober an ihren Tisch trat, um die Bestellung aufzunehmen.

Während des Essens warf Olivia ab und zu einen schnellen Blick auf Alma. Deren Gesicht war blass und sie hatte die Lippen so fest zusammengepresst, dass ihre Kiefermuskeln zuckten. Auf Olivia machte es den Eindruck, als würde sich Alma mit aller Gewalt zusammenreißen, um nicht laut aufzuschreien. Olivia trank ihren Wein und überlegte, wie sie vorgehen sollte. Einfach aufzustehen und zum Tisch der beiden hinüberzugehen, schien ihr nicht der richtige Weg.

Nachdem Alma stumm einige kleine Bissen zu sich genommen hatte, begann sie plötzlich doch zu reden. Olivia konnte nicht verstehen, was sie sagte, aber an der Mimik war zu erkennen, dass es sich um etwas Ernstes handeln musste. Arnheim lächelte ironisch und zog spöttisch die Augenbrauen hoch, dabei schien er sich köstlich über den Zorn von Alma zu amüsieren. Schließlich stand sie auf und warf ihre Serviette auf den Boden. Hocherhobenen Hauptes ging sie ganz knapp an Olivias Tisch vorbei zu den Toiletten, die im hinteren Teil des Restaurants lagen.

»Das ist die Gelegenheit«, flüsterte Olivia Levi zu und stand ebenfalls auf. Langsam, um keinen Verdacht zu erwecken, ging sie den getäfelten Gang entlang. Als sie die Toilettentür öffnete, sah sie Alma vor einer langen Spiegelwand stehen und ihr Make-up erneuern. Almas Augen waren gerötet, so als hätte sie geweint.

Olivia stellte sich neben sie und zog ihren Lidschatten nach. Wie zufällig kreuzten sich die Blicke der beiden Frauen im Spiegel.

»Geht es Ihnen nicht gut?«, fragte Olivia mitfühlend.

»Wie kommen Sie darauf?« Alma riss ihre blauen Augen weit auf und trat einen Schritt zurück. Dann drehte sie sich zu Olivia. Sie war tatsächlich eine sehr schöne junge Frau. In dem geblümten Designerkleid und mit den glitzernden Ohrringen wirkte sie aber wesentlich älter als einundzwanzig Jahre.

»Warum fragen Sie?« Alma musterte Olivia verunsichert.

»Sie wirken so bedrückt und Ihre Augen sind gerötet«, erwiderte Olivia. »So als hätten Sie gerade erst geweint.«

»Sie sind eine gute Beobachterin«, sagte Alma und lächelte zum ersten Mal. Plötzlich war sie wieder jung und verletzlich. »Ich hatte gerade eine unschöne Auseinandersetzung mit meinem Mann. Er versteht mich einfach nicht.« Alma seufzte.

»Männer sind kompliziert«, bekräftigte Olivia. »Besonders wenn es einen gewissen Altersunterschied gibt.«

»Das stimmt, mein Mann ist wesentlich älter. Er beurteilt bestimmte Dinge einfach anders als ich«, sagte Alma.

»Da wäre ein gleichaltriger Freund wohl einfacher«, sagte Olivia und nahm einen Lippenstift aus ihrer Handtasche.

»Nein. Ich habe genug von jungen Männern.«

Olivia bemerkte, dass Alma dabei nervös an ihren Ohrringen zupfte. »Hatten Sie von Andreas Sperl auch genug?«, fragte sie wie nebenbei und zog sich die Lippen nach.

»Wie bitte? Wieso erwähnen Sie Andi?« Alma starrte sie mit offenem Mund an und wich dann zurück. »Wer sind Sie?«

»Ich bin Psychiaterin und mich interessiert Ihre Beziehung zu Sperl.«

»Ich habe keine Beziehung zu Andi. Woher kennen Sie ihn?«

»Ich habe Sperl vor Kurzem im Gefängnis besucht. Es geht ihm nicht sehr gut.« Olivia spürte, dass Alma jetzt in der Defensive war, und sie ließ ihr keine Zeit, sich zu sammeln. »Sperl schreibt verzweifelt ›Ich verzeihe dir‹ auf die Wände seiner Zelle. Wissen Sie vielleicht, wen er damit meint? Vielleicht Sie?«

»Nein. Ich kannte Andi nur flüchtig«, machte Alma einen schwachen Versuch, sich gegen die Wahrheit zu stemmen.

»Das glaube ich Ihnen nicht. Sie und Andreas waren ein Paar, oder?«, wagte sich Olivia vor.

»Ja. Das stimmt«, gab sich Alma geschlagen. Sie holte tief Luft und auf ihren Wangen bildeten sich hektische rote Flecken. »Aber Andi ist der Mörder meiner Schwester. Er hat Rosa getötet.« Alma schlug sich die Hände vors Gesicht. »Ich hätte nie gedacht, dass er zu so etwas fähig ist. Er ist ein Monster«, tönte es schrill zwischen ihren Fingern hervor.

»Vielleicht ist Sperl unschuldig«, sagte Olivia, obwohl sie sich darüber noch nicht im Klaren war.

»Warum glauben Sie das?«, fragte Alma niedergedrückt und ließ die Hände sinken.

»Besuchen Sie Sperl doch gemeinsam mit mir.«

»Das kann ich nicht«, hauchte Alma. »Ich will ihn nie wiedersehen.« Sie stützte sich am Waschtisch auf und starrte in den Spiegel. »Andi hat den Mord gestanden. Meine Schwester Greta würde niemals zustimmen, dass ich ihn wiedersehe.«

»Was hat denn Ihre Schwester damit zu tun?«

»Sie hat die Verantwortung für unsere Familie übernommen. Ich darf sie nicht enttäuschen.«

Plötzlich wurde die Tür zum Waschraum aufgerissen und Arnheim stand raumfüllend im Türrahmen.

»Alma, kommst du bitte?«, forderte Arnheim streng und stutzte, als er Olivia bemerkte. »Wir kennen uns doch.«

»Das kann sein«, antwortete Olivia so gleichgültig wie möglich. »Ihre Frau erwähnte das auch vorhin. Vielleicht erinnere ich Sie an eine Bekannte. Das ist übrigens der Waschraum für die Damen.«

»Sie müssen entschuldigen, aber ich hatte Sorge um meine Frau«, sagte Arnheim verwirrt. »Alma, komm jetzt, ich möchte gehen.« Arnheim blieb in der Tür stehen, bis Alma an ihm vorbei nach draußen verschwunden war. Dann sagte er zu Olivia: »Meine Frau ist Künstlerin und sehr sensibel. Sie dürfen nicht alles für bare Münze nehmen, was sie nach einigen Gläsern Wein redet.«

»Wir haben nur über Frauenthemen gesprochen«, erwiderte Olivia.

»Jetzt erinnere ich mich wieder, wo ich Sie erst neulich gesehen habe. Es war vor Schloss Hohenwald. Lassen Sie uns in Ruhe und kümmern Sie sich um Ihre eigenen Angelegenheiten«, blaffte Arnheim, bevor er sich umdrehte und ging.

Olivia atmete tief durch und wartete noch eine Weile, ehe sie zu Levi an den Tisch zurückkehrte.

»Es stimmt«, sagte Olivia und nippte an ihrem Wein. »Alma hatte eine Beziehung mit Sperl und sie hat nach wie vor Gefühle für ihn. Aber die beiden mussten ihre Liebe wahrscheinlich immer verheimlichen. Alma hat große Angst, nicht nur vor ihrem Ehemann.«

»Vor wem sollte sie noch Angst haben?«

»Alma hat Angst vor ihrer Schwester. Greta trägt die Verantwortung für die Familie, das hat sie wortwörtlich gesagt. Also fühlen wir Greta noch einmal auf den Zahn«, beschloss

Olivia aufgeregt. Sie dachte nach und sagte: »Greta studiert doch Psychologie und absolviert gerade ein Praktikum. Weißt du vielleicht, wo genau sie das macht?«

»Greta arbeitet derzeit in einem Sozialstützpunkt in Floridsdorf. Das weiß ich von Brenner«, antwortete Levi. »Du glaubst also, dass sich Alma vor ihrer Schwester fürchtet?«

»Menschen, die Angst haben, können in ihrer Verzweiflung die schlimmsten Dinge tun.«

26

Greta saß auf einem mit rotem Samt bezogenen Stuhl in einer Loge im dritten Rang der Staatsoper. Von hier aus hatte man einen beeindruckenden Blick in den Zuschauerraum. Die Logen mit ihren warm wirkenden Samtwänden leuchteten im Licht der Kristalllüster und die Bühne schien endlos riesig zu sein. *Für einen Künstler muss es ein erhebendes Gefühl sein, hier zu singen oder zu tanzen*, dachte Greta.

Sie stützte sich mit den Unterarmen auf die Brüstung und beobachtete das Treiben unten auf der Bühne, wo gerade ein Kinderballett aufgeführt wurde. Die Musik schwebte in zarten Klangwellen zu ihr hinauf, vermochte aber nicht bis in ihr Inneres zu dringen. Seit sie vor Jahren ihr Herz verschenkt hatte und vom Schicksal so böse betrogen worden war, hatte sie einen eisernen Panzer um ihre Gefühle gelegt.

Greta war froh, alleine in der Loge zu sitzen, denn sie fühlte sich angesichts der vielen Mütter, die mit strahlenden Augen ihre Kinder beobachteten, ein wenig fehl am Platz. Von ihrer Loge aus, hoch oben, sahen die Mädchen in ihren weißen Kleidchen wie Schneeflocken aus. Anmutig drehten sie sich im

Kreis, sanken gekonnt auf den Boden nieder, ganz wie es die Choreografie des Stückes verlangte.

»Es ist nett von dir, vorbeizukommen«, hörte sie plötzlich eine Stimme hinter sich. Sie drehte sich um und sah Johannes, der lautlos in die Loge getreten war und mit einem verzückten Lächeln nach unten blickte.

»Sind sie nicht süß in ihrer Unschuld, meine kleinen Engel?«, murmelte er und wies mit der Hand zu den Ballettmädchen. »Sie wirken, als wären sie direkt vom Himmel gefallen.«

»Das alles sagt mir nicht viel«, erwiderte Greta. »Warum veranstaltest du als Staatsoperndirektor diese Kinder-Aufführungen?«

»Viele der Mütter sind die Frauen unserer Sponsoren. Die haben Zeit für die Kunst. Das nennt man Umwegrentabilität.«

»So ist das also«, sagte Greta desinteressiert. »Musst du nicht hinter der Bühne bei Alma sein?«, fragte sie dann.

»Alma kommt auch ohne mich zurecht«, erwiderte Johannes. »Ich habe ihr gesagt, dass ich dich abhole.«

»Worauf warten wir dann noch?« Greta stand auf.

»Hast du das gewusst? Alma hat für diese Veranstaltung die Ausstattung und die Kostüme entworfen«, meinte Johannes mit einem gewissen Stolz in der Stimme.

»Ja, das Bühnenbild ist wirklich schön.« Greta warf noch einen schnellen Blick hinunter, konnte aber mit der fotografierten Wiesenlandschaft nicht viel anfangen.

»Hast du nichts mehr übrig fürs Ballett?«, fragte Johannes, der stehen geblieben war und das ausdruckslose Gesicht von Greta bemerkte.

»Seit Rosa tot ist, interessiere ich mich mehr für die Psyche der Menschen«, erwiderte Greta und blickte ihm ernst ins Gesicht.

»Deshalb studierst du ja auch Psychologie. Weil wir gerade darüber sprechen: Heute bin ich in unserem Stammrestaurant zufällig auf diese Frau Dr. Hofmann gestoßen. Was wollte sie eigentlich damals von dir?«

»Sie hat sich nach ihrer Tochter Juli erkundigt. Die war angeblich eine Freundin von Rosa«, erwiderte Greta.

»Und was hast du ihr gesagt?«

»Dass ich keine Juli kenne.«

Durch labyrinthische Korridore und Gänge liefen sie nach unten.

»Von hier gelangen wir am schnellsten hinter die Bühne.« Johannes öffnete eine versteckte Tapetentür, die zu einem schmalen Gang führte, von dem aus man direkt hinter die Leinwand mit den Fotoprojektionen kam. Jetzt hatte sich die Perspektive stark verändert und die Mädchen wirkten nicht mehr so klein und zierlich wie von oben. Ihre Körper wurden als überdimensionierte Schatten an die Wand der Feuermauer geworfen und erschienen, zusammen mit der dumpfen Musik, mit einem Mal bedrohlich.

Alma hockte am Boden und zupfte an den Röckchen der kleinen Mädchen herum, richtete da ein Krönchen und band dort noch ein seidenes Schuhband. Sie war so in ihre Arbeit vertieft, dass sie Johannes und Greta gar nicht bemerkte.

»Wie gut du das kannst.« Johannes ging an seiner Frau vorbei und strich einem kleinen Ballettmädchen zart über den Kopf. »Durch dich sind diese Engelchen noch hübscher geworden.« Dann wandte er sich den Müttern zu, die verzückt den Tanz ihrer Kinder beobachteten.

»Ich muss dich dringend sprechen«, flüsterte Alma Greta zu, als Johannes mit den Müttern verschwunden war.

»Was gibt es?«

»Ich war vorhin mit Johannes essen und wir haben wie immer gestritten. Die Situation wird immer unerträglicher für mich. Das halte ich nicht mehr lange aus«, sagte Alma atemlos.

»Es wird dir aber nichts anderes übrig bleiben. Was willst du mir sagen?«, fragte Greta.

»Ich bin in den Waschraum geflohen und dort hat mich eine Psychiaterin angesprochen. Stell dir vor, sie war bei Andi im Gefängnis.«

»Ich weiß, Johannes hat sie erwähnt. Das ist Olivia Hofmann. Sie war auch neulich bei uns auf dem Schloss«, sagte Greta.

»Ist dir aufgefallen, dass sie dir etwas ähnlich sieht?«

»Nein, das habe ich nicht bemerkt.«

»Was will sie von uns? Warum stellt sie uns nach?«, fragte Alma und zwirbelte nervös eine blonde Haarsträhne zwischen ihren Fingern.

»Das weiß ich nicht, aber sie hat auch Max schon völlig konfus gemacht. Ich hoffe, du hast nichts gesagt, was uns schaden könnte.«

»Was sollte uns denn schaden?«, fragte Alma verunsichert.

»Sie hat gesagt, dass Andi immer nur einen Satz auf die Wände seiner Zelle schreibt: ›Ich verzeihe dir‹. Sie hat mich gefragt, ob ich damit gemeint bin.«

»Das ist doch alles nur ein ausgemachter Blödsinn. Sie will uns bloß verrückt machen«, antwortete Greta sanft.

»Aber warum denn? Ich habe ihr doch nichts getan.« Alma war den Tränen nahe.

»Olivia Hofmann ist auf der Suche nach ihrer verschwundenen Tochter. Vielleicht hat dein Andreas die Kleine auch auf dem Gewissen«, sagte Greta kurz angebunden.

»Ich kann das nicht ertragen, wenn du so über Andi sprichst«, sagte Alma mit weinerlicher Stimme.

»Du verschließt einfach immer die Augen vor der Wirklichkeit. Was hat Olivia Hofmann noch gesagt?«

»Sie will, dass ich Andi besuche«, sagte Alma.

»Bist du wahnsinnig? Du willst zu dem Mörder unserer kleinen Schwester?« Greta packte Alma an den Schultern und zog sie eng an sich. »Weißt du, was du uns damit antust?«, flüsterte sie und streichelte Almas Rücken.

»Ich will Andi auf keinen Fall sehen. Das bricht mir sonst das Herz«, schluchzte Alma.

»Ich verstehe dich. Es ist hart, wenn man von dem Geliebten so enttäuscht wird. Glaub mir, ich weiß, wovon ich rede.« Greta küsste ihre Schwester auf die Stirn. »Ich muss jetzt los. Max holt mich ab. Die Familie verlässt sich auf dich.«

Als Greta aus der Oper hinaus ins Freie trat, begann es zu regnen. Sie setzte ihre Mütze auf und hielt nach dem Wagen von Max Ausschau.

»Mein Auto parkt in der Tiefgarage.« Max stand plötzlich vor ihr.

»Dann gehen wir«, sagte Greta. »Hier wird man ja klatschnass. Das ist doch der Rover von Vater«, murmelte Greta, als sie vor dem Wagen standen. Sie öffnete die Beifahrertür und setzte sich hinein.

»Ja, ich habe ihn reparieren lassen«, sagte Max. »Johannes wollte ihn damals verschrotten, aber ich war dagegen.« Max startete den Wagen und langsam fuhren sie aus der Tiefgarage. Als sie die Ausfahrt passiert hatten, prasselte der Regen so unvermittelt auf den Wagen, dass Greta zusammenzuckte.

»Erinnerst du dich an unseren Schwur, Max?«

»Ich habe nicht vor, ihn zu brechen.«

Als der Regen immer heftiger auf die Windschutzscheibe trommelte, bemerkte Greta, dass die Hände von Max zitterten.

»Was ist los mit dir?«, fragte sie.

»Es ist wie in dieser schrecklichen Nacht. Wir sitzen im Auto und es regnet. Aber damals bist du gefahren.«

»Lass die alten Geschichten«, sagte Greta.

»Das kann ich nicht. Ich muss mich endlich der Wirklichkeit stellen«, sagte Max traurig. »Ich lasse mich von Olivia Hofmann therapieren.«

»Du wirst nichts dergleichen tun, hast du mich verstanden!«, insistierte Greta. »Diese Psychiaterin kann unsere Familie zerstören. Du weißt hoffentlich, was das für dich bedeutet? Du verlierst alles, wirst vielleicht sogar obdachlos. Willst du das?«

»Nein, das darf natürlich auf keinen Fall passieren«, flüsterte Max und umklammerte das Lenkrad so fest, dass seine Fingerknöchel weiß wurden.

»Deshalb muss Olivia Hofmann endlich aus unserem Leben verschwinden.«

»Ich kümmere mich darum, dass Olivia nicht mehr in unseren Angelegenheiten herumschnüffelt«, sagte Max leise. »Sei ganz beruhigt, dafür sorge ich.«

27

Zwei junge Mädchen in aufgerissenen Jeans saßen auf der Treppe des Einkaufszentrums am Floridsdorfer Spitz und rauchten selbst gedrehte Zigaretten. Sie trugen weite T-Shirts und ihre Arme waren mit schlecht gemachten Tattoos übersät. Plötzlich standen die Mädchen auf und schlenderten zu einem Auto, dessen Fahrer einen Parkplatz suchte, und klopften an das Fahrerfenster.

»Cooler Wagen«, sagte eines der Mädchen und deutete auf den weißen Saab, den Levi gerade einparkte. »Sollen wir ein Auge drauf werfen?«

»Wieso sollte das nötig sein?«, fragte Olivia, die soeben ausstieg und auf die Mädchen zuging.

»Na ja, in dieser Gegend kann so einiges passieren«, meinte das Mädchen und zog an ihrer Zigarette. »Überall gibt es Psychos, die Kratzer in die Autos machen.« Sie griff in ihre Jeans und holte eine Nagelfeile hervor. »Mit so einem Ding geht das ganz schnell.« Sie zwinkerte vielsagend.

»Das glaube ich dir. Es gibt jede Menge Vandalen hier«, sagte Levi und langte in die Tasche seiner abgegriffenen Lederjacke. Natürlich war ihm klar, worauf die ganze Aktion hinauslief.

Die Mädchen wollten Geld, sonst würden sie einen hässlichen Kratzer im Lack seines Wagens hinterlassen. So direkt funktionierte eben das Leben auf der Straße, das wusste er aus seiner Erfahrung als Kriminalist. »Das ist ein alter Saab, den ich sehr liebe. Ich gebe euch zwanzig Euro, damit ihr ein Auge auf ihn habt.«

»Geht klar, Chef. Du kannst dich auf uns verlassen«, sagte das eine Mädchen. Es tippte mit dem Zeigefinger an die Schläfe und stopfte den Zwanzig-Euro-Schein in seine Jeans.

»Warum unterstützt du so eine Frechheit?«, fragte Olivia, als sie durch das Einkaufszentrum gingen und dann vor der Tür zum Sozialstützpunkt stehen blieben. »Diese Gören haben dich ziemlich unverschämt erpresst, ist dir das nicht aufgefallen?«

»Und wenn schon? Hier geht es um leben und leben lassen«, erwiderte Levi entspannt. »Die Mädchen brauchen etwas Geld, und ich will keine Kratzer in meinem Wagen. Ist doch ein fairer Deal.« Levi verstand nicht, warum sich Olivia über diesen kleinen Tauschhandel so aufregte.

»Bei mir wären die beiden damit nicht durchgekommen.« Olivia wollte noch etwas hinzufügen, doch in diesem Moment summte der Türöffner und sie konnten eintreten.

»Hallo Olivia«, sagte eine Frau mit kurzen blonden Haaren, die ungefähr im selben Alter wie Olivia war. »Das war aber eine Überraschung, als du dich wieder bei mir gemeldet hast.«

»Schön, dich zu sehen, Britta. Das ist Levi Kant, er ist ein Bekannter von mir.« Olivia drehte sich zu Levi. »Dr. Britta Huber ist die Leiterin des Sozialstützpunkts. Wir haben vor Jahren hier unsere Praktika absolviert.«

»Sagen Sie einfach Britta«, bot die Leiterin an und streckte Levi die Hand zur Begrüßung entgegen. »Wie kann ich euch helfen?«

»Ich habe nur ein paar Fragen an eine Praktikantin von dir. Greta Hohenwald.«

»Greta? Das ist die beste Studentin, die ich seit Langem habe. So engagiert und pflichtbewusst. Sie hat unsere schwierigen Mädchen perfekt unter Kontrolle. Was willst du von ihr?«, fragte Britta dann neugierig.

»Ich möchte sie wegen eines aktuellen Falles, der vielleicht mit meiner Tochter zu tun hat, etwas fragen«, antwortete Olivia ausweichend.

»Ach ja, deine Tochter, ich habe davon gehört, dass sie vor Jahren verschwunden ist. Das tut mir aufrichtig leid«, meinte Britta. »Greta ist noch nicht hier, aber wir können ja in der Zwischenzeit einen Kaffee trinken und du kannst mir erzählen, was du so treibst.« Sie blickte zu Levi. »Kommen Sie auch mit?«

»Vielen Dank. Aber ich bleibe lieber hier«, lehnte Levi ab und hob sein Handy in die Höhe. »Muss noch einen Anruf erledigen.«

Er wartete, bis die beiden Frauen in der Teeküche verschwunden waren, dann studierte er das Infoboard beim Eingang. Nach einer kurzen Suche fand er den Namen Greta Hohenwald und eine Zimmernummer. Zügig ging er den Korridor entlang und klopfte an die Tür. Als sich niemand rührte, öffnete er und trat forsch ein.

»Wer sind Sie?« Eine junge Frau riss sich die Kopfhörer herunter und starrte Levi überrascht an.

»Oh, tut mir leid«, entschuldigte sich Levi. »Ich dachte, das ist Gretas Büro.«

»Ist es auch. Wir teilen uns den Raum«, erwiderte die Frau. »Ich bin Ruth. Greta ist noch nicht da.«

»Dann warte ich am besten draußen«, meinte Levi und sah sich schnell in dem Büro um. Zwei Schreibtische standen sich gegenüber, dahinter waren Regale mit Ordnern. Doch plötzlich erblickte Levi hinter Ruth einen Kerzenständer auf dem Fenstersims. »Oh! Sie haben eine Menora!«, sagte er erfreut.

»Woher kennen Sie den Namen?«, fragte Ruth verwundert. »Die meisten glauben, es ist ein banaler Kerzenleuchter.«

»Viele wissen eben nicht, dass die Menora, dieser siebenarmige Leuchter, eines der wichtigsten Symbole meiner Religion ist.«

»Sie sind auch Jude?« Ruth lehnte sich in ihrem Stuhl zurück und musterte Levi eingehend.

»Ja, und ich habe einen biblischen Namen, so wie Sie. Ich heiße Levi.«

»Das gefällt mir, wenn sich jemand zu seinem Glauben bekennt. Ich zelebriere jetzt auch die Freitagabende mit dem Schabbat-Essen. Es ist einfach schön, wenn man das Wochenende mit einer Tradition beginnt. Zum Glück brauchen wir unser Bekenntnis nicht mehr zu verstecken. Das war nicht immer so«, sagte Ruth.

»Das stimmt. Es gab für uns sehr dunkle Zeiten. Meine Großmutter hat nur mit viel Glück und ihrem Glauben den Holocaust überlebt. Sie hatte übrigens immer eine Zeichnung des siebenarmigen Leuchters bei sich.« Levi erinnerte sich an Esther, die ihm oft diese verblichene Zeichnung gezeigt hatte. »Während ihrer vierzigtägigen Wanderung trugen die Israeliten die Menora stets mit sich. Bei mir dauerte diese Wanderung ganze sieben Jahre«, hatte sie ihm erzählt.

»Ich finde es hilfreich, wenn man die Religion als Stütze im Leben hat. Das würde Greta manchmal helfen, mit ihrem Schicksal klarzukommen«, sagte Ruth und deutete mit dem Kopf in Richtung des leeren Schreibtischs von Greta.

»Ach, Sie kennen Greta näher?«

»Wir waren über gemeinsame Bekannte lose befreundet. Ehrlich gesagt war mir Greta zunächst nicht sonderlich sympathisch. Doch das hat sich geändert, als sie diesen Mann kennengelernt hat. Mit einem Mal war sie völlig verändert. Sie strahlte und legte ihre kontrollierte Art ab. Wurde zu einer echten Freundin. Das Ende war dann aber ein richtiges Drama für Greta. Bis jetzt hat sie ihr Privatleben nicht mehr auf die Reihe bekommen.«

»Was ist denn passiert?«, fragte Levi mitfühlend und horchte auf.

»Dieser Mann war ihre große Liebe und die beiden wollten heiraten. Greta hat ihn mir einmal vorgestellt und ich muss sagen, er war ein interessanter Typ. Hat sein Schicksal toll gemeistert.«

»Ist ihm etwas zugestoßen?«

»Seine Frau ist unter tragischen Umständen ums Leben gekommen. Doch als er Greta kennenlernte, bekam auch sein Leben wieder einen Sinn.«

»Da haben sich die beiden ja perfekt ergänzt«, fand Levi und lehnte sich entspannt an die Wand, um Ruth nicht zu unterbrechen.

»Ich habe Greta so sehr gewünscht, dass sie von ihrer anstrengenden Familie loskommt und endlich ein eigenes Leben führt. Ihr Bruder Max holt sie ja manchmal von hier ab. Ich sage Ihnen, der Mann ist ein totaler Schlappschwanz. Jetzt lebt Greta leider wieder auf dem Familienschloss und wird sich wahrscheinlich nie mehr aus diesen Fängen lösen. Das Leben hat ihr einfach übel mitgespielt. Es war ein paar Tage vor dem jährlichen Fest im Schloss ihrer Familie. Da hat sie sich mit ihrem Freund gestritten, weil er sich völlig grundlos von ihr trennen wollte. Stellen Sie sich das doch einmal vor«, ereiferte sich Ruth. »Greta plant ein gemeinsames Leben und dann erklärt ihr der Typ, dass er sie verlässt. So von einem Augenblick zum nächsten. Ohne triftigen Grund. Das war eine Tragödie.«

»Das kann ich mir vorstellen«, stimmte ihr Levi zu.

»Ihr Freund hat sie sitzen lassen und war ab diesem Zeitpunkt auch spurlos verschwunden. Greta hat immer wieder vergeblich versucht, ihn zu erreichen. Das hat sie völlig aus der

Bahn geworfen.« Ruth schwieg und blickte an Levi vorbei an die Wand. »Oh! Ich weiß nicht, ob Greta das recht ist, dass ich so viel ausplaudere.«

»Ich verrate es ihr ganz bestimmt nicht«, beruhigte Levi Ruth. »Und hat Greta diesen Mann je wiedergesehen?«

»Nein, und das Merkwürdige daran war, auch seine kleine Tochter ist mit ihm verschwunden.«

»Er hatte eine Tochter?« Levi stieß sich von der Wand ab und seine Gedanken spielten verrückt, als ihn eine dunkle Ahnung befiel. »Und vor einem Fest haben die beiden gestritten? War das im Sommer?«

»Ja, es war vor dem Sommerfest«, antwortete Ruth.

»Wissen Sie vielleicht noch, wie der Freund von Greta geheißen hat?«, fragte Levi angespannt.

»Natürlich, er hieß Mick.«

»Und seine kleine Tochter, können Sie sich an ihren Namen erinnern?«

»Nein, leider nicht, ich habe das Mädchen ja nie gesehen. Aber der Name hatte irgendetwas mit den Jahreszeiten zu tun.«

»Mit den Jahreszeiten? Woran denken Sie dabei?«

»An den Sommer.« Ruth schloss die Augen und konzentrierte sich. »Ja, es hatte mit dem Sommer zu tun.«

»Vielleicht mit dem Monat Juli?«, fragte Levi und spürte, wie sein Herz heftig zu schlagen begann.

»Genau. Jetzt fällt es mir wieder ein. Das kleine Mädchen hieß Juli.«

28

FÜNF JAHRE ZUVOR

Zehn Tage vor Rosas Tod

Greta erwartet Besuch und hat sich ein schwarzes Kleid angezogen und die rote Korallenkette ihrer Mutter umgelegt.

»Du wirst doch nicht zu ihm ziehen?«, fragt Max ängstlich, als Greta an ihm vorbei nach draußen läuft.

»Wer weiß, was im Leben noch alles so kommt?«, ruft sie fröhlich über die Schulter zurück. »Vielleicht heiraten wir bald.«

»Aber die Familie braucht dich hier! Ich brauche dich!«

Greta hört ihn nicht mehr und Max geht in das Zimmer mit den vergilbten Zeitungen, die aus den Regalen quellen und den Boden überschwemmen. Er setzt sich auf einen Stoß Zeitungen und beobachtet seine Schwester vom Fenster aus.

»Mick, schön, dass du gekommen bist«, begrüßt Greta ihn und läuft freudestrahlend auf den Mann zu, der mit einem kleinen Mädchen an der Hand über den Rasen geht. Das Kind winkt fröhlich und hat ein rosa Halstuch mit blauen Schmetterlingen umgebunden.

Greta nimmt Micks Gesicht zwischen die Hände und drückt ihm einen zärtlichen Kuss auf den Mund. »Was willst du trinken?«, fragt sie und winkt Rosa zu sich. »Rosa, kümmerst du dich bitte wieder um Juli?«

»Muss das heute schon wieder sein?«, murrt Rosa. »Warum kann das nicht die Mutter von Juli machen?«

»Weil Julis Mutter tot ist«, antwortet Greta und hakt sich bei Mick unter. »Komm, gehen wir auf die Terrasse.«

»Meine Mama ist nicht tot«, quäkt Juli plötzlich. »Sie muss immer viel arbeiten.«

»Rede keinen Unsinn.« Greta legt ihren Kopf an Micks Schulter.

»Das ist kein Unsinn. Mama ist nicht tot«, beharrt Juli.

Jetzt bleibt Greta doch stehen und dreht sich zu dem kleinen Mädchen. »Wieso sagst du so etwas?«, fragt sie. Sie blickt von Juli zu Mick. »Was plappert deine Tochter für einen Blödsinn?«

»Mama ist nicht tot«, wiederholt Juli und zupft nervös an ihrem Halstuch. Greta fühlt sich jetzt ganz unwohl.

»Mick, sag doch was«, flüstert Greta und sieht zu Mick, der mit ausdruckslosem Gesicht zuhört. Greta atmet hektisch ein und aus. »Du täuschst dich. Deine Mama ist vor einem Jahr gestorben«, macht sie den lahmen Versuch, die Wahrheit aufzuhalten, die wie eine Schlammlawine auf sie zuschießt, bereits an ihren Füßen leckt und sie gleich wegreißen wird.

»Juli sagt die Wahrheit«, hört sie die Stimme von Mick, ehrlich, hart und ohne Mitleid.

»Nein!« Greta stemmt sich mit aller Gewalt gegen diese Wahrheit, die sich schwarz und gewaltig vor ihr auftürmt. »Ihr verarscht mich doch«, sagt sie und drückt sich die Fingerspitzen an die Schläfen. »Mein Gott, das ist euch aber gut gelungen.« Sie atmet erleichtert auf, denn sie will einfach glauben, dass alles nur ein blöder Scherz ist.

»Nein, Greta, das ist alles wahr«, versetzen ihr Micks Worte einen neuerlichen Schlag in die Magengrube. »Ich bin hier, um mich für immer von dir zu verabschieden und reinen Tisch zu machen.«

»Tabula rasa«, echot Greta und beißt sich auf die Lippen, um nicht laut aufzuschreien. Und das Geplapper der Kinder um sie herum hält sie kaum noch aus.

»Ja, genau. Reinen Tisch machen. Nenn mich bitte auch nicht mehr Mick. Ich heiße Michael.« Seine Augen heucheln Verständnis. Er nimmt die Hände aus den Hosentaschen und legt sie sanft auf Gretas Schultern. »Und es stimmt. Ich habe dich belogen, Greta. Es tut mir leid. Ich bin verheiratet und meine Frau lebt. Aber ich werde auch das Leben mit ihr aufgeben, wenn das ein Trost für dich ist. Ich begebe mich mit meiner Tochter auf eine große Reise.«

»Was soll das alles bedeuten? Bist du wahnsinnig geworden?« Greta wankt wie ein angezählter Boxer. Sie will nicht k. o. gehen, nicht von einem Mann zerstört werden.

»Nein, ich war noch nie so klar wie in diesem Augenblick. Ich habe viele Dinge falsch gemacht und damit den Menschen, die ich liebe, Leid zugefügt. Dafür nehme ich jetzt die Konsequenzen auf mich.« Michael greift nach der Hand seiner Tochter. »Komm, Juli, es ist Zeit zu gehen.«

»Wo willst du hin?« Greta zerrt in Panik so fest an ihrer Korallenkette, dass sie reißt und die Korallen wie Blutstropfen auf den Boden prasseln. »Du kannst mich doch nicht hier alleine zurücklassen.«

»Greta, mach jetzt bitte keine Szene.«

»Nein, nein, keine Angst. Ich habe mich unter Kontrolle.« Greta weiß, dass ihre Worte gelogen sind. Mit einem Schlag hat sie alles verloren: die Liebe, das Vertrauen, die Kontrolle, ja, vielleicht sogar das Leben. Wie soll sie jemals wieder

Verantwortung für die Familie übernehmen? Sie, die mit gebrochenem Herzen am Boden liegt, ausgeknockt von einem Mann, mit dem sie sogar die Kraft gehabt hätte, ihre verfluchte Familie zu verlassen.

»Es war eine schöne Zeit mit uns. Ich habe die gemeinsamen Tage mit dir sehr genossen.« Die Worte von Michael treffen sie wie die Kugeln aus der Sarajewo-Pistole, mit der sich ihr Vater erschossen hat.

»Das ist alles, was du zu sagen hast?«

»Mehr gibt es nicht. Adieu.« Michael drückt ihr einen kalten Kuss auf die Wange.

»Arme Greta!« Rosa umarmt ihre große Schwester und presst ihren Kopf an Gretas Brust. »Bist du jetzt wieder alleine? Und ich dachte, wir werden eine richtige Familie mit Juli und Mick. Dann muss ich nicht mehr für Johannes spielen und tanzen.«

»Nicht traurig sein, Rosa«, sagt Juli plötzlich und hält ihr das rosa Halstuch hin. »Das schenke ich dir.«

Rosa greift danach und steckt das Tuch in ihre Schürze, ohne Greta loszulassen.

Als Michael und Juli gehen, halten sich die Schwestern noch minutenlang fest umarmt. Dann löst sich Rosa langsam von Greta, die mit steinernem Gesicht ins Leere blickt.

Gretas Tränen sind versiegt, doch jetzt ist es Rosa, die für ihre Schwester weint.

29

Olivia unterhielt sich gerade mit Britta über die neuen Entwicklungen in der klinischen Psychiatrie, als die Tür zur Teeküche aufgestoßen wurde.

Greta prallte überrascht zurück, fuhr reflexartig mit beiden Händen nach oben und zog sich die Mütze tief in die Stirn. So wie beim letzten Mal trug sie Jeans und einen Designerblazer mit ausgefranstem Revers. »Was machen Sie hier? Wieso reden Sie mit meiner Chefin?«

»Immer mit der Ruhe!« Britta stand auf und ging auf Greta zu, doch diese wich zurück, bis sie mit dem Rücken an die Wand stieß. »Dr. Hofmann ist eine Kollegin von mir und hat nur ein paar Fragen an dich wegen ihrer verschwundenen Tochter. Juli und deine Schwester Rosa waren ja Freundinnen, das hat mir Olivia gerade erzählt.«

»Warum lassen Sie mich nicht einfach in Ruhe?«, sagte Greta zu Olivia. »Ich kenne Ihre Tochter nicht.«

»Ich verstehe nicht, was du meinst.« Britta blickte verwirrt von Olivia zu Greta. »Wieso sagst du so etwas, wenn die beiden Kinder doch Freundinnen waren?«

»Greta bringt da sicher etwas durcheinander«, sagte Olivia ruhig. »Natürlich kennt sie Juli, nicht wahr? Britta, lässt du uns bitte für einen kurzen Augenblick alleine? Dann kläre ich das mit Greta.«

»Alles klar, wir sehen uns nachher.« Britta stellte ihre Kaffeetasse in die Spüle und verließ den Raum.

Greta wartete, bis die Leiterin die Tür hinter sich geschlossen hatte. Dann drehte sie sich zu Olivia.

»Was soll das Ganze? Wollen Sie meine Karriere sabotieren?«, zischte Greta und ihre dunklen Augen blitzten. »Für Britta hat es jetzt vielleicht den Anschein, als hätte ich etwas mit dem Verschwinden Ihrer Tochter zu tun.«

»Sie sind Studentin, da kann man noch nicht von einer Karriere reden. Außerdem haben Sie ja nichts zu befürchten, wenn Sie ein reines Gewissen haben«, konterte Olivia. »Der Mord an Ihrer kleinen Schwester scheint Sie nicht sonderlich zu belasten.«

»Das ist schon lange her.«

»Doch jetzt erst hat man die Leiche gefunden, da kommen doch die Emotionen wieder hoch.«

»Ich habe mit der Vergangenheit abgeschlossen.«

»Aber Ihr Bruder Max macht sich Vorwürfe, nicht wahr?«

»Das kann ich mir nicht vorstellen. Jedenfalls gibt es endlich ein ordentliches Begräbnis für Rosa. Dann kehrt wieder Ruhe ein«, erwiderte Greta.

»Und Sie haben alles wieder unter Kontrolle. Aber was wäre, wenn Andreas Sperl sein Geständnis widerruft? Dann beherrschen Sie die Situation nicht mehr.«

»Warum sollte er das tun? Sie glauben, dass Sie uns gegeneinander ausspielen können? Alma hat mir von Ihrer Begegnung erzählt. Sie haben ihr aufgelauert. Aber Alma wird Andreas sicher nicht besuchen«, sagte Greta.

»Warten wir's ab«, entgegnete Olivia. »Sie haben jedenfalls gelogen. Juli war vor fünf Jahren öfter in Süßenbrunn und hat mit Rosa gespielt. Dafür gibt es glaubwürdige Zeugen.«

»Rosa kannte eine Menge Kinder in unserem Ort. Aber kein Kind namens Juli«, antwortete Greta vehement. »Von wem haben Sie das überhaupt?«

»Andreas Sperl hat es mir erzählt«, erwiderte Olivia kühl.

»Sie waren also wirklich bei Sperl? Gott, was sind Sie doch für eine naive Person. Ich dachte, Sie sind Psychiaterin? Und trotzdem glauben Sie alles, was dieser Mann behauptet? Dieser Psychopath will sich bloß wichtigmachen.«

»Er hat mir bestimmte Details erzählt, die er nur von Juli wissen konnte. Er war absolut glaubwürdig, das habe ich dank meiner Erfahrung als Psychiaterin erkannt«, erwiderte Olivia. »Und da gibt es ja auch noch Ihre Schwester Alma. Sie hatte eine Beziehung mit Sperl. Sie liebt ihn immer noch. Und ich wette, über kurz oder lang wird Alma ihn doch besuchen und er wird ihr die Wahrheit erzählen.«

»Welche Wahrheit?«

»Sie wissen genau, was ich meine.«

»Das ist alles nur Blödsinn und Fantasie«, schoss Greta zurück.

»Wie Sie meinen. Fangen wir von vorne an: Warum lügen Sie und sagen, dass Sie meine Tochter nicht kennen? Draußen wartet meine Kollegin Britta. Sie hält sehr große Stücke auf meine praktische Erfahrung als Psychiaterin. Ein Wort von mir über Ihre psychische Verfassung und Sie können Ihr Praktikum hier vergessen. Wie es dann mit Ihrem Studienfortgang aussieht, können Sie sich ja wohl denken.«

»Das ist glatte Erpressung.« Gretas Blick hetzte umher wie der eines in die Enge getriebenen Tiers.

»Nennen Sie es, wie Sie wollen. Ich will endlich wissen, warum Sie abstreiten, Juli zu kennen.«

»Gut. Ich erzähle Ihnen alles. Sie wollen es nicht anders«, sagte Greta. »Die Wahrheit ist bitter.«

»Machen Sie es doch nicht so dramatisch.«

»Es ist schmerzhaft, aber nur für Sie«, konterte Greta.

Olivia spürte, dass Greta in die Offensive ging, als sie langsam ihre Mütze abnahm. Mit den Fingern wuschelte Greta durch ihre kurzen schwarzen Haare und blickte dann Olivia herausfordernd an. »Fällt Ihnen endlich etwas auf?«

Sekundenlang starrte Olivia überrascht in Gretas Gesicht. *Warum ist mir das nicht sofort aufgefallen?*, dachte sie. *Das hätte ich doch sehen müssen.*

»Jetzt weiß ich, was mich an Ihnen so irritiert hat«, sagte Olivia. »Sie sehen mir sehr ähnlich.«

Olivia hatte geglaubt, dass endlich die Wahrheit ans Tageslicht kommen würde, und sie irrte sich nicht. Doch es war so ganz anders, als sie es sich in ihren schlimmsten Albträumen hätte ausmalen können. Es war das Tor zur Hölle, das sich nun vor ihr auftat und sie hinabführte in das Reich der Finsternis.

»Richtig. Ich bin die jüngere Ausgabe von Ihnen«, antwortete Greta mit einem triumphierenden Lächeln und holte sofort zum nächsten Schlag aus. »Auch ich bin getroffen worden. Mick hat mich ebenfalls angelogen.«

»Wer ist Mick?«, fragte Olivia und verdrängte den Gedanken, der sich übermächtig wie eine schnell näher kommende Gewitterfront über ihrem Kopf auftürmte.

In diesem Moment ging die Tür auf und Levi steckte den Kopf herein.

»Kann ich dich kurz sprechen, Olivia? Es ist dringend«, sagte er mit ernster Miene.

»Jetzt nicht«, erwiderte Olivia, ohne ihn anzusehen. »Ich führe gerade eine sehr wichtige Unterhaltung.« Sie bemühte sich, leicht und locker zu sprechen, obwohl sie am liebsten losgebrüllt hätte. Aber sie wollte sich vor Levi nicht diese Blöße geben.

»Warte bitte draußen.«

Olivia schwieg, bis Levi verschwunden war, dann holte sie tief Luft.

»Also, wer ist Mick?«

»Stellen Sie sich doch nicht dümmer, als Sie sind. Sie wissen ganz genau, wen ich damit meine. Ich nannte ihn Mick, weil ich Michael so spießig fand.« Greta hielt ihre Mütze umklammert. »Wir wollten heiraten und Kinder kriegen. Aber dann ist er spurlos verschwunden. Und er hat mich angelogen.«

»Warum hat er Sie belogen?«

Olivia bemühte sich, einen kühlen Kopf zu bewahren. Doch am liebsten wäre sie auf Greta losgegangen und hätte ihr den Kaffeebecher ins Gesicht geschüttet. Olivia hatte die Kraft der Wahrheit unterschätzt. Sie glaubte, die Wahrheit würde ihr helfen, etwas über das Verschwinden von Juli zu erfahren oder darüber, wer Rosa wirklich getötet hatte. Doch stattdessen traf sie die Realität wie ein vergifteter Pfeil, der aus dem Hinterhalt auf sie abgeschossen wurde. Das Gift der Wahrheit floss durch ihre Adern, bis es das Herz erreichte und es in Stücke riss. Olivia erkannte in diesem Moment: Die Wahrheit ist böser als jede Lüge.

»Los, reden Sie weiter«, forderte Olivia.

»Michael hat mir erzählt, dass Sie schon seit einigen Jahren tot sind.«

30

Levi legte die Zeitschrift zur Seite, als Olivia aus der Teeküche kam. Mit ausdrucksloser Miene ging sie direkt auf ihn zu und umarmte ihn. Ohne ein Wort zu sagen, legte Olivia ihren Kopf an seine Brust.

»Michael führte ein Doppelleben«, flüsterte Olivia beinahe unhörbar. »Jetzt ist alles ans Licht gekommen. Mein ganzes Leben war auf einer Lüge aufgebaut.«

Olivias Körper wurde von einem Weinkrampf geschüttelt und Levi strich ihr sanft über den Rücken. Aus den Augenwinkeln bemerkte er Greta, die über den Korridor huschte und im Zimmer von Britta verschwand.

»Gehen wir«, sagte Levi ruhig, denn er wusste, dass es dazu im Moment nichts mehr zu sagen gab. Olivia stand unter Schock und ließ sich wie in Trance zum Auto führen. Während der Heimfahrt redete Olivia kein Wort, sondern starrte nur aus dem Fenster.

»Willst du mit zum Schabbat-Essen kommen?«, fragte Levi sie nach einer Weile.

»Ja, gern«, antwortete Olivia leise. »Ich kann jetzt sowieso nicht alleine sein.«

Als sie in der Wohnung ankamen, dirigierte Levi Olivia in den großen Wohnraum und setzte sie auf die Couch.

»Ich bereite die Zutaten für das Essen vor. Dabei können wir über alles sprechen.«

»Ich will jetzt nicht reden.«

»Wie du möchtest.« Levi ging in die offene Küche, um auf dem Tresen alles für das Menü herzurichten. Als er damit fertig war, holte er eine weiße Tischdecke aus der Kommode und breitete sie sorgfältig auf dem Esstisch aus. Die Tischdecke war ein Erbstück seiner Mutter und ausschließlich für das Schabbat-Essen reserviert. Er deckte Geschirr für vier Personen auf und platzierte die Schabbat-Kerzen in die Mitte. Den Brotkorb mit den beiden mit einem Tuch zugedeckten Challa-Laiben stellte er an den Rand des Tisches. Während das koschere Lamm im Backofen brutzelte, sah er hinüber ins Wohnzimmer und warf einen besorgten Blick auf Olivia, die regungslos auf der Couch kauerte und ihm beim Kochen zusah.

»Wie fühlst du dich?«, fragte er sie.

»Es ist mir schon besser gegangen. Meine Welt ist gerade erneut eingestürzt«, antwortete Olivia tonlos.

Levi wollte noch etwas sagen, doch dann hörte er ein Geräusch an der Eingangstür und ging hinaus auf den Flur. Rebecca und Noah waren eingetroffen und seine Frau sog den Duft des gebratenen Fleisches ein.

»Oh, ich rieche einen köstlichen Braten«, sagte Rebecca. »Ist Olivia auch hier?«

»Ja, aber sie hatte heute eine folgenschwere Unterredung mit Greta Hohenwald. Das ist eine der Schwestern der ermordeten Rosa.«

»Ist das der richtige Zeitpunkt, um über Tote zu reden?«, fragte Noah und strich sich seinen schwarzen Bart. Er hatte ein hochgeknöpftes weißes Hemd an und den klassischen schwarzen Anzug. Wie immer trug er seine Kippa, die den Hinterkopf bedeckte. »Das Schabbat-Essen soll doch ein Fest der Freude sein«, sagte Noah ernst.

»Deshalb wollen wir Olivia auch daran teilhaben lassen«, meinte Rebecca und ging ins Wohnzimmer. Sie trug ein schwarzes Kleid, das hochgeschlossen war, und hatte ihre Haare aufgesteckt. Ohne große Umstände setzte sie sich zu Olivia auf die Couch und nahm deren Hand.

»Erzähl mir, was passiert ist, dann geht es dir gleich viel besser.«

»Ich habe heute erfahren, dass mein Mann Michael mit einer anderen Frau ein Verhältnis hatte. Er führte ein Doppelleben.«

»Ach, wie schrecklich«, sagte Rebecca und drückte Olivia fest an sich.

»Es war mehr als ein Verhältnis. Er wollte die andere Frau sogar heiraten und mit ihr Kinder zeugen. Aber das Schlimmste an der ganzen Sache ist, dass er der anderen gesagt hat, ich sei schon lange tot.«

»Das ist wirklich ein starkes Stück«, kommentierte Rebecca erschrocken.

»Und vor fünf Jahren ist er mit meiner Tochter verschwunden«, erwiderte Olivia niedergeschlagen.

»Levi hat es mir erzählt.«

»Ich will euch nicht stören«, sagte Levi, der bisher gemeinsam mit Noah schweigend zugehört hatte, »aber wir sollten jetzt mit dem Essen beginnen.«

Sie setzten sich zu Tisch und Levi zählte die Vorspeisen mit Salat und Fisch auf. Während er Wein einschenkte, fragte Levi Noah nach dem Fortschritt bei den Proben.

»Rebecca ist ausgesprochen talentiert«, antwortete Noah. »Leider hat sie eine sehr lange Pause eingelegt, deshalb muss sie die Fingerfertigkeit erst wieder erlernen.«

»Aber Noah ist ein guter Lehrmeister. Er motiviert mich zu Höchstleistungen«, sagte Rebecca und prostete Noah zu.

»Was machst du eigentlich?«, fragte Noah Olivia, die bisher schweigend am Tisch gesessen hatte.

»Ich bin Psychiaterin«, antwortete Olivia knapp.

»Das ist aber ein interessanter Beruf«, meinte Noah und horchte auf. »Worin genau besteht deine Arbeit?«

»Ich versuche, meinen Patienten Wege aus ihren individuellen Krisen zu zeigen«, erläuterte Olivia. »Von mir erhalten sie eine Landkarte ihres Denkens, den Weg aus ihrem Gedankenlabyrinth müssen sie dann mit meiner Hilfe selbst finden.«

»Das hast du aber schön formuliert«, meinte Noah. »Mit Musik verhält es sich ähnlich. Eine schöne Melodie ist wie ein Führer aus dem finsteren Wald der Verzagtheit. Und wie hilfst du dir?«, fragte Noah weiter.

»Wie meinst du das?«

»Was tust du, wenn du selbst eine Krise hast? So wie jetzt.« Noah blickte sie fragend an.

»Dafür habe ich meinen Supervisor. Bei dem kann ich mir Rat holen.«

»Aber du kannst auch mit uns darüber reden, wenn du möchtest«, meinte Noah. »Jeder Gast beim Schabbat-Essen ist ein Freund. Und Freunde sind wie eine Familie. Man kann ihnen alles erzählen.«

»Lass es jetzt gut sein, Noah«, unterbrach Rebecca. »Olivia hatte heute einen schlimmen Tag und will das alles nicht noch einmal aufwärmen.« Sie lächelte Noah zu. »Aber du hast natürlich recht. An diesem Tisch sitzen wir als Freunde. Deshalb können wir auch über den Fall der toten Rosa sprechen, der Levi so mit Beschlag belegt.« Rebecca erzählte Noah in Kürze, warum sich Levi und Olivia für den Fall interessierten.

»Wir und Levis ehemaliger Kollege Brenner glauben, dass es bei der Verurteilung von Andreas Sperl nicht mit rechten Dingen zugegangen ist«, sagte Olivia. »Ich habe Sperl im

Gefängnis besucht und er macht auf mich einen sehr zwiespältigen Eindruck. Er ist aber vom Typ her keiner, dem ich einen Mord an einem Kind zutrauen würde.«

»Was bringt dich zu dieser Annahme, Olivia?«, fragte Rebecca interessiert.

»Sperl ist nicht abgebrüht genug. Er besitzt nicht die nötige Kaltblütigkeit, um ein Kind zu ermorden und dann am Donaukanal zu verscharren. Und selbst wenn er so skrupellos wäre, dann wäre es widersprüchlich, dass er Spuren in seinem Lieferwagen zurücklässt. Und dass er gleich beim ersten Verhör einknickt und den Mord gesteht. Das passt alles nicht zusammen. Oder bist du anderer Meinung, Levi?« Olivia blickte Levi fragend an.

»Das hast du treffend analysiert, Olivia. Ich bin auch noch nicht dahintergekommen, weshalb Sperl damals ein Geständnis abgelegt hat. Nun, die Indizien sprachen zwar gegen ihn, aber das war kein Grund. Er hätte bei einem Prozess genauso gut freigesprochen werden können«, ergänzte Levi.

»Möglicherweise wurde er unter Druck gesetzt. Oder man hat ein Geständnis aus ihm herausgeprügelt«, warf Noah ein.

»Wir leben in einem Rechtsstaat, Noah«, warf Levi ein. »Da ist so etwas nicht möglich.«

»Wer also könnte noch ein Motiv haben, dieses Mädchen Rosa zu töten?« Noah blickte in die Runde. »Was ist mit den Geschwistern?«

»Nein, warum sollten sie das tun? Auch wenn ich als Kind meine Schwester manchmal fast umbringen wollte. Aber das sind nur Gedanken, niemand tötet jemanden aus der eigenen Familie«, sagte Rebecca.

»Greta schafft ein großes Mysterium um die ganze Familie. Was sind die Hintergründe? Vielleicht hat Rosa etwas entdeckt, was niemand erfahren durfte, und dann musste sie verschwinden«, überlegte Olivia.

»Tja, aber solange wir nicht wissen, was dahintersteckt, sind das alles nur Vermutungen«, gab Levi zu bedenken.

»Wir müssen Sperl dazu bringen, uns zu erzählen, was damals bei dem Sommerfest genau passiert ist. Ich besuche ihn noch einmal«, meinte Olivia. Sie setzte sich aufrecht und atmete tief durch. »Zu mir hat er Vertrauen gefasst. Das spüre ich.«

»Ist das nicht ein wenig übereilt?«, warf Levi ein. »So schnell wird er dir nicht alles offenbaren.«

»Das nicht, aber ich habe noch einen Trumpf in der Hinterhand«, ließ sich Olivia nicht von ihrem Vorhaben abbringen.

»Und der wäre?«, fragte Noah interessiert.

»Ich sage ihm, dass Alma ihn sehen will. Und ich kann dafür sorgen, dass sie eine Besuchsbewilligung bekommt.«

»Und im Gegenzug muss dir Sperl alles erzählen. Ein cleverer Schachzug«, machte Levi ihr ein Kompliment. »Du solltest aber noch etwas anderes in der Hand haben, um ihn zum Reden zu bringen. Eine neutrale Person. Was ist mit der Augenzeugin, die gesehen haben will, dass Sperl die kleine Rosa in seinen Wagen gezerrt hat? Wenn wir die finden, dann können wir noch einmal mit ihr sprechen und ihre Aussage infrage stellen. Dann haben wir auch ein überzeugendes Argument für die Kriminalpolizei, den Fall wieder aufzurollen«, schlug Levi vor.

Olivia wollte etwas darauf erwidern, doch plötzlich klingelte ihr Handy.

»Flora? Wo bist du? Unser Schiff fährt gleich ab«, hörte sie die panische Stimme von Leopold. »Wir müssen an Bord. Wo bist du nur?«

»Papa? Ich bin's, Olivia«, sagte sie hektisch und sprang auf. »Bleib in der Wohnung, ich komme und bringe Flora mit. Keine Sorge, wir erreichen das Schiff noch«, rief sie und legte schnell auf.

»Das war mein Vater. Ich muss dringend nach Hause. Tut mir leid, dass ich so überstürzt aufbreche.« Olivia packte ihre Jacke und verabschiedete sich hastig.

Als die Tür hinter Olivia ins Schloss fiel, saßen alle schweigend am Tisch, ehe Rebecca das Wort ergriff.

»Olivia ist wirklich zu bedauern. Sie hat nur mehr ihren kranken Vater und dann erfährt sie, dass ihr Mann ein Doppelleben geführt hat.«

»Tja, manche Menschen trifft das Schicksal doppelt hart«, erwiderte Noah und blickte auf seine Uhr. »Es ist schon spät. Ich danke euch nochmals für dieses vorzügliche Essen. Verbringt den morgigen Schabbat mit viel Liebe und Freude.« Noah erhob sich und umarmte Levi herzlich. »Deine Frau ist eine wahre Künstlerin. Sie lebt ihre Musik.«

Als Levi mit Rebecca allein war und den Tisch abräumte, musste er immer wieder an den Fall denken. Alles, was er wollte, war Gerechtigkeit für Rosa.

31

Olivia verließ das Treppenhaus und hielt vergeblich Ausschau nach einem Taxi. Schnell lief sie die Straße entlang und hoffte, dass Erna die Situation mit Leopold unter Kontrolle hatte. Während Olivia zügig durch dunkle verwinkelte Gassen ging, hatte sie das ungute Gefühl, als würde ihr jemand folgen. Sie lief schneller und konzentrierte sich auf die Geräusche hinter ihr. Tatsächlich, auch ihr Verfolger beschleunigte seine Schritte. Olivia spürte ihr Herz heftig schlagen und sie musste sich zusammenreißen, um nicht einfach loszulaufen. Die Fassaden der Häuser links und rechts waren dunkel und nirgends brannte mehr ein Licht. Das klappernde Geräusch ihrer Absätze hallte in der menschenleeren Gasse wider und drang wie ein dumpfes Trommeln in ihr Bewusstsein. Und es signalisierte ihr deutlich: Du bist hier nicht allein.

Plötzlich legte sich eine Hand auf ihre Schulter und eine Stimme flüsterte: »Für eine Frau ist es sehr gefährlich, nachts alleine durch unbeleuchtete Straßen zu gehen.«

Olivia unterdrückte einen Schrei, als sie sich umdrehte und in das Gesicht von Max Hohenwald blickte.

»Habe ich Sie erschreckt? Das tut mir leid.«

»Was machen Sie hier?«, fragte Olivia und bemühte sich, ihrer Stimme einen ruhigen Klang zu verleihen. *Ich darf ihn meine Angst nicht spüren lassen*, dachte sie. *Ich kann das. Bei diesen Psychopathen muss man in die Offensive gehen.*

»Ich war spazieren. Und jetzt begleite ich Sie nach Hause, damit Ihnen nichts zustößt«, sagte Max.

»Danke, das ist nicht nötig. Ich habe keine Angst.« Olivia vergrub die Hände in den Taschen ihrer Jacke und lief einfach weiter. Doch Max blieb dicht neben ihr. »Sie haben die ganze Zeit vor dem Haus gewartet«, sagte sie, als sie die Donaulände, eine der Uferstraßen, entlanggingen, wo nur noch wenige Autos unterwegs waren. »Was belastet Sie denn so, dass Sie sich die Nacht um die Ohren schlagen?«

»Mich quält die Erinnerung an eine böse Tat«, antwortete Max.

»Dann reden Sie mit mir. Jetzt ist die beste Gelegenheit dazu«, forderte sie ihn auf.

»Damals habe ich schwere Schuld auf mich geladen.«

»Haben Sie etwas mit dem Tod von Rosa zu tun?«

»Nein, ich habe das nur gedanklich durchgespielt.«

»Was waren das für Gedanken?«

»Das kann ich Ihnen noch nicht sagen. Dafür muss ich Sie erst näher kennenlernen.« Wie zufällig streifte die Hand von Max über den Arm von Olivia und ein kalter Schauer durchzuckte sie. Olivia überquerte schnell die Straße. Sie musste nur noch ein kurzes Stück durch einen Park gehen, um die Brücke über den Donaukanal zu erreichen. Max rückte immer näher und sie konnte bereits seinen Atem auf ihrer Wange spüren. Wieder musste sie gegen das aufkommende Panikgefühl ankämpfen und unauffällig sah sie sich nach einer Fluchtmöglichkeit um. Von ferne hörte sie die Sirene eines Streifenwagens, der rasch näher kam, doch mit Blaulicht an ihnen vorbeiraste, ohne sie zu bemerken.

»Irgendwo in der Stadt begeht jetzt jemand ein Verbrechen«, flüsterte Max an ihrer Seite. »Vielleicht läuft eine einsame Frau gerade um ihr Leben. Sie schreit, doch niemand hört sie. Sie hat sich nichts dabei gedacht, als ihr der Mann entgegenkam. Aber er war böse. Viele Menschen sind böse, finden Sie nicht auch?«

»Ich bin müde und will jetzt nicht mehr mit Ihnen diskutieren«, sagte Olivia und schritt eilig auf die erleuchtete Brücke zu, die ein trügerisches Gefühl von Sicherheit vermittelte.

»Dann werden Sie nichts erfahren«, sagte Max mit wispernder Stimme.

»Worüber? Was damals wirklich auf dem Sommerfest passiert ist?«, ging Olivia in die Offensive. Das kühle Neonlicht auf der Brücke beleuchtete Max' Gesicht, das bleich und ausgemergelt wirkte. »Wo waren Sie damals eigentlich?«

»Wir haben Rosa überall im Wald gesucht. Sie hatte dort ihre Versteckplätze.« Max reckte den Kopf in die Höhe und lauschte auf das Plätschern des schwarzen Wassers unter der Brücke. »Können Sie schwimmen?«

»Ja, sehr gut sogar«, antwortete Olivia.

»Ich kann leider nicht schwimmen. Wasser macht mir Angst. Rosa hingegen war eine Wasserratte. Wir haben ihr mit Vergnügen dabei zugesehen, wenn sie von einem ihrer Verstecke aus in den Teich gesprungen ist.«

»Was für Versteckplätze?«, fragte Olivia, als sie die Brücke überquert und den neunten Bezirk erreicht hatten. Sie gingen jetzt durch die Servitengasse mit ihren Bars und Restaurants, die alle noch geöffnet hatten und deren warmes Licht sich in den Pfützen auf der Straße spiegelte.

»Welche geheimen Plätze hatte Rosa im Wald?«, fragte Olivia erneut, doch Max schwieg.

Das Haus ihres Vaters schälte sich aus der Dunkelheit und Olivia atmete erleichtert auf.

»Greta will nicht, dass Sie sich weiter in unser Leben einmischen. Haben Sie mich verstanden?«, sagte Max plötzlich.

In diesem Augenblick fuhr ein Taxi durch eine Pfütze und spritzte sie von oben bis unten nass. Der Fahrer bremste und ein verliebtes Paar stieg aus. Max lief nach vorne, zwängte sich an dem Paar vorbei in den Fond des Wagens und schlug die Tür zu. Der Fahrer gab Gas und das Taxi verschwand in der Finsternis.

Mit klopfendem Herzen stieg Olivia die Treppe zu ihrer Wohnung hinauf. Ehe sie den Schlüssel ins Schloss stecken konnte, wurde bereits die Tür aufgerissen und Erna stand im Flur.

»Gut, dass Sie kommen, Frau Doktor.« Erna wirkte gereizt. »Heute ist unser Patient besonders stur. Er beschimpft mich und macht mich dafür verantwortlich, dass er angeblich ein Schiff verpasst hat.«

»Mein Vater hat mich angerufen. Wo waren Sie denn?«, fragte Olivia.

»Ich habe die Überschwemmung im Bad beseitigt. Ihr Vater bildete sich ein, über den Amazonas zu rudern«, sagte Erna mit einem Seufzer.

Nachdem die Pflegerin gegangen war, betrat Olivia Leopolds Zimmer. Ihr Vater hockte in seinem Schlafanzug auf einem riesigen Überseekoffer, der über und über mit Hotelplaketten beklebt war. Als er Olivia bemerkte, blickte er kurz auf.

»Flora kommt nicht. Wir haben das Schiff verpasst«, meinte er tonlos.

»Sie wird schon auftauchen«, beruhigte ihn Olivia. »Komm, setz dich zum Fernseher und schau dir deinen Film an.« Sie schob die DVD des Werner-Herzog-Klassikers »Fitzcarraldo« in den Player und startete den Film. Als Leopold die ersten Szenen sah, hellte sich seine Miene schlagartig auf. »Das Opernhaus in Manaus. Dort haben wir zum ersten Mal ›La Bohème‹ gesehen. Flora war so begeistert.«

»Das ist doch schön.« Olivia strich ihrem Vater über die unrasierten Wangen und ging wieder nach draußen. Sie holte eine Flasche Weißwein aus dem Kühlschrank und schenkte sich ein Glas ein. Ihr Handy klingelte. Es war Levi.

»Wie geht es deinem Vater? Ist alles in Ordnung?«, fragte er.

»Ja, alles gut. Aber Max Hohenwald hat mir vor deinem Haus aufgelauert. Das hat mir ganz schön Angst gemacht.«

»Hat er dich bedroht?« Levis Stimme klang besorgt.

»Nein, nicht direkt. Er hat mich nur bis nach Hause begleitet. Aber ich habe das Gefühl, er treibt ein Psychospiel mit mir.«

»Wenn er das nächste Mal auftaucht, rufst du am besten die Polizei.«

»Das werde ich machen«, antwortete Olivia und wechselte das Thema. »Ich muss morgen Vormittag in die Praxis, dann möchte ich zu den Eltern von Andreas Sperl fahren. Die haben einen Stand im Prater. Weißt du, wo das genau ist?«

»Es ist ein Bierausschank, ein wenig abseits der Prater Hauptallee. Ich schicke dir die Adresse. Soll ich dich begleiten?«, sagte Levi.

»Nein, es ist besser, wenn ich das alleine mache. Ich sage den Eltern, dass ich ein besonderes Vertrauensverhältnis zu ihrem Sohn habe.«

»Du solltest dich lieber schonen. Die letzten Tage waren ziemlich anstrengend für dich. Pass auf dich auf«, meinte Levi fürsorglich.

»Danke für den Rat«, antwortete Olivia. »Grüße Rebecca herzlich von mir. Mit dieser Frau hast du wirklich Glück, sie ist ganz außergewöhnlich. Danke für den schönen Abend.«

Olivia legte das Telefon auf den Küchentisch und trank das Glas Wein in einem Zug leer, um das unangenehme Zusammentreffen mit Max Hohenwald zu vergessen. Dann goss sie sich ein weiteres ein und versuchte, sich an irritierende Details zu erinnern, die ihr vielleicht an Michaels Verhalten aufgefallen waren. Nach längerem Nachdenken fiel ihr eine Situation ein, die sie damals in ihrer Naivität als besonders süß empfunden hatte.

»Heute will ich Autoscooter fahren!« Mit einem Satz sprang Juli in das Bett und riss Olivia und Michael aus dem Schlaf.

»Es ist noch so früh«, murmelte Michael und drehte sich auf die andere Seite.

»Mein Schatz, heute ist Sonntag, da bleiben wir einfach ein bisschen länger im Bett«, sagte Olivia und zog ihre Tochter zu sich unter die Decke.

»Aber später kann ich zum Autoscooter«, ließ Juli nicht locker.

»Ich dachte, wir machen heute eine Radtour, das Wetter ist so schön«, schlug Olivia vor.

»Au ja«, ließ sich Juli sofort überzeugen. »Fahren wir zu dem großen Schloss.«

»Was für ein Schloss meinst du?«, fragte Olivia.

»Draußen, wo ich mit Papa immer bin«, antwortete Juli. »Beim Autoscooter.«

»Ach Juli, was redest du denn da?« Michael drehte sich mit einem Ruck um und packte seine Tochter. Mit beiden Armen hob er Juli hoch in die Luft, bis die Kleine vor Freude kreischte. »Du weißt doch, das ist unser Geheimnis. Denk nur an die gefangene Prinzessin im Schloss.«

»Ihr habt Geheimnisse vor mir?«, fragte Olivia mit gespielter Entrüstung. »Das geht aber gar nicht.«

»Schon. Papa sagt, sonst kann er die Prinzessin nicht retten«, antwortete Juli. »Die sieht aus wie du. Oh, jetzt habe ich zu viel verraten.« Schelmisch grinsend hielt sie sich die Hand vor den Mund.

»Jetzt ist aber Schluss.« Michael fasste Juli um die Taille und stieg mit ihr aus dem Bett. »Du hast eine blühende Fantasie und siehst zu viele Märchen. Aber in einem hast du recht«, meinte

er dann und drehte sich zu Olivia. »Mama sieht aus wie eine Prinzessin.«

»Gott, war ich doch naiv.« Olivia seufzte und goss sich das nächste Glas Weißwein ein. »Ich hielt das für ein Kompliment. In Wirklichkeit war seine Prinzessin die jüngere Ausgabe von mir. Für Michael war ich zu diesem Zeitpunkt ja bereits tot.« Olivia versank in tiefe Grübeleien darüber, was ihr hätte auffallen müssen. Aber auf die Idee, dass Michael ein zweites Leben führte, wäre sie nie gekommen. Trotz seiner Fehler hatte sie ihn ja doch geliebt.

32

FÜNF JAHRE ZUVOR

Vier Tage vor Rosas Tod

Max geht durch den Park des Schlosses bis zu der abbröckelnden Mauer, wo eine schmale Pforte in den nahen Wald führt. Er kennt einen der Versteckplätze von Rosa und hofft, dass sie sich dort verborgen hat. Immer wieder blickt Max auf die Uhr, denn die Zeit drängt. Er muss Rosa finden, um sie an den geheimen Ort zu bringen, das ist so vereinbart.

Mühsam kämpft sich Max durch Disteln und Dornen, bis er die kleine, von Gestrüpp überwucherte Bodenerhebung gefunden hat. Darunter befindet sich ein Fuchsbau, den der Vater schon vor einiger Zeit ausgeräuchert hat. Vorsichtig schiebt Max die dürren Zweige zur Seite und legt den Eingang frei. Die Öffnung ist so schmal, dass er niemals hineinkriechen könnte. Aber ein schlankes Mädchen schafft das.

»Rosa, komm heraus, wir müssen los!«, ruft Max in das schwarze Loch hinein. »Ich bitte dich. Du weißt doch, was sonst passiert.«

»Ich will nicht!«, hört er die weinerliche Stimme seiner Schwester. Wenn Rosa weint, fühlt sich Max schlecht, und er geht immer weg, um nichts mitzubekommen. Doch diesmal ist das nicht möglich, denn er muss Rosa mitnehmen.

»Rosa, bitte. Beim letzten Mal war das doch nicht so schlimm.«

»Ich will das aber nicht mehr.«

»Denk an unsere Familie. Wir verlassen uns auf dich.«

Jetzt hört Max ein Scharren und Schaben, das aus dem Bau dringt, und wenige Augenblicke später kriecht Rosa aus dem Loch. Sie ist über und über mit Erde bedeckt und Max muss sie notdürftig abbürsten, denn es ist keine Zeit mehr für ein Bad.

Mit festem Griff packt er Rosa an der Hand und zieht sie hinter sich her zu dem Rover, der schon in der Allee steht.

»Setz dich nach hinten«, kommandiert er und schiebt Rosa in den Fond. Dann setzt sich Max ans Steuer und fährt los. Rosa liegt zusammengekrümmt auf der Rückbank und Max hört nur ihr leises Schluchzen. Schnell dreht er das Autoradio auf und sucht einen Klassiksender, um das Weinen zu übertönen.

Die Fahrt geht nicht nach Wien hinein, sondern Max fährt nach Norden, bis er knapp vor der tschechischen Grenze die Autobahn verlässt und über eine gewundene Straße ein altes Forsthaus erreicht. Er parkt den Wagen vor einer großen Tanne und steigt mit Rosa an der Hand aus.

»Da sind wir ja wieder«, sagt Max und versucht, fröhlich zu klingen. Er nimmt ein Taschentuch aus seiner Jacke und wischt Rosa das Gesicht sauber.

»Du machst genau das, was man von dir verlangt«, fordert Max und hockt sich vor seine Schwester, um ihr in die Augen zu sehen. »Ich begleite dich hinein. Denk immer daran, dass du das für die Familie tust. Ohne deine Hilfe müssen Greta und Alma wieder hungern so wie früher. Hast du das verstanden?«

»Ja.« Rosa nickt und schnieft kurz hoch. Ganz langsam dreht sie sich um und geht auf das verwitterte Forsthaus zu, das dunkel und zwischen den Bäumen versteckt wie ein Raubtier auf sie lauert.

»Der Spuk muss bald ein Ende haben«, flüstert Max und betrachtet seine Hände. Er will sie zu Fäusten ballen, will stark sein, will der Retter seiner kleinen Schwester werden. Aber er hat nicht die Kraft dazu. Mit einem leisen Seufzer lässt er seine Hände sinken und sieht mit ausdrucksloser Miene weiter zu, wie seine kleine Schwester im Haus verschwindet.

33

In der Prater Hauptallee war wie immer eine Menge los. Jogger, Radfahrer und Fußgänger bevölkerten die lange Straße, die bis zum Praterstern führte. Versteckt hinter den Alleebäumen befanden sich links und rechts Lokale und Caféhäuser. Olivia stoppte mit ihrem Fahrrad an einer Kreuzung und sah sich um. »Sperls Bierausschank« lag keine zweihundert Meter entfernt, wie sie einem Hinweisschild entnehmen konnte. Sie bog in eine schmale Seitenstraße ein und hatte auf einmal das Gefühl, als würde sie durch einen Wald radeln. Hier, abseits der Attraktionen, waren nur wenige Passanten unterwegs. Vögel zwitscherten in den Bäumen und ein kleiner Bach plätscherte ruhig vor sich hin. Olivia konnte es kaum glauben, dass diese unberührte Naturlandschaft der Prater-Au sich inmitten von Wien befand.

Kurz darauf erblickte sie ein niedriges Gebäude aus Holz mit einer Veranda, das an eine Almhütte erinnerte. Das musste der Bierausschank von Sperl sein. Auf dem Parkplatz stand ein heller Lieferwagen, ansonsten wirkte das Gebäude verlassen. Olivia lehnte ihr Rad an die Brüstung der Veranda und stieg die ausgetretenen Stufen nach oben. Die Fensterläden waren geschlossen und die Stühle im Außenbereich lagen verkehrt herum auf den Tischen. Nur die Eingangstür stand einen Spaltbreit offen.

»Hallo, ist hier jemand?«, rief Olivia und klopfte an die Tür.

»Wir haben geschlossen«, hörte sie eine rauchige Stimme aus dem Inneren. »Hier ist nur an den Wochenenden geöffnet.«

»Ich will nichts trinken, sondern habe bloß ein paar Fragen. Es dauert auch nicht lange.« Mit der Hand stieß Olivia die Tür weiter auf und trat in den Schankraum. Es war düster und ein schaler Geruch nach verschüttetem Bier und kaltem Zigarettenrauch drang ihr entgegen. Langsam gewöhnten sich ihre Augen an die Dunkelheit. Auch hier waren die Stühle auf die Tische gestellt. In einer Ecke befand sich eine altmodische Jukebox, daneben ein Flipperautomat. Im hinteren Teil des Raumes sah sie die Umrisse eines langen Tresens. Plötzlich flammte über der Bar eine Neonröhre auf. Das Licht flackerte kalt und tauchte den niedrigen Raum in eine gespenstische Atmosphäre.

»Ich habe doch gesagt, dass wir geschlossen haben!«, hörte sie wieder die Stimme einer Frau, die hinter dem Tresen stand. Das Licht blendete Olivia und sie konnte nur die Silhouette der Frau erkennen.

»Mein Name ist Olivia Hofmann. Ich bin …«

»Sind Sie vom Gewerbeamt?«, unterbrach sie die Frau.

»Nein. Ich bin Psychiaterin und hatte ein Gespräch mit Andreas Sperl. Kann ich mich mit Herrn oder Frau Sperl unterhalten?«, fragte sie.

»Es gibt keinen Herrn Sperl mehr.« Die Frau kam langsam näher, blieb aber weiterhin im Schatten.

»Gut, ist dann vielleicht Frau Sperl, die Mutter von Andreas, zu sprechen?«

Plötzlich stand die Frau direkt neben Olivia und legte ihr die Hand auf den Arm.

»Ich bin die Mutter von Andreas«, sagte sie mit ihrer rauchigen Stimme.

»Ich habe Andreas vor ein paar Tagen im Gefängnis besucht und da blieben einige Fragen offen«, sagte Olivia.

»Verschwinden Sie auf der Stelle!«, schrie Frau Sperl sie an. »Wir haben der Polizei bereits alles gesagt! Jetzt, wo man die Leiche gefunden hat, wird alles wieder hochgekocht.«

»Ich will Ihrem Sohn helfen«, sagte Olivia. Sie wusste, dass sie Andreas' Mutter nur auf diese Weise aus der Reserve locken konnte. Frau Sperl war eine Frau um die fünfzig, die ihre hellblond gefärbten Haare zu einem Zopf zurückgebunden hatte. Bekleidet war sie mit einem Dirndl, das einen tiefen Ausschnitt hatte. Durch dicke Brillengläser funkelte sie Olivia wütend an.

»Was reden Sie da? Mein Sohn hat einen Mord gestanden und er wurde verurteilt. Also wie wollen Sie ihm da noch helfen? Haben Sie vielleicht festgestellt, dass mein Sohn nicht zurechnungsfähig ist? Dass er meschugge ist?«

»Nein, ganz im Gegenteil«, sagte Olivia und wollte weiterreden. Doch die Frau hob abwehrend die Hand.

»Sparen Sie sich die Mühe. Ich will nichts davon hören. Andreas ist vor vielen Jahren aus meinem Kopf und aus meinem Herzen verschwunden.« Wütend klopfte die Frau sich mit der Faust auf die Brust. »Und jetzt gehen Sie bitte!«

»Andreas ist nicht verrückt und vielleicht auch kein Mörder«, beharrte Olivia und beobachtete die Reaktion von Andreas' Mutter. Die Frau starrte Olivia für einen Moment ungläubig an, dann nahm sie die Brille ab und wischte sich mit dem Handrücken über die Augen.

»Wie meinen Sie das?«, fragte die Frau dann zögernd. »Die Polizei ist von seiner Schuld überzeugt. Haben Sie meinen Jungen therapiert?«

»Nicht direkt«, antwortete Olivia ausweichend. »Doch es gibt Anzeichen dafür, dass der wahre Mörder noch auf freiem Fuß ist. Und dass Andreas ihn deckt.«

»Das ist allerdings etwas Neues.« Andreas' Mutter senkte den Kopf und dachte angestrengt nach. »Gehen wir nach draußen«, sagte sie dann.

Als sie auf der Terrasse standen, konnte Olivia das Gesicht der Schankwirtin genauer betrachten. Sie war eine attraktive Frau und ihr Sohn sah ihr ziemlich ähnlich. Allerdings hatte sie einen verbitterten Zug um den Mund, der sie unsympathisch aussehen ließ.

»Ich bin Renate Sperl«, sagte sie und schüttelte Olivia die Hand. Ihre hellen Augen leuchteten und Olivia schien es, als hätte Renate durch ihre Worte frischen Lebensmut geschöpft. »Sind Sie einer dieser Gefängnispsychologen?«

»Nein, ich arbeite nur freiberuflich«, sagte Olivia wahrheitsgemäß.

»Andreas war so ein guter und liebevoller Junge«, sagte Renate wehmütig und sah gedankenverloren auf den Boden. »Er war zwar immer schon ein wenig anders als die Jungen hier, aber ganz zufrieden mit seinem Leben.«

»Was hat er denn gemacht?«, fragte Olivia

»Andreas hat den Autoscooter-Verleih übernommen, als mein Mann sich scheiden ließ. Er hatte so viele gute Ideen. ›Nur Autos sind zu wenig‹, hat er zu mir gesagt. ›Wir verleihen auch Hüpfburgen für Kinder und machen das Catering. Dann sind wir Rundumversorger.‹«

»Und das hat Andreas damals auch alles für das Sommerfest der Familie Hohenwald organisiert?«

»Ja, für die feinen Herrschaften der Hohenwalds.« Renate rümpfte abfällig die Nase. »Er wäre nie dazu gekommen, wenn er sich nicht mit diesem hochnäsigen Ding eingelassen hätte.«

»Was für ein Ding?«, fragte Olivia.

»Alma Hohenwald natürlich. Hat Ihnen Andreas nichts von ihr erzählt? Seltsam, er war so vernarrt in sie. Das Ding war ja fast noch minderjährig, aber schon so durchtrieben wie eine Professionelle. Sie sah aus wie eine Elfe und war Balletttänzerin. Andreas war hin und weg, als er sie das erste Mal sah. Ab diesem Moment begann sein Verhängnis.« Renate stockte und atmete heftig.

»Wieso war Alma Hohenwald sein Verhängnis?«

»Weil sie ihm diese Flausen in den Kopf gesetzt hat«, erwiderte Renate.

»Und wie hat er Alma kennengelernt?«, fragte Olivia.

»Bei einer Ballettaufführung am Karlsplatz. Andreas hat das Catering gemacht und da haben sie sich zum ersten Mal getroffen«, antwortete Renate.

»Andreas war also sehr tüchtig und hat Ihnen geholfen.«

»Genau. Zuvor waren wir glücklich. Andreas hat sich um das Geschäft gekümmert. Wir haben expandiert und alles war bestens. Aber diese Alma hat ihm eingeredet, dass er etwas Besseres sei. Er meinte großspurig, dieses Fräulein vom Schloss sei für ihn die wahre Liebe.« Renate seufzte tief auf, so als würde sie bis heute nicht verstehen, was damals in ihrem Sohn vorgegangen war.

»Hat Alma Ihren Sohn ebenso geliebt wie er sie?«, fragte Olivia weiter.

»Andreas sagte ja, aber wer weiß, was im Kopf dieses eigenartigen Mädchens vorging«, erwiderte Renate. »Meiner Meinung nach war sie nicht die richtige Wahl. Er hätte bei seiner Kathi bleiben sollen, die kommt aus demselben Milieu wie wir. Aber er hat ihr ja einfach den Laufpass gegeben.«

»Kathi war also vorher die Freundin von Andreas?«, fragte Olivia, die diesen Namen zum ersten Mal hörte.

»Kathi Moser und unser Andreas kannten sich schon seit der Kindheit. Ihre Eltern hatten das Wirtshaus beim Riesenrad.

Als das bankrottging, hat Kathi bei uns als Schankgehilfin gearbeitet. Später hat sie dann Andreas bei den Vermietungen unterstützt und bei Veranstaltungen serviert.«

»Kann ich vielleicht mit Kathi sprechen? Arbeitet sie noch bei Ihnen?«

»Wo denken Sie hin! Sie hat meinen Jungen ins Gefängnis gebracht«, entrüstete sich Renate.

»Wieso denn das? Andreas wurde doch durch Indizien schwer belastet.«

»Genau. Aber die Aussage von Kathi hat den Ausschlag für die Verurteilung gegeben. Und natürlich sein Geständnis. Das hat mir das Herz gebrochen. Mein Junge ist der Mörder eines kleinen Mädchens.« Renate bemühte sich sichtlich um Fassung.

»Das muss aber nicht stimmen«, widersprach Olivia. »Wissen Sie, wo ich Kathi finden kann?«

»Keine Ahnung. Ich habe keine aktuelle Adresse von ihr. Manchmal taucht sie hier auf, um mit mir zu reden. Wahrscheinlich will sie mich um Verzeihung bitten. Aber ich spreche kein Wort mehr mit ihr«, sagte Renate und verzog das Gesicht zu einer verbitterten Grimasse.

»Das ist verständlich«, räumte Olivia ein, denn sie spürte, dass sie Renate nicht unter Druck setzen durfte. »Können Sie ihr vielleicht sagen, dass sie mich anrufen soll, wenn sie wieder vorbeikommt?« Sie zog eine Visitenkarte aus ihrem Rucksack und gab sie Renate.

»Warum wollen Sie mit ihr reden?«, fragte Renate. Sie blickte Olivia argwöhnisch an, ehe sie die Visitenkarte in ihre Schürze steckte.

»Weil ich wissen möchte, was Kathi damals beim Sommerfest wirklich gesehen hat, als die kleine Rosa verschwand.«

»Weshalb engagieren Sie sich so für Andreas?« Wieder musterte Renate Olivia mit einem misstrauischen Blick.

»Niemand sollte unschuldig im Gefängnis sitzen«, sagte Olivia ruhig.

»Das ist wahr.«

»Danke, dass Sie sich Zeit für mich genommen haben«, sagte Olivia und verabschiedete sich.

»Helfen Sie meinem Jungen«, flüsterte Renate, ehe sie sich abrupt umdrehte und wieder im Inneren des Holzhauses verschwand.

Olivia schob ihr Fahrrad in Gedanken versunken den schmalen Weg bis zur Hauptallee entlang. Natürlich wusste Frau Sperl, wo sich Kathi, die frühere Freundin von Andreas, aufhielt, da war sich Olivia sicher. Ihre Körpersprache hatte Renate verraten.

Sie war schon wieder auf der Prater Hauptallee, als plötzlich ihr Handy klingelte. Olivia warf einen schnellen Blick auf das Display, wo ihr eine unbekannte Nummer angezeigt wurde.

»Hier ist Kathi Moser«, meldete sich eine Stimme. »Können wir uns in dreißig Minuten treffen?«

»Natürlich.« Olivia presste das Handy fest an ihr Ohr und spürte, wie ihr Herz wild zu klopfen begann. »Wo soll ich hinkommen?«

»Gehen Sie zum Hotel Psycho im Prater. Lösen Sie ein Ticket und setzen Sie sich in einen leeren Waggon.«

»Aber wie erkenne ich Sie?«

»Keine Sorge, ich finde Sie.«

34

Das Hotel Psycho war ein zweistöckiges Gebäude mit spitzen Giebeln, auf denen gehörnte Gargoyles darauf zu lauern schienen, sich auf die Besucher zu stürzen. Auf Plakaten wurde es als das ultimative Horrorhaus des Praters angepriesen, und mit den Skeletten und Zombies, die bereits am Eingang auf die Besucher warteten, machte es seinem Namen alle Ehre.

Mit gemischten Gefühlen stieg Olivia die Holztreppe zum Eingang hinauf. Sie hatte nicht besonders viel übrig für diese Art von Horror. Der wirkliche Schrecken, mit dem sie in ihrer Praxis täglich konfrontiert war, spielte sich im Kopf ab. Dort lauerten die Dämonen, die von den Gedanken Besitz ergriffen und die selbst Alltäglichkeiten in einen namenlosen Horror verwandelten. Dagegen wirkten diese Figuren fast harmlos. Aber Kathi hatte diesen Treffpunkt nun mal vorgeschlagen.

»So ganz alleine ins Psychohaus?«, fragte der Mann, der aus dem vergitterten Fenster des Kartenhäuschens lugte. Er trug eine Augenklappe und an den Fingern Totenkopfringe.

»Ich habe keine Angst«, sagte Olivia und nahm das Ticket, das ihr der Mann hinhielt.

»Sollten Sie aber haben. Viele schöne Frauen sind schon im Inneren verschwunden und treiben jetzt als Geister ihr Unwesen«, rief der Mann ihr noch hinterher, als sich Olivia in einen Wagen mit dem Namen »Hell« setzte.

Langsam ratterte der kleine Waggon in einen düsteren Korridor. Die Wände ächzten, Musik setzte ein und die Dunkelheit verschlang sie. Olivia hatte unterschätzt, dass hier mit allen Sinnen gespielt wurde. Flüchtige Berührungen, leises Wispern am Ohr, Schatten, die sich schnell näherten, all das führte zu einer wachsenden Unsicherheit. Ein unangenehmes Gefühl ergriff von Olivia Besitz und sie wäre am liebsten wieder ausgestiegen. Es war eine kluge Strategie, so mit den Urängsten der Menschen zu spielen. Bilder tauchten in dem flackernden Licht auf. Sie zeigten altertümliche Familienporträts, die langsam zu Skeletten mutierten und schließlich zu Staub zerfielen. Ein Clown mit einem Rasiermesser in der Hand erhob sich plötzlich vor ihr, dann ein kleiner Junge, der »Ich sehe tote Menschen« murmelte. Immer tiefer rumpelte der Wagen auf den Schienen in das Reich der Finsternis. Spinnweben legten sich wie ein feines Gespinst über Olivias Gesicht, eine Hand mit einer Eisenkralle schwebte an ihr vorbei und die scharfen Eisenfinger berührten leicht ihre Wange. Unwillkürlich dachte sie an ihr einsames Leben. Das war der wirkliche Horror, der nicht mit diesem Psychohaus zu vergleichen war. Es war der tägliche Schrecken, der sie heimsuchte.

Ein Schatten huschte an ihrem Wagen vorbei, und plötzlich packte sie eine Hand von hinten und drückte sie fest auf ihren Sitz.

Olivia war davon so überrascht, dass sie leise aufschrie und sich ein Gefühl von Panik ihrer bemächtigte. Irrationale Gedanken schossen wie Blitze durch ihren Kopf: Was, wenn tatsächlich ein Irrer in diesem Hotel Psycho sein Unwesen trieb?

»Bleiben Sie sitzen«, hörte Olivia eine leise Stimme an ihrem Ohr.

»Sind Sie Kathi Moser?«, flüsterte Olivia beklommen. Ihr Herz klopfte zwar noch wie verrückt, doch die Panik ließ langsam nach.

»Ja, das bin ich. Sie wollen mit mir sprechen?«, fragte Kathi.

»Gut, dass Sie gekommen sind.« Olivia wollte sich umdrehen, doch Kathi hielt sie zurück. »Schauen Sie bei unserer Unterhaltung immer nach vorne. Was wollen Sie wissen?«

»Es geht um das Sommerfest vor fünf Jahren«, machte Olivia einen Anfang. Vor ihr tauchte plötzlich eine weiße Maske auf, die den Mund schreiend geöffnet hatte, während sie hinter sich Kathi leise reden hörte.

»Ich habe der Kripo damals bereits alles gesagt.«

»Sie haben ausgesagt, dass Sie Andreas dabei beobachtet haben, wie er mit Rosa in seinem Lieferwagen gespielt hat.«

»Richtig, ich dachte immer, es wäre wirklich ein Spiel gewesen«, bestätigte Kathi.

»Das ist aber ein komisches Spiel, bei dem ein Mann mit einem kleinen Mädchen im Dunkeln spielt. Sind Sie nie auf die Idee gekommen, nachzusehen? Haben Sie Andreas nicht darauf angesprochen?«

»Wir hatten keinen Kontakt mehr«, antwortete Kathi kurz angebunden.

»Aber beruflich arbeiteten Sie doch weiterhin zusammen.«

»Ich musste mit Andreas arbeiten, obwohl er mich hat sitzen lassen. Das war das Schlimmste. Ich musste zusehen, wie er mit dieser Schlampe heiße Blicke austauschte.« Kathis Stimme war zornerfüllt.

»Meinen Sie Alma Hohenwald?«, fragte Olivia nach.

»Genau. Die Schlampe hat mich eiskalt ausmanövriert und ich war plötzlich ein Nichts«, redete sich Kathi immer stärker in Rage. »Wir wollten ein Kaffeehaus in der Praterallee pachten. Gemeinsam etwas aus unserem Leben machen, und dann kam Alma und hat alles zerstört.«

»Deshalb haben Sie gelogen«, sagte Olivia.

»Andi ist mit Rosa zu seinem Lieferwagen gegangen und hat sie hinten hineingeschoben. Das habe ich mit eigenen Augen gesehen.«

Olivia zuckte zusammen, als sich Kathis Hand auf ihre Schulter legte.

»Nehmen Sie sofort die Hand weg!«, rief Olivia und spürte, wie das Gefühl der Panik wieder in ihrem Inneren hochkroch. *Ich hätte doch Levi mitnehmen sollen. Die Musik, die Schatten, die Geräusche, Kathi auf dem Rücksitz, all das verstärkt nur meine unbewussten Ängste.*

»Warum haben Sie damals gelogen?«

»Habe ich nicht. Außerdem kommt man für eine Falschaussage doch ins Gefängnis … oder?«, entgegnete Kathi leise.

»Einem guten Anwalt gelingt es sicher, alles so darzustellen, dass Sie sich damals geirrt haben. Sagen Sie einfach jetzt, was Sie damals wirklich gesehen haben.«

»Wieso sollte ich das tun?«, fragte Kathi. Olivia bemerkte an dem Klang ihrer Stimme, dass Kathi unsicher geworden war. Jetzt musste sie schnell nachhaken.

»Warum suchen Sie sonst das Gespräch mit der Mutter von Andreas? Sie haben ein schlechtes Gewissen und wollen sich bei ihr entschuldigen. Sie wollen Abbitte leisten. Aber das gelingt Ihnen nur, wenn Sie den ersten Schritt tun. Was ist auf dem Sommerfest wirklich geschehen?«

»Ich habe gesehen, wie etwas in den Lieferwagen geschoben wurde«, sagte Kathi nach einer längeren Pause.

»Aber Sie haben weder Andreas Sperl noch Rosa erkannt, richtig?«, fragte Olivia und hielt den Atem an. Sie spürte, dass

Kathi eine Linie überschritten hatte und jetzt die Wahrheit sagen würde. Das war der entscheidende Schritt, um auch Sperl dazu zu bewegen, sein Geständnis zu widerrufen.

»Na ja, ich konnte die Person nicht genau erkennen. Aber ich glaube nicht, dass es Andi war.« Kathi seufzte laut auf.

»Würden Sie das auch vor der Polizei so wiedergeben? Und sich vielleicht zu der Person äußern, die Sie gesehen haben?«, fragte Olivia.

»Das weiß ich noch nicht.«

Der Waggon mit der Aufschrift »Hell« rumpelte jetzt durch eine verlassene Mine. Vorne leuchteten bereits die bunten Lichter des Ausgangs. Olivia musste sich beeilen, um noch vor dem Ende dieser Psychoreise einen Namen zu erfahren. Plötzlich tauchte aus dem Schacht eine riesige Schlange mit mehreren Köpfen und aufgerissenen Mäulern auf. Die spitzen Zähne strahlten phosphoreszierend in der Dunkelheit. Olivia zuckte zusammen und Kathi stieß vor Schreck einen Schrei aus. Der Wagen rollte durch die klaffenden Mäuler auf den Ausgang zu. Olivia drehte sich zu Kathi um, doch der Sitz hinter ihr war leer. Kathi war verschwunden.

35

Greta saß in dem dunkelgrünen Rover, der zwischen zwei Bäumen parkte, und blickte zu der erleuchteten Wohnung in dem Haus auf der anderen Straßenseite hoch.

»Was hast du ihr erzählt? Denk einfach nach«, sagte sie zu Max, der am Steuer saß und die Stirn in Falten legte.

»Ich weiß es einfach nicht mehr. Immer wenn ich mit Olivia ins Gespräch komme, möchte ich mein Gewissen erleichtern. Es ist ihre Aura, die mich dazu zwingt«, antwortete Max.

»Das ist ihr psychologisches Können«, korrigierte ihn Greta. »Hofmann bringt die Menschen dazu, sich zu öffnen. Du bist das ideale Opfer für sie.«

»Es tut mir leid«, sagte Max zerknirscht. »In Zukunft werde ich mich zusammenreißen. Das verspreche ich.«

»Du redest einfach nicht mehr mit ihr. Ist das klar?« Greta drehte sich zu ihrem Bruder. »Ich trage die Verantwortung für die Familie. Das darfst du nie vergessen.«

»Natürlich.« Gehorsam nickte Max und umklammerte das Lenkrad. »Was wirst du jetzt tun?«

»Wegen deiner Dummheit werde ich mich in ihre Wohnung schleichen. Ich muss nachsehen, ob Hofmann etwas Belastendes über dich notiert hat. Du wartest so lange im Wagen und warnst mich, wenn die Psychiaterin unerwartet auftaucht. Hast du das verstanden?«

»Ja, du kannst dich auf mich verlassen.«

Greta öffnete die Tür des Wagens und stieg aus. Sie blickte noch einmal kurz hinauf, ehe sie mit schnellen Schritten die Straße überquerte.

Die erleuchteten Fenster der Wohnung warfen breite Lichtstreifen hinunter auf die dunkle Straße und verwandelten die Regenpfützen in schimmernde Inseln. Greta stand auf dem Bürgersteig, das Licht flutete über ihr Gesicht und tauchte ihren Körper in eine gleißende Helligkeit. Sie zog ihre Mütze vom Kopf und schloss die Augen. Überlegte in Gedanken die nächsten Schritte, denn wie immer wollte sie nichts dem Zufall überlassen. Dann näherte sich Greta zielstrebig dem imposanten Jahrhundertwendehaus.

»Dr. Leopold Hofmann«, murmelte sie und drückte auf die Klingel. Sekunden später summte der Türöffner und Greta betrat das Foyer. Lautlos schlich sie die breite Treppe nach oben und sah schon von Weitem die geöffnete Tür am Ende der Galerie.

»Ja bitte?«, fragte eine ältere Frau, die durch den Türspalt blickte.

»Hallo, ich bin Bella, die Schwester von Olivia«, sagte sie fröhlich. »Olivia hat gemeint, dass ich hier bei Vater auf sie warten kann. Sie müssen die Pflegerin sein.«

»Ja, ich bin Erna. Olivia hat nie etwas von einer Schwester erzählt«, erwiderte die Frau vorsichtig.

»Kein Wunder, ich war auch lange nicht mehr in Österreich«, antwortete Greta freundlich. »Aber jetzt will ich meine große Schwester überraschen. Darf ich eintreten?«

»Ich weiß nicht so recht …« Erna zögerte, aber öffnete dann doch die Tür. Die Flurlampe beleuchtete das Gesicht von Greta und die Pflegerin blickte sie überrascht an.

»Mein Gott, diese Ähnlichkeit«, entfuhr ihr. »Bitte treten Sie ein. Es tut mir leid, dass ich zunächst so abweisend war, aber man weiß ja nie, welche Leute um diese Zeit ins Haus kommen«, sagte Erna entschuldigend. »Sie sehen ja genauso aus wie die Frau Doktor.«

»Nur dass ich viele Jahre jünger bin«, erwiderte Greta gut gelaunt. »Sie können übrigens jetzt gehen, Erna, ich kümmere mich um Vater.«

»Das ist aber nett von Ihnen, ich habe zu Hause ja noch einiges zu tun. Dann bis morgen. Richten Sie bitte der Frau Doktor schöne Grüße aus.«

»Das werde ich machen.« Greta schenkte der Pflegerin ihr sympathischstes Lächeln und wartete mit verschränkten Armen im Flur, bis Erna ihre Strickjacke angezogen und die Wohnung verlassen hatte.

Als sie endlich alleine war, ging Greta den breiten Korridor entlang, um sich in der Wohnung umzusehen. Sie öffnete die Tür zu einem im Dunkeln liegenden Zimmer. Greta tastete nach dem Lichtschalter und blickte sich interessiert um. Es war ein unbenutzter Raum, der früher offenbar einmal Olivias Kinderzimmer gewesen war. Das war deutlich an dem Mobiliar und den verstaubten Plüschtieren zu erkennen. Sanft strich Greta mit den Fingerspitzen über die abgewetzten Teddys und Kuschelhasen. An der Wand hing noch ein Transparent mit »Happy Birthday Olivia«.

»Damals war dein Leben noch unbeschwert. So wie meins«, flüsterte Greta und ging wieder nach draußen. Plötzlich erhellte ein Lichtstrahl den Korridor. Er kam aus einem Zimmer, das hinter einer Tür mit Milchglasscheibe lag. Lautlos huschte Greta darauf zu und spähte vorsichtig hinein. Sie sah die verschwommenen Umrisse eines Mannes, der ruhelos in dem Zimmer auf und ab ging und dabei immer wieder »Schiff legt ab, Schiff legt ab« murmelte. Das musste der an Alzheimer erkrankte Vater von

Olivia sein. Bedrückt beobachtete Greta dieses Schattenspiel eines Mannes, der die Kontrolle über sein Leben verloren hatte und der nur noch als Hülle in seinen Erinnerungen dahinvegetierte. Die Traurigkeit, die sie beim Anblick von Olivias Vater verspürte, verwandelte sich in eine gnadenlose Leere, die ihr Herz zusammenpresste und ihr den Atem raubte.

Doch Greta riss sich zusammen und schlich schnell weiter. Am Ende des Korridors waren zwei breite Türflügel zu sehen. Vorsichtig schob Greta sie auf, die Scharniere waren verzogen und quietschten. Nervös drehte sie sich um. Aber niemand hatte sie gehört. Olivias Vater war so sehr in seine eigene Welt versunken, dass er nicht erfasste, was rings um ihn geschah.

Der Raum, den sie jetzt betrat, war riesig und nahm fast die ganze Breite der Wohnung ein. Große Flügeltüren führten hinaus auf einen kleinen Balkon und von unten hörte man dumpf den Verkehrslärm. Sie trat an das Fenster und sah den Wagen mit Max zwischen den Bäumen. Die Straßenlaternen draußen erleuchteten den Salon nur unzureichend und die Lichtspuren fraßen sich wie dünne Schlangen durch den vollgestellten Raum.

»Wie sieht es denn hier aus?«, flüsterte Greta und blickte sich erstaunt um. Überall standen Pappkartons und dazwischen Garderobenständer mit Kleidern, Blazern und Mänteln. Vor einem französischen Fenster befand sich ein moderner Glasschreibtisch und auf einem niedrigen Tisch daneben lag eine Unmenge von Papieren.

»So also lebst du«, murmelte Greta. »Nach außen hin wirkst du so strukturiert, aber dein wirkliches Leben ist ziemlich ungeordnet.«

Immer weiter erforschte sie den Raum, drang tiefer in die Geheimnisse von Olivia ein, sie kramte in einer Kiste, fand Fotos, auf denen über das Gesicht von Michael ein großes Fragezeichen gemalt war.

»Wie recht du doch hast. Michaels Verschwinden ist ein großes Geheimnis.« Nachdenklich legte sie die Fotos wieder zurück in die Kiste. Sie widerstand der Versuchung, ein Porträtfoto von Michael einzustecken, und ließ es auf den Boden gleiten.

Hinter mehreren aufeinandergestapelten Bücherkartons entdeckte sie ein niedriges Futonbett. Sie setzte sich an den Rand der Matratze und griff nach der Decke. Fest presste sie ihr Gesicht in das kühle Leinen und atmete den Geruch ein.

»Wovon träumst du nachts, Olivia?«, fragte sie in die Leere des Zimmers hinein. »Denkst du an Michael und vielleicht auch daran, dass er mich vor Augen hatte, während er mit dir schlief? Dass er es nicht mehr erwarten konnte, sich endlich wieder in meinen Armen zu vergessen?«

Langsam ließ sich Greta auf die Matratze sinken und betrachtete die feine Stuckatur an der Zimmerdecke, die sich in der Dunkelheit zu Michaels Gesicht formte und dann langsam auflöste.

»Aber die Vergangenheit muss endlich begraben werden.« Greta klopfte sich auf die Schläfen, um die Traurigkeit und die Leere zu vertreiben, um wieder stark zu sein. Zielgerichtet ging sie zu dem niedrigen Tisch und überflog die Papiere. Je mehr sie davon las, desto finsterer wurde ihre Miene. Es waren Berichte über den Autounfall vor fünf Jahren. Auf manche Seiten hatte Olivia Fragezeichen gesetzt, dann war der Name Rosa dick umrandet und der Satz »Greta war als Einzige verletzt und saß auf dem Rücksitz« unterstrichen.

Verstört ließ Greta die Papiere sinken und ging zum Schreibtisch. Dort lag ein schwarzes Notizbuch, das mit einem Gummiband zusammengehalten wurde. Greta öffnete das Buch und blätterte wahllos darin herum. Plötzlich stutzte sie, als sie ihren Namen auf einer Seite entdeckte. Er war eingekreist und ein Pfeil wies nach unten.

Dort stand »Gretas Autounfall = Motiv für den Mord an Rosa? → eher nicht«.

Hastig blätterte Greta um.

Auf der nächsten Seite las sie: »Was verschweigt Max? Wo sind die Versteckplätze von Rosa im Wald? Wo war Max beim Sommerfest wirklich? Vor wem fürchtet sich Max? Max ist bereit, die Wahrheit zu sagen. Muss an seine Moral appellieren. Max hält sich nur moralisch für schuldig. Er hat ein Verbrechen im Kopf begangen! Wann ist er bereit zu reden?«

Die nächste Seite betraf Sperl: »Andreas Sperl – Geständnis widerrufen?«, darunter »Wen deckt er?« und »Alma? Greta? Max?«.

Eine Seite weiter standen die Sätze: »Mit Adele Bauer reden über Sperls Fortschritte bei der Psychotherapie.« Daneben war eine Telefonnummer vermerkt.

Und ein weiterer Satz: »Sperl jetzt im Allgemeinen Krankenhaus. Ihn aufsuchen und fragen, was auf dem Sommerfest passiert ist.«

Nervös wollte sie das Notizbuch zuklappen, doch dann sah sie auf der nächsten Seite einen einzigen Satz: »Alle lügen.«

Die beiden Wörter waren mit rotem Stift eingekreist, die Linie so dick, dass sie wie eine Mauer wirkte, hinter der diese Aussage eingekerkert war und niemals entkommen würde.

Nervös ging Greta zwischen den Kartons auf und ab.

»Olivia, was machst du denn hier?« Greta erstarrte, als sie die Stimme hörte. Unerwartet hell flammte der Kronleuchter auf und die vielen Lampen verwandelten das Chaoszimmer in einen glitzernden Ballsaal. Olivias Vater stand zwischen den aufgeschobenen Flügeltüren. Er trug einen schief geknöpften Schlafanzug und hatte einen Panamahut aufgesetzt.

»Ach Vater, ich arbeite, das siehst du doch«, sagte Greta geistesgegenwärtig und ging auf Olivias Vater zu. Sie überlegte, ob sie an ihm vorbeischlüpfen sollte, um schnell die Wohnung zu verlassen. Aber dann blieb sie direkt vor ihm stehen und legte ihren Kopf an seine Brust. »Vater, ich habe dich so vermisst«, flüsterte Greta.

»Seit wann sagst du Vater zu mir? Jetzt bin ich ja bei dir, mein Kind, und werde dich immer beschützen.« Sanft strich er Greta über die Haare und da wurde ihr bewusst, wie sehr sie sich nach Liebe und einer schützenden Hand sehnte.

»Ich hab dich lieb.« Sie küsste seine faltige Hand.

In diesem Moment hörte sie, wie draußen der Schlüssel ins Schloss gesteckt wurde. Sekunden später wurde die Tür geöffnet. Die traumverlorene Atmosphäre verpuffte und die harte Realität kehrte zurück.

Verdammt, warum hat Max mich nicht gewarnt?

Greta hatte gerade noch Zeit, sich von Olivias Vater loszureißen und sich hinter einem Karton zu verstecken.

»Papa, wieso bist du in meinem Zimmer?«, hörte sie die aufgeregte Stimme von Olivia. »Und warum bist du alleine? Wo ist denn Erna?«

»Olivia? Aber du warst doch ganz jung. Warum nennst du mich Vater?« Leopold drehte sich verwirrt im Kreis. »Gerade eben hast du noch gesagt, dass du mich liebst!«

»Natürlich mag ich dich, Papa«, hörte Greta Olivia ruhig antworten. »Aber jetzt komm. Ich bringe dich wieder in dein Zimmer.«

»Nein, das bist nicht du. Olivia versteckt sich.«

»Was redest du da, Papa? Das bildest du dir bloß ein.«

»Kommen Sie. Ich zeige Ihnen, wo Olivia ist.« Seine Stimme bekam plötzlich einen aggressiven Tonfall und langsam schlurfte er auf den Karton zu, hinter dem sich Greta versteckt hielt. Greta stockte der Atem und sie kauerte sich klein zusammen, hörte die zögernden Schritte des alten Mannes, sah seine Hand den Rand des Kartons packen und mit lautem Ächzen ein wenig verrücken. Gleich war es so weit, gleich würde Olivia sie entdecken und dann musste Greta handeln.

»Nein, hier ist keine Olivia, Papa.« Die Stimme von Olivia war jetzt direkt vor Greta, klang laut und bestimmt. Greta sah Olivias Hand, die nach dem Arm ihres Vaters griff und ihn wegzog. Mit angehaltenem Atem hockte Greta hinter dem Karton auf dem Boden und wartete. Langsam entfernten sich Olivia und ihr Vater, das Licht wurde abgedreht und Greta blieb alleine in dem düsteren Chaoszimmer zurück. Sie wartete noch ein, zwei Minuten, dann schlich sie vorsichtig aus dem Salon, huschte über den Korridor und erreichte die Eingangstür. Aber die war abgeschlossen und kein Schlüssel steckte. Aus dem hinteren Zimmer hörte sie Olivia beruhigend auf ihren Vater einreden, während Greta hektisch umherblickte, dann Olivias Rucksack entdeckte. Hastig öffnete sie ihn, fand einen Schlüsselbund, steckte den ersten Schlüssel ins Schloss, aber er passte nicht. Schnell probierte sie den nächsten, doch jetzt begannen ihre Hände zu zittern. Schließlich schaffte sie es, den richtigen Schlüssel in die schmale Öffnung zu stecken, ihn umzudrehen und die Tür zu öffnen. Hinter sich hörte sie Olivia, die gerade im Begriff war, aus dem Zimmer zu gehen. Im letzten Moment huschte Greta aus der Wohnung, schloss die Tür leise hinter sich, raste die Treppe hinunter und weiter nach draußen. Auf der Straße presste sie sich eng an die Hausmauer und holte tief Luft.

Max saß in dem alten Rover und kaute ein Sandwich.

»Spinnst du! Wieso hast du mich nicht gewarnt?«, herrschte sie ihn an. »Beinahe hätte mich die Hofmann erwischt.«

»Es tut mir leid. Aber ich hatte plötzlich Hunger und fühlte mich elend. Da bin ich nur schnell in den Supermarkt und habe mir ein Sandwich gekauft.«

»Du mit deiner Esssucht! Fahr endlich los!«, sagte Greta.

»Nein, ich will noch einen Blick auf Olivia werfen«, widersprach Max.

Greta antwortete nicht, sondern legte den Kopf an die Nackenstütze. Die verwirrenden Gedanken in ihrem Kopf ordneten sich langsam wieder und ein klares Ziel leuchtete auf wie die Neonanzeige eines Drive-ins: »Ich weiß jetzt, wie wir die Familie retten können.«

36

Olivia hörte ein Geräusch, als würde eine Tür ins Schloss fallen, und eilig kam sie aus Leopolds Zimmer. Das Licht im Flur beleuchtete die Eingangstür und der Schlüsselbund glitzerte wie ein Schmuckstück. Schnell ging sie den Korridor entlang und öffnete die Tür. Im Treppenhaus brannte Licht, aber es war kein Mensch zu sehen. Nachdenklich kehrte sie in die Wohnung zurück. Auf dem Boden lag ihr geöffneter Rucksack und Olivia konnte sich nicht erinnern, ihn dort hingeworfen zu haben. Doch sicher war sie sich nicht. Sie hockte sich auf den Boden und kramte ihr Handy hervor. Dann wählte sie die Nummer von Erna. Aber die Pflegerin hatte ihr Handy abgeschaltet.

»Wieso lässt Erna Leopold alleine in der Wohnung? Das sieht ihr doch überhaupt nicht ähnlich«, murmelte sie vor sich hin, während sie nach hinten in den Salon ging.

Sie öffnete die Balkontür und blickte nach unten. Ein dunkler Wagen stand auf der anderen Seite zwischen zwei Bäumen. Ein bleiches Gesicht starrte zu ihr herauf.

»Max!« Olivia zuckte zurück und schloss hastig die Tür. Als sie nach einigen Augenblicken vorsichtig erneut hinunterblickte, war der Wagen verschwunden. Hatte sie sich vielleicht getäuscht?

Unruhig setzte sich Olivia an den Schreibtisch. Doch irgendwie hatte sie das Gefühl, als wäre jemand in ihrem Zimmer gewesen und hätte ihre Sachen durchwühlt. Ihr Moleskine-Notizbuch lag verkehrt herum und das Gummiband war nicht über den Einband gelegt. Aufmerksam blickte sie umher. Sie sah das Foto von Michael auf dem Boden. Sie hob es auf und betrachtete es lange, um es dann in der Mitte zu falten und in den Karton mit den anderen Fotos zu stecken.

»Mach dich bloß nicht verrückt«, sagte sie mit einem lauten Seufzer. Sie klappte das Notizbuch auf und begann damit, die Begegnung mit Kathi, der verflossenen Freundin von Andreas Sperl, niederzuschreiben. Aus dem Gedächtnis gab sie den Dialog mit Kathi wieder und machte am Schluss ein großes Fragezeichen.

Olivia ließ den Stift sinken und rieb sich die Augen. Kathi hatte zugegeben, eine Falschaussage gemacht zu haben. Damit konnte sie Sperl zusätzlich ködern. Doch der Haupttrumpf war Alma. Wenn sie es schaffte, dass Alma ihren früheren Geliebten besuchte, dann würde Sperl die Wahrheit über das sagen, was in jener Nacht wirklich passiert war. Dann bekäme sie endlich Klarheit darüber, wer Rosa ermordet hatte. Olivia warf einen Blick auf ihre Armbanduhr und griff dann entschlossen zum Telefon.

»Olivia, was gibt es?« Levi hatte so schnell abgehoben, als hätte er bloß auf ihren Anruf gewartet.

»Ich habe mich heute mit Kathi Moser, der Belastungszeugin, getroffen«, sagte Olivia.

»Und was hat sie dir erzählt?«, fragte Levi hörbar angespannt.

»Sie gibt zu, Andreas Sperl damals falsch belastet zu haben.«

»Das ist ja ungeheuerlich! Aber diese neue Aussage muss sie schriftlich bei der Polizei machen. Wann kann sie morgen auf dem Kommissariat sein?«, fragte Levi.

»Das ist nicht so einfach. Sie ist nach unserem Gespräch einfach verschwunden.« Olivia berichtete Levi von der Fahrt durch das Hotel Psycho.

»Tja, das hilft uns leider nicht weiter«, meinte Levi resigniert. »Ihre bisherige Aussage muss von ihr persönlich widerrufen werden.«

»Was machen wir dann?« Olivia griff nach ihrem Stift und malte Kreise, die wie Luftblasen aussahen, auf die Schreibtischunterlage. Und genauso fühlte sie sich. Der ganze Abend mit Kathi war umsonst gewesen. Aber dann kam ihr eine Idee. »Was hältst du davon, wenn wir jetzt sofort zu Andreas Sperl fahren?«, fragte sie Levi.

»Es ist aber schon spät«, gab Levi zu bedenken.

»Das macht doch nichts. Ich habe noch die Besuchserlaubnis von Adele. Therapeuten können auch abends zu den Häftlingen. Außerdem liegt Sperl jetzt in einem bewachten Trakt im Allgemeinen Krankenhaus.«

»Wieso das denn?«, fragte Levi.

»Adele hat es geschafft, Sperl dorthin zu verlegen. Und da ist es wie in einem normalen Spital. Es herrscht ein ständiges Kommen und Gehen.«

»Na gut, ich hole dich gleich ab.«

Olivia legte das Handy zur Seite und ging hinaus auf den Flur. Sie öffnete die Eingangstür und klingelte bei ihrer Nachbarin, mit der sie ein freundschaftliches Verhältnis pflegte.

»Hallo Roswitha«, sagte sie. »Ich habe eine Bitte an dich. In wenigen Minuten werde ich abgeholt wegen eines dringenden

Termins. Kannst du in der Zwischenzeit auf Leopold achten? Er schläft zwar, aber ich will ihn nicht alleine lassen.«

»Mache ich doch gern, Olivia«, sagte Roswitha, die Witwe war und ihre Abende meist vor dem Fernseher verbrachte. »Hast du jetzt endlich eine Verabredung? Zeit wird's«, meinte sie augenzwinkernd. »Ich komme gleich rüber.«

Als es sich Roswitha im Kabinett vor dem Fernseher gemütlich gemacht hatte, trat Olivia auf den Balkon hinaus und dachte wieder an Max, der unten im Wagen gesessen hatte. Max war der Schlüssel zu dem Geheimnis, das über seiner Familie schwebte. Aber alles zu seiner Zeit. Das Hupen eines Autos riss sie aus ihren Gedanken. Olivia blickte hinunter und sah den weißen Saab vor dem Eingang stehen.

»Bin gleich bei dir«, rief sie Levi zu und griff nach ihrem Rucksack.

»Bis später«, verabschiedete sie sich von Roswitha.

»Amüsiere dich gut«, hörte sie Roswithas Antwort, als sie schon bei der Eingangstür war.

Als das Allgemeine Krankenhaus vor ihnen auftauchte, verlangsamte Levi den Wagen und bog auf den Parkplatz ein.

Zügig gingen sie auf den Eingang der Krankenstation für Häftlinge zu. *Nichts unterscheidet diesen Gebäudeteil von einem normalen Krankenhaus*, dachte Olivia, als sie durch eine gläserne Drehtür in das Foyer traten. *Nur dass anstelle des Empfangstresens ein Glaskasten mit einem uniformierten Beamten steht, bei dem man sich ausweisen muss.*

»Inspektor Kant, lange nicht gesehen«, sagte der Beamte erfreut, als er Levi erkannte. »Ich bin heute Abend nur als Vertretung hier.«

»Hallo Beier, wie geht's Ihnen?«, begrüßte Levi ihn. »Heute begleite ich nur die Kollegin vom psychologischen Dienst.«

»Guten Abend«, sagte Olivia und schob ihre Besuchserlaubnis durch einen Schlitz in den Glaskasten.

»Sie wollen zu Andreas Sperl?«, brummte der Beamte. »Der hat heute aber regen Besuch.«

»Wie meinen Sie das?«, fragte Olivia erstaunt.

»Da hat sich zuvor bereits eine junge Frau bei ihm angemeldet. Eine Psychologin mit Namen Dr. Adele Bauer.«

37

Levi wartete, bis Olivia ihren Ausweis wieder zurückbekam, dann gingen sie zum Aufzug, um zur Krankenstation im obersten Stockwerk zu fahren.

»Ist etwas nicht in Ordnung?«, fragte Levi, als er das besorgte Gesicht von Olivia bemerkte.

»Komisch, Adele Bauer, die Psychologin, ist um diese Zeit bei Sperl? Sie hat mir erzählt, dass sie immer nur vormittags ihre Häftlinge therapiert.«

»Vielleicht muss sie Sperl wieder mental aufrichten, nachdem er ja erneut zusammengeschlagen wurde.«

»Das kann schon sein, aber der Wachmann beim Eingang hat gesagt, dass Adele eine junge Frau ist.«

»Und? Ist sie das nicht?« Beide stiegen in die Kabine. Levi drückte auf den Knopf, die Türen schlossen sich und der Aufzug setzte sich lautlos in Bewegung.

»Adele ist sicher schon über sechzig«, erwiderte Olivia stirnrunzelnd.

»Das ist in der Tat merkwürdig«, gab Levi zu.

Sie erreichten das oberste Stockwerk und gingen schnell den Korridor entlang. Ein Justizwachebeamter saß neben einer Kaffeemaschine und las in einer Zeitschrift.

»In welchem Zimmer ist Andreas Sperl untergebracht?«, fragte Levi.

»Das ist die letzte Tür rechts«, sagte der Beamte etwas geistesabwesend. »Aber die Psychologin ist gerade bei ihm. Wenn Sie bitte hier warten.«

»Dafür haben wir keine Zeit«, sagte Levi.

Als Levi und Olivia weitergehen wollten, stand der Wachebeamte schnell auf und hielt Levi am Arm zurück. »Bleiben Sie bitte hier. Sie können nicht so einfach zu dem Gefangenen.«

»Lassen Sie mich los, es ist dringend«, sagte Levi ungeduldig.

»Ihren Ausweis, sofort!«, befahl der Wärter und legte die Hand an den Kolben seiner Pistole.

Doch in diesem Moment erloschen die Neonröhren und nur die grüne Notbeleuchtung tauchte den Gang in ein gespenstisches Licht.

»Was ist denn jetzt schon wieder los?«, wunderte sich der Wachbeamte. »Ich sehe nach, Sie bleiben hier!« Vorsichtig ging der Beamte mit seiner Taschenlampe den Korridor entlang und leuchtete kurz in jedes Zimmer. Jetzt hatte er den letzten Raum erreicht. Wieder öffnete er die Tür und trat ein. Sekundenlang geschah nichts, dann stürzte der Mann heraus und brüllte: »Wir brauchen einen Notarzt!«

»Was ist passiert?«, rief ihm Levi zu.

Doch der Wachbeamte antwortete nicht, sondern telefonierte bereits hektisch. Sekunden später flammten die Neonröhren wieder auf und erhellten den Korridor. Levi lief zu dem Krankenzimmer von Sperl und rannte hinein. Schnell verschaffte er sich einen Überblick. In dem Raum befanden sich vier Krankenbetten, die mit weißen Vorhängen voneinander abgetrennt waren.

»Was ist mit Sperl passiert?«, fragte Olivia, die hinter ihm in das Zimmer gekommen war.

»Ich weiß es nicht«, erwiderte Levi und ging weiter. Drei Betten waren unbenutzt, vor dem vierten war der Vorhang zugezogen. Levi blieb stehen. Der Vorhang bauschte sich in der Zugluft des geöffneten Fensters. Hinter dem dünnen Stoff zeichneten sich die Umrisse einer Gestalt wie in einem Schattenspiel ab. Mit beiden Händen riss Levi den Vorhang beiseite und prallte zurück.

»Verdammt! Wir sind zu spät gekommen!«

Sperl hatte mehrere Mullbinden zu einem Strick gedreht und das eine Ende an einem Haken an der Wand befestigt. Das andere Ende war eine Schlinge, die um seinen Hals festgezurrt war und in der sich Sperl erhängt hatte. Sperls Augäpfel quollen hervor und waren blutunterlaufen, seine Zunge hing seitlich aus seinem Mund. Levi sah auf den ersten Blick, dass Sperl tot war.

»Oh mein Gott!«, rief Olivia und schlug sich die Hand vor den Mund. Sie wollte sofort zu Sperl laufen, doch Levi hielt sie zurück.

»Vorsicht, du könntest sonst Spuren verwischen.«

»Wieso denn? Sperl hat sich doch aufgehängt.« Plötzlich stutzte Olivia. »Hast du das gehört? Da ist jemand«, flüsterte sie und deutete auf die Fensterspiegelung. »Ein Schatten.« Sofort drehte sie sich um, aber da war niemand. Doch draußen auf dem Korridor wurde eine Tür zugeschlagen.

»Was war das?«, fragte Levi

»Einen Moment. Ich sehe gleich nach.« Olivia lief zu der Tür, die ins Treppenhaus führte, und riss sie auf. »Da rennt jemand die Treppe runter. Vielleicht kann ich die Person erkennen, wenn ich ihr hinterherlaufe.«

»Nein, du wartest auf mich.« Levi folgte Olivia ins Treppenhaus. Olivia hatte bereits das nächste Stockwerk erreicht und machte keinerlei Anstalten, stehen zu bleiben.

»Gleich weiß ich, wer das ist«, rief Olivia nach oben und hastete weiter die Stufen hinunter.

»Olivia, geh nicht weiter! Das ist gefährlich.« In Augenblicken wie diesen verfluchte Levi sein verletztes Bein, das ihn daran hinderte, ebenfalls schnell die Verfolgung aufzunehmen. Von unten hörte er Türen knallen, dann herrschte mit einem Mal Stille.

So rasch er konnte, stieg Levi bis zum nächsten Treppenabsatz hinunter. Dort blieb er kurz stehen und massierte sein Bein. Dann hatte er das Kellergeschoss erreicht und sah die offene Stahltür, die wie ein gefräßiges Maul weit aufklaffte und zu den Abstellräumen des Krankenhauses führte.

»Olivia?«, rief Levi in das Dunkel des Kellers hinein. Aber er bekam keine Antwort. Olivia schien wie vom Erdboden verschwunden.

Vorsichtig betrat Levi den Keller. Suchend tastete er die Wände entlang auf der Suche nach einem Lichtschalter. Doch da war nichts. Plötzlich hörte er ein leises Geräusch, das von der Treppe her kam. Er drehte sich um. Ein kleiner Stein rollte über den Boden, blieb knapp vor Levis Füßen liegen. Levi bückte sich danach, aber im selben Moment wusste er, dass er einen Fehler begangen hatte. Sofort schnellte er wieder hoch, doch da wurde schon sein Arm gepackt und nach hinten gerissen. Ehe er zu einer Gegenwehr fähig war, umfasste eine Hand seinen Nacken und drückte seinen Körper gegen die Betonwand. Bei dem Angreifer musste es sich um einen durchtrainierten Mann handeln, das war Levi augenblicklich klar. Widerstand war zwecklos.

Der Angreifer schob ihn aus dem Keller hinaus in das Treppenhaus. Levi gelang es, den Kopf zur Seite zu drehen. Aus den Augenwinkeln blickte er in ein Gesicht, das er kannte.

38

FÜNF JAHRE ZUVOR

Zwei Tage vor Rosas Tod

Die Probebühne der Wiener Staatsoper ist an diesem Abend drückend heiß. Der riesige Raum mit den nach hinten ansteigenden Sitzreihen ist dunkel, nur die Notbeleuchtung wirft ein schemenhaftes Licht auf die mit rotem Samt tapezierten Wände. Alma sitzt im Zuschauerraum und kann kaum atmen. Unentwegt fächelt sie sich mit ihren Notenblättern frische Luft zu. Johannes sitzt direkt hinter ihr. Er hat seine Hände auf ihre Schultern gelegt und gräbt seine Finger so fest in ihre Haut, dass sich rote Striemen darauf abzeichnen. Beide warten auf Rosa, denn heute muss sie auf der Bühne vortanzen. Das ist mit Johannes so vereinbart und der härteste Tag des Jahres. Aber noch ist die Bühne leer und Rosa nicht erschienen.

Der Vorhang bewegt sich ein wenig und Rosa geht langsam in die Mitte der Bühne. Sie trägt noch ein dünnes Sommerkleid, hat aber bereits die Ballettschuhe an. Ihr Trikot klemmt unter dem Arm.

»Ich kann nichts erkennen«, ruft sie in den dunklen Zuschauerraum hinein.

»Das ändert sich gleich.« Johannes steht auf und geht den Mittelgang nach oben. Er öffnet eine holzvertäfelte Tür und betritt den Technikraum. Drückt auf verschiedene Knöpfe und mit einem Schlag ist die Bühne taghell erleuchtet.

»Das ist so hell«, beklagt sich Rosa und hält sich die Hand vor die Augen, um etwas zu sehen. Aber vor ihr ist nur die undurchdringliche Schwärze des Zuschauerraumes.

Johannes kommt aus dem Technikraum und setzt sich in die Mitte der Zuschauerreihen. So hat er den besten Überblick.

»Alma, worauf wartest du? Fangt endlich an.«

Alma steht auf und steigt auf die Bühne, aus der Dunkelheit ins Licht.

»Es ist wirklich sehr grell!«, ruft Alma in die Schwärze hinein und geht angespannt zum Klavier. Sie zögert ein wenig, denn sie weiß, dass die Hitze und das gnadenlose Licht der Scheinwerfer Rosas Darbietung beeinträchtigen können. Vielleicht sollte sie Johannes bitten, das Tanzen auf den Abend zu verschieben. Doch sie will sich nicht unnötig seinen Zorn zuziehen, deshalb hebt sie dann doch den Tastendeckel und beginnt, sich mit einem kurzen Chopinstück warm zu spielen.

Rosa zieht ihr Kleidchen aus. Das ist ihr unangenehm, weil sie im Scheinwerferlicht steht und spürt, dass Johannes sie aus dem schwarzen Publikumsraum genau beobachtet. Alma hat den Kopf gesenkt, starrt auf ihre Notenblätter und ihre schlanken Finger rasen über die Tasten, als würde sie davon nichts mitbekommen. Hastig schlüpft Rosa in ihr Trikot und schiebt sich das rosa Tutu über die Hüften. Dann stellt sie sich mit einem graziösen Knicks in die Mitte der Bühne.

»Alma, bitte beginne jetzt mit der Einleitung von ›Le Sacre du Printemps‹«, befiehlt Johannes und lehnt sich zurück.

»Aber das ist doch noch viel zu schwer für Rosa«, widerspricht Alma.

»Du sollst spielen und keine inkompetenten Kommentare absondern«, sagt Johannes. Er hat schlechte Laune, denn die Mutter einer seiner Ballettelevinnen hat sich über ihn beschwert und möchte den vereinbarten Sponsorenbeitrag nicht mehr bezahlen. Doch als Alma zu spielen beginnt, verfliegt Johannes' Ärger und er widmet sich ganz der kleinen Rosa.

Das Mädchen dreht sich zur Musik, wirbelt auf den Zehenspitzen herum, sinkt zu Boden, wirft den Kopf zurück, springt auf und bewegt sich wie eine Feder im Rhythmus der Musik über die ganze Breite der Bühne. Die Klaviermusik steigert sich und die Scheinwerfer brennen ihr unbarmherziges Licht auf die tanzende Rosa. Alma rinnt der Schweiß von der Stirn. Rosas Trikot ist komplett durchgeschwitzt und ihre Schritte werden unpräzise.

»Stopp!« Johannes steht auf und geht den Mittelgang entlang fast bis zur Bühne. Aber nur so weit, dass man ihn von oben aus nicht sehen kann. Er kann Fehler nicht leiden. »Du sollst springen, nicht hopsen«, sagt er zu Rosa.

Rosa steht mit hochrotem Kopf an der Rampe und schnappt nach Luft. Sie versucht, Johannes im Zuschauerraum zu erkennen, denn so würden die Worte ihren Schrecken verlieren. Aber alles, was sie sieht, ist das undurchdringliche Dunkel, aus dem die Sätze wie glitzernde Geschosse auf sie zurasen.

»Mir ist so heiß«, klagt sie. »Und die Scheinwerfer sind viel zu hell.«

»Das interessiert jetzt niemanden«, sagt Johannes und der Ärger vom Vormittag kehrt zurück. »Los! Auf ein Neues!« Er schnippt mit den Fingern und Alma intoniert wieder den Anfang.

Rosa huscht zurück in die Mitte der Bühne, legt sich anmutig auf den Boden, um dann aufzuspringen und mit hohen Sprüngen den Raum zu durchmessen.

»Bravo!«, ruft Johannes und klatscht in die Hände. Jetzt hat er eine Zigarre im Mund, die er aber noch nicht anzündet. »Mach weiter so! Aber höher, graziler, du musst an den Himmel stoßen!«, feuert er Rosa an.

Rosa gibt ihr Letztes, wird von Almas drängendem Klavierspiel emporgetragen, steigt hoch und immer höher. Plötzlich fällt sie krachend auf die Bühnenbretter und bleibt regungslos liegen.

»Rosa, was ist mit dir!«, ruft Alma panisch und springt auf. Sie kniet neben ihrer Schwester und tätschelt ihre Wangen. »Sie ist ohnmächtig geworden«, sagt sie in das Dunkel des Zuschauerraums hinein, dort, wo sie Johannes vermutet.

»Rosa soll sofort aufstehen«, herrscht Johannes sie an.

»Aber sie rührt sich nicht mehr.«

»Dann hol Wasser!«

»Ja, sofort.« Gehorsam springt Alma auf und läuft hinter die Bühne, wo es einen Wasserhahn gibt. Johannes steckt seine Zigarre zurück in das Etui und steigt langsam auf die Bühne. Missmutig beugt er sich zu Rosa hinunter. »Simulierst du oder geht es dir wirklich nicht gut?«, brummt er. »Das werden wir gleich feststellen.«

»Hier, ich habe alles.« Mit einem Kübel Wasser und einem Lappen kehrt Alma geschäftig zurück.

»Schütte ihr Wasser ins Gesicht«, sagt Johannes in diesem unerbittlichen Tonfall, den Alma so entsetzlich findet. »Na mach schon!«, faucht er, als Alma zögert.

»Sie hat heute noch nichts gegessen«, sagt Alma entschuldigend. »Dazu diese Hitze und die Scheinwerfer.«

»Das hast du schon gesagt. Du sollst ihr Wasser ins Gesicht schütten«, wiederholt Johannes. Er hasst es, ständig dasselbe sagen zu müssen.

Alma duckt sich furchtsam unter seinen Worten und lässt ein wenig Wasser auf die bleiche Stirn von Rosa tropfen.

»Stell dich nicht so ungeschickt an!« Johannes nimmt Alma den Kübel aus der Hand und leert ihn mit Schwung über dem Kopf von Rosa aus. Die Kleine schreckt prustend hoch und sieht sich erschrocken um. Sie klappert mit den Zähnen und zittert am ganzen Körper.

»Na also. Da ist unser Engel ja wieder«, sagt er zufrieden.

»Ich habe Kopfweh«, sagt Rosa mit matter Stimme.

»Rosa, bitte, reiß dich zusammen.« Alma umarmt ihre Schwester und zieht sie an ihre Brust. »Johannes hat heute seinen schlechten Tag. Wir dürfen ihn nicht unnötig reizen, sonst sucht er sich ein anderes Mädchen. Du weißt hoffentlich, was das für die Familie bedeutet?«

»Was flüstert ihr da?« Breitbeinig steht Johannes vor den Schwestern und steckt sich seine Zigarre an. »Rosa, los, mach schon. Du musst dich an Scheinwerfer gewöhnen. Du stehst wie nackt in dem Lichtstrahl. Der kleinste Fehler wird von einem unnachsichtigen Publikum bemerkt. Deshalb darfst du dir keine Schwäche erlauben. Ich hoffe, du enttäuschst mich nicht, nach allem, was ich für dich getan habe.«

Rosa geht schwankend auf ihren Ballettschuhen zurück in die Mitte der Bühne und Alma setzt sich wieder ans Klavier.

Zufrieden steigt Johannes von der Bühne und verschwindet im Zuschauerraum. Zurück bleiben ein paar Rauchwolken seiner Zigarre, die sich im Strahl der Scheinwerfer drehen.

Als Alma die ersten Töne anschlägt, rinnen ihr plötzlich böse Tränen der Erkenntnis über die Wangen. Wie weit ist es nur mit ihrer Familie gekommen, dass sie sich wie Leibeigene behandeln lassen müssen, denkt sie. Doch sie weiß auch, dass es aus dieser Abhängigkeit kein Entrinnen gibt, und deshalb spielt sie, und Rosa tanzt auf der hell erleuchteten Bühne, bis ihre Füße blutig sind.

39

Levi drückte sich von der Wand weg und starrte in das Gesicht seines ehemaligen Kollegen Reiter.

»Was machst du denn hier?«, fragte ihn Reiter erstaunt.

»Ich wollte zu Sperl«, erwiderte Levi.

»Das stimmt.« Der Justizwachbeamte von der Kranken-station stand mit gezogener Waffe hinter Reiter und funkelte Levi wütend an. »Inspektor, das ist der Mann, der sich uner-laubt in das Zimmer von Sperl schleichen wollte. Es war auch noch eine Frau dabei. Die ist aber in den Keller geflohen«, berichtete er.

»Ist in Ordnung. Sie können Ihre Pistole wieder wegstecken und nach oben gehen. Ich erledige das hier«, sagte Reiter zu dem Beamten.

»Olivia ist irgendwo hier unten im Keller«, erklärte Levi und rieb sich seine Hand, die von Reiters hartem Griff noch schmerzte. »Ich muss sie suchen. Sie hat jemanden verfolgt, vielleicht ist sie in Gefahr.«

»Immer mit der Ruhe, Levi. Du beantwortest mir zunächst ein paar Fragen. Was hattest du hier im Krankenhaus bei Sperl zu suchen? Du hast dich als Polizist ausgegeben und Dr. Hofmann als Gefängnispsychologin. Das sind bloß zwei der Vergehen, derer ihr euch schuldig gemacht habt. Hausfriedensbruch und Amtsanmaßung. Und vielleicht kommen noch andere Straftaten hinzu.« Reiter blickte Levi erwartungsvoll an. »Ich höre.«

»Ich wollte gemeinsam mit Olivia Hofmann Sperl noch einmal zu den Ereignissen auf dem Sommerfest befragen. Ich habe so meine Zweifel an seiner Schuld«, antwortete Levi.

»Sperl kannst du nicht mehr befragen, der hat Selbstmord begangen«, sagte Reiter.

»Ich weiß und vielleicht war es wirklich Selbstmord. Aber an deiner Stelle würde ich das gründlich überprüfen lassen.«

»Die Leiche kommt auf jeden Fall in die Gerichtsmedizin und dann wissen wir mehr«, erwiderte Reiter.

»Weswegen bist du eigentlich hier?«, fragte Levi.

»Es gab einen Raubüberfall auf eine Tankstelle. Einer der Täter wurde angeschossen und liegt hier. Den wollte ich vernehmen«, sagte Reiter. »Dann hörte ich von Sperls Selbstmord und von zwei verdächtigen Personen, die sich im Keller herumtreiben. Tja, und einer davon warst ja bekanntlich du. Aber jetzt gibt es hier nichts mehr zu tun. Sei bloß froh, dass ich dir keine Anzeige aufbrumme.«

»Du darfst den Fall nicht schließen. Es gibt noch einige offene Fragen. Wusstest du übrigens, dass Greta Hohenwald eine Affäre mit dem Mann von Olivia hatte? Das würde auch das Halstuch bei Rosas Leiche erklären. Dieser Spur solltest du nachgehen«, insistierte Levi. Vielleicht konnte er Reiter davon überzeugen, dass der Fall noch einmal eingehend unter die Lupe genommen wurde.

»Mach dir keine falschen Hoffnungen, Levi, der Fall ist mit dem Fund der Leiche endgültig abgeschlossen.«

»Reden wir später darüber. Aber jetzt musst du mir helfen, Olivia Hofmann zu suchen.« Levi deutete auf die angelehnte Stahltür.

»O. k., dann mal los.« Reiter stieß die Kellertür auf und leuchtete mit seiner Taschenlampe in den dunklen Gang.

»Olivia, wo bist du?«, rief Levi, der ihm folgte. Der Strahl der Taschenlampe tanzte über die ausrangierten Krankenbetten, Tische und Metallschränke, die zu bizarren Gebirgen aufeinandergestapelt waren.

»Da vorne liegt etwas auf dem Boden.« Reiter ließ den Lichtkegel der Taschenlampe über den Beton wandern. Das gebündelte Licht erfasste eine Gestalt, die regungslos neben einem umgestürzten Garderobenständer lag.

»Das ist Olivia!«, rief Levi und stürzte an Reiter vorbei auf Olivia zu, die sich in diesem Moment mit einem leisen Stöhnen aufrichtete.

»Wo bin ich?«, fragte Olivia benommen und erhob sich langsam. Mit der Hand betastete sie ihre Schläfe und zuckte zusammen, als sie die Platzwunde berührte.

»Kannst du dich erinnern, wie das passiert ist?«, fragte Levi besorgt.

»Ich habe jemanden verfolgt, aber leider vorne bei den Waschmaschinen seine Spur verloren«, erwiderte Olivia. »Dann bin ich umgedreht und wollte zurück. Doch plötzlich hat mir jemand einen Schlag mit einer Stange verpasst und ich wurde ohnmächtig.«

»Das war sicher die Person, die du verfolgt hast«, folgerte Levi.

»Das klingt sehr unglaubwürdig. Ich denke eher, Sie sind gegen den Garderobenständer gelaufen.« Reiter deutete auf das Metallrohr, das am Boden lag. »Dieses Teil ist Ihnen dann auf den Kopf gefallen, nachdem Sie sich daran gestoßen haben.«

»Nein, ich habe doch keine Wahnvorstellungen«, blieb Olivia hartnäckig. »Ich habe eine Gestalt gesehen.«

»Und wer soll das gewesen sein?«, fragte Reiter.

»Ich weiß es nicht«, gab Olivia zur Auskunft.

»Vermutungen und Umrisse, das klingt alles ziemlich vage«, beschloss Reiter und schob sein Streichholz zwischen den Zähnen hin und her.

»Gehen wir zunächst einmal nach draußen. Olivia braucht jetzt Ruhe und einen Arzt«, sagte Levi. Im Schein von Reiters Taschenlampe gingen sie durch den dunklen Keller, bis sie das Treppenhaus erreichten. Dort betrachtete Levi eingehend die Wunde an Olivias Schläfe.

»Du solltest das von einem Arzt anschauen lassen«, meinte er.

»Dafür habe ich jetzt keine Zeit«, lehnte Olivia ab. Sie wandte sich an Reiter. »Ich merke schon, dass Sie mir nicht glauben. Aber es gibt einen Beweis: Angeblich war die Psychologin Dr. Bauer bei Sperl.«

»Was heißt angeblich?«, fragte Reiter.

»Es hat sich jemand als Adele ausgegeben. Aber ich kenne Dr. Bauer, habe schon öfter mit ihr zu tun gehabt.«

»Das überprüfen wir, indem wir sie anrufen«, sagte Levi. »Olivia, du hast doch ihre Nummer?«

Sofort zog Olivia das Handy aus ihrem Rucksack und wählte Adeles Nummer. »Es geht keiner ran«, sagte sie nach einer Weile.

»Das muss überhaupt nichts bedeuten«, entschied Reiter.

Levi fiel plötzlich etwas ein. »Brenner wollte mir Fotos zeigen. Hast du die dabei?«, fragte er Reiter.

»Ach, die Fotos vom Fundort. Sind hier auf meinem Handy.« Reiter zog sein Handy aus der Jackentasche und durchsuchte seine Dateien. »Da sind die Aufnahmen.« Er reichte Levi das Gerät. »Wie geht es übrigens Brenner?«

»Er liegt noch immer im Krankenhaus. Er hat von einem Abzeichen gesprochen, das wie ein Wappen aussieht«, murmelte Levi, während er sich durch die Fotos scrollte. »Ein Kreis mit einer Harfe in der Mitte.«

»Warte«, sagte Olivia, die neben Levi stand und ebenfalls die Fotos betrachtete. »Hier, ein Kreis mit einer Lyra. Das könnte es sein.«

»Was ist damit?«, fragte Reiter und vergrößerte das Foto. »Ich lasse dieses Abzeichen von unseren Spezialisten untersuchen, dann schicke ich dir das Foto.«

»Brenner hat gesagt, dass er dieses Zeichen auf dem Sommerfest gesehen hat, als man die Gäste nach Rosa befragte«, antwortete Levi.

»Wieso war eigentlich Brenner als Ermittler bei dem Sommerfest?«, wunderte sich Olivia. »Normalerweise geht man bei einem verschwundenen Kind doch nicht gleich von einem Verbrechen aus.«

»Johannes Arnheim hat seinen Freund, den Polizeipräsidenten, informiert und der hat Brenner gleich losgeschickt«, sagte Reiter. »Aber Brenner hat sich da in etwas verrannt.«

»Trotzdem solltest du den Fall noch nicht abschließen. Es gibt viel zu viele ungeklärte Fragen.«

»Noch mal, Levi: Der Fall ist geschlossen. Selbst wenn ich wollte, es geht nicht. Staatsanwalt Müller und der Polizeipräsident haben das angeordnet. Hör auf mit den Spekulationen und lass uns nach oben gehen.«

Als sie in das Foyer kamen, wurde gerade der Kunststoffsarg mit dem toten Andreas Sperl nach draußen in den Leichenwagen getragen.

»Traurig, dass sein Leben so geendet hat«, meinte Olivia.

»Für einen Kindermörder war es vielleicht besser so«, brummte Reiter und nahm das Streichholz aus dem Mund. »Ich muss zurück ins Präsidium.«

»Und was ist mit Adele Bauer?«, fragte Olivia, die sich gerade von einem Arzt ein Pflaster auf ihre Platzwunde an der Schläfe kleben ließ.

»Probieren Sie nochmals, sie zu erreichen«, sagte Reiter und ging durch das Foyer zum Ausgang.

»Gut, ich versuche es gleich.« Olivia folgte ihm hinaus auf den Parkplatz. Sie wählte die Nummer und wartete. Aus einem der Autos war ein gedämpftes Klingeln zu hören, das nach einer Weile abbrach.

»Stopp«, sagte Levi, der neben Olivia herging. »Hast du das Läuten gehört? Reiter, ich denke, Adele Bauer ist in einem der Autos eingesperrt.« Levi blickte suchend umher. »Olivia, ruf noch mal an.«

Olivia drückte die Wahlwiederholtaste und erneut war das halblaute Klingeln zu hören.

»Hier ist es«, sagte Levi, als sie vor einem grünen VW Passat standen. »Der Ton kommt aus dem Kofferraum.« Levi drückte auf den Verschluss und der Deckel klappte auf. Im Kofferraum lag Adele Bauer.

»Oh mein Gott«, sagte Olivia. »Adele ist bewusstlos.«

»Reiter, hilf mir, wir müssen sie da herausholen«, sagte Levi und gemeinsam hoben sie Adele aus dem Kofferraum. Plötzlich begann Adele leise zu stöhnen und schlug die Augen auf. Verwirrt blickte sie umher, dann entdeckte sie Olivia.

»Warum haben Sie mich hierherbestellt?«, murmelte sie.

»Das war nicht ich«, erwiderte Olivia.

»Sie haben mich angerufen und gesagt, dass wir beide dringend mit Sperl reden müssen. Es geht um Ihre Tochter. Ich bin gleich losgefahren und als ich auf dem Parkplatz ausstieg, kam jemand von hinten und schlug mich nieder.«

»Können Sie sich daran erinnern, wer Sie niedergeschlagen hat?«, fragte Reiter und winkte dann einen Sanitäter aus dem Krankenhaus herbei.

»Nein, es ging alles so schnell«, antwortete Adele. »Außerdem trug diese Person eine Mütze.« Sie sah in das Gesicht von Reiter.

»Haben Sie eine Zigarette für mich? Ich brauche Nikotin nach dem Schock.«

»Leider nein. Ich bin auf Entzug«, sagte Reiter. »Aber Sie können ein Streichholz haben. Das wirkt auch«, meinte er.

Levi wartete, bis der Sanitäter mit Adele zum Krankenhaus zurückging, dann drehte er sich zu Reiter.

»Olivia hatte recht, als sie sagte, jemand ist aus Sperls Zimmer geflüchtet. Es war die falsche Psychologin. Wir suchen eine Frau.«

»Da fällt mir nur eine Person ein, die ein großes Interesse daran hat, dass Sperl sein Geständnis nicht widerruft«, sagte Olivia.

»Und wer ist das Ihrer Meinung nach?«, fragte Reiter und ließ das Streichholz zwischen den Zähnen auf und nieder tanzen.

»Greta Hohenwald. Außerdem hat sie immer eine Mütze auf.«

»Ach und aufgrund dieser Tatsache soll ich sie festnehmen?« Reiter blickte zwischen Olivia und Levi hin und her. »Weil sie eine Mützenträgerin ist? Greta ist eine junge Frau, mit der Sie einen Privatkrieg führen, Dr. Hofmann«, sagte Reiter.

»Wie meinen Sie das?«, gab Olivia irritiert zurück.

»Greta hatte eine Affäre mit Ihrem Mann. Mehr brauche ich dazu wohl nicht zu sagen. Und was Adele Bauer betrifft: Es gibt auch noch andere weibliche Häftlinge, die Adele nicht mögen.«

»Du machst es dir aber verdammt einfach«, meinte Levi.

»Und du verrennst dich in eine Sache, die es nicht gibt. Ich muss ins Präsidium. Und merkt euch bitte: Der Fall ist abgeschlossen.«

»Nein, das ist er nicht. Der wirkliche Mörder läuft noch immer frei herum«, widersprach Levi.

»Pass auf, dass es dir nicht eines Tages so geht wie Brenner«, sagte Reiter mit ernster Miene. »Du siehst schon überall Gespenster.«

40

Olivia konnte ihre Enttäuschung darüber, dass sie zu spät gekommen waren, kaum verbergen. Sie lehnte an Levis Saab und blickte nachdenklich in den nebeligen Herbsthimmel.

»Was machen wir jetzt?«, fragte sie Levi nach einer Weile.

»Im Moment können wir nichts tun. Wir haben unsere Hoffnungen darauf gesetzt, dass Sperl sein Geständnis widerruft. Aber jetzt ist er tot.«

»Ich kann doch nicht einfach so zur Tagesordnung übergehen«, widersprach Olivia. »Sperl war nicht der Typ, der einfach Selbstmord begeht.«

»Du verdächtigst also Greta?«, überlegte Levi laut. »Kann es nicht doch sein, dass du ihr gegenüber voreingenommen bist?«

»Was soll der Blödsinn?«

»Du hast ja gehört, was Reiter gesagt hat. Er glaubt, du führst einen Privatkrieg gegen Greta«, formulierte Levi vorsichtig. »Dann erkläre mir doch mal, wie eine zarte Frau wie Greta einen durchtrainierten Mann wie Sperl ermorden kann und ihn dann aufhängt.«

»Das ist Sache der Polizei, es herauszufinden. Aber wer außer Greta sollte Adele hierherbestellen?«

»Woher kennt Greta denn Adele überhaupt? Hast du dir das schon einmal überlegt?«, sagte Levi.

»Ich weiß es nicht.«

»Reden wir morgen darüber, wenn wir Klarheit haben, wie Sperl gestorben ist.« Levi sperrte seinen Saab auf. »Soll ich dich mitnehmen?«

»Nicht nötig, ich hole mir nur noch ein paar Schmerzmittel aus dem Krankenhaus und nehme dann ein Taxi«, antwortete Olivia und ging über den Parkplatz. Sie versuchte ihren chaotisch umhertreibenden Gedanken eine Struktur zu verpassen und langsam kristallisierte sich ein Plan heraus.

»Taxi!«, rief Olivia im nächsten Moment und ging auf einen der wartenden Wagen zu. Sie stieg ein und nannte ihr Ziel. Der Fahrer nahm die Stadtautobahn und Olivia lehnte sich im Fond zurück. Durch die Seitenscheibe sah sie die Lichter der Großstadt vorbeirasen, sie sah das schwarze Wasser der Donau, als das Taxi die Autobahnbrücke passierte. Dann fuhren sie durch das menschenleere Industriegebiet von Kagran, um schließlich nach Süßenbrunn abzubiegen. Im Licht der Scheinwerfer schälte sich das düstere Schloss Hohenwald aus der Dunkelheit.

»Bleiben Sie bitte hier stehen.« Olivia bezahlte den Fahrer und stieg aus.

Das verwitterte Holztor des Anwesens war nicht versperrt und Olivia schob die beiden Flügel auf. Ihre Verletzung an der Schläfe pochte, als sie langsam die Allee nach oben ging. Der Mond schien und sein bleiches Licht wies Olivia den Weg. Sie stieg die geschwungene Marmortreppe hinauf und stand vor dem verrammelten Eingang.

»Greta, sind Sie hier? Ich muss dringend mit Ihnen sprechen!«, rief Olivia und schlug mit der Faust gegen die Tür. Immer und immer wieder trommelte sie gegen die Holzlatten, die man an die Flügeltüren genagelt hatte.

Ob es eine gute Idee gewesen ist, alleine hierherzukommen? Sie dachte an Levis Worte. Führte sie wegen Michael vielleicht wirklich einen Privatkrieg gegen Greta? War ihr Urteilsvermögen deshalb schon so getrübt? Wieder schlug sie mit der Hand gegen das Holz und der Lärm rotierte wie eine Kreissäge durch ihren Schädel und zerstückelte jeden Gedanken.

»Olivia, wollen Sie zu mir?«, hörte sie plötzlich eine Stimme hinter ihrem Rücken. Sie wirbelte herum und blickte direkt in das Gesicht von Max. In der Hand hielt er eine Pistole, deren Lauf auf sie gerichtet war.

»Was machen Sie mit der Waffe? Ich bin nicht gefährlich«, sagte Olivia so ruhig wie möglich, obwohl ihr Herz wie verrückt pochte.

»Hier auf dem Land passieren oft merkwürdige Dinge«, sagte Max, ohne die Waffe zu senken. »Da muss man auf der Hut sein. Besonders in der Dunkelheit. Was wollen Sie so spät in der Nacht?«

»Ich will zu Greta«, antwortete Olivia.

»Gehen wir doch hinein«, sagte Max und machte eine leichte Bewegung mit der Waffe. »Wir müssen den Seiteneingang nehmen. Das Entree ist versperrt.«

»Ist Greta hier?«, fragte Olivia und rührte sich nicht von der Stelle. »Wenn sie nicht da ist, dann komme ich morgen wieder.«

»Ich denke, das bereden wir drinnen«, sagte Max.

»Nein, wenn Greta hier ist, dann soll sie bitte herauskommen.«

»Ich fordere Sie noch einmal höflich auf, diese Angelegenheit im Salon zu erörtern. Nach Ihnen, wenn ich bitten darf.« Die Stimme von Max klang gefährlich ruhig und Olivia hielt es für klüger, seiner Aufforderung Folge zu leisten.

Langsam ging Olivia über die Terrasse zu dem Seiteneingang. Vor der Tür blieb sie stehen.

»Was haben Sie jetzt vor, Max?«, fragte sie und drehte sich zu ihm.

»Nichts, ich bitte Sie nur in mein Heim«, erwiderte Max. »Vielleicht können wir ein wenig plaudern. Ich muss immer wieder an das Gespräch in Ihrer Praxis denken. Das hat mir so viel bedeutet.«

»Wir können das wiederholen. Aber in meiner Praxis und nicht hier«, schlug Olivia vor.

Max trat ganz nahe an sie heran und sah ihr lange in die Augen. »Sie haben Angst«, sagte er dann. »Und Sie denken, ich könnte Ihnen etwas antun. Vielleicht haben Sie damit auch recht.«

»Nein. Sie tun mir nichts, aber ich fühle mich wohler, wenn Sie die Waffe weglegen.«

»Das mache ich gern für Sie«, sagte Max und steckte die Pistole in seinen Hosenbund. »Greta versteckt sich hier im Schloss«, sagte er trübsinnig und wirkte nach diesen Worten wie ausgewechselt. »Sie hat einen schweren Rückfall erlitten. Kommen Sie! Ich zeige es Ihnen, damit Sie verstehen, was ich meine.«

Max nahm Olivia am Arm und führte sie in die Küche. Olivia hatte noch nie einen so chaotischen Raum gesehen. Die Türen der Schränke waren geöffnet, die Laden herausgezogen und auf dem Küchentisch türmte sich das Kochgeschirr.

»Wir renovieren gerade«, sagte Max, der Olivias Überraschung bemerkt hatte. Aber für Olivia sah das alles nicht nach einem übergangsweisen Zustand aus, sondern hier trat das Chaos im Leben der Geschwister grell zutage.

»Seit Greta das Praktikum macht, sind wir mit den Arbeiten am Schloss ein wenig in Verzug geraten.« Max öffnete eine niedrige Tür und beide betraten einen düsteren Raum.

»Unser Speisesaal, in dem wir früher alle gemeinsam von unseren leeren Tellern gegessen haben«, sagte Max und schaltete das Licht ein. Erst jetzt sah Olivia die riesigen Dimensionen des Raums. In der Mitte des Saals stand ein langer Esstisch. Auch hier war die Tischplatte mit merkwürdigen Dingen vollgestellt. Olivia sah Hirschgeweihe, zwischen denen sich Porzellanschüsseln auftürmten.

»Unser Vater hat alles gesammelt«, entschuldigte sich Max und deutete zu der rückwärtigen Wand.

»Hier, das wollte ich Ihnen zeigen.« Max stand vor einem Biedermeierschrank, dessen Türen schräg in den Angeln hingen. Das Schloss lag, von Holzsplittern umgeben, auf dem Boden.

»Das ist die Hausbar unseres verblichenen Vaters«, sagte Max und stellte sich wie ein Fremdenführer neben den Schrank. »Greta hat die Bar aufgebrochen und ist mit einer Whiskeyflasche verschwunden. Das beunruhigt mich ein wenig.«

»Weshalb? Haben Sie Angst, dass sich Ihre Schwester betrinkt, wie damals, als sie mit dem Auto gefahren ist und den Unfall verursacht hat?«

»Ich hätte das nicht besser formulieren können«, sagte Max resigniert. »Ich muss immer wieder daran denken. Die Schuld frisst mich auf.«

»Weil Sie damals gelogen haben?«, fragte Olivia.

»Sie verstehen nichts«, erwiderte Max und straffte die Schultern. »Greta ist oben im Spiegelsaal, wo sie früher mit Rosa trainiert hat. Dort ist sie immer, wenn es ihr schlecht geht.«

»Wie finde ich diesen Saal?«

»Einfach die Treppe hinauf«, beschrieb Max und zeigte mit seiner Hand in eine Richtung.

Wortlos drehte sich Olivia um und ging auf zwei große Flügeltüren zu. Sie öffnete eine davon und trat hinaus in das dunkle Foyer. Rasch orientierte sie sich und erblickte eine breite Marmortreppe, die nach oben führte. Schnell stieg Olivia die Stufen hinauf und befand sich auf einer Galerie, von der mehrere Türen abgingen. Ohne zu zögern, riss sie die erste Tür auf.

Das Zimmer war leer bis auf ein Bett, das in einer Ecke stand. Durch eine Türöffnung konnte Olivia die Zimmerflucht bis zum anderen Ende einsehen. Hastig ging sie in den nächsten Raum. Hier waren Tausende von vergilbten Zeitschriften und Zeitungen in Regale gequetscht und an den Wänden aufgetürmt, es rauschte und knisterte und wisperte wie in einem Geisterschloss.

Plötzlich kippte einer dieser bis zur Decke reichenden Zeitschriftenstapel, stürzte einer Lawine gleich auf Olivia und begrub sie unter sich. Hustend schaufelte sie sich aus dem staubigen Papier und stand wieder auf. Am Ende der Zimmerflucht sah sie Greta stehen, die Whiskeyflasche in der Hand.

»Andreas Sperl ist tot«, sagte sie mit schwerer Zunge und prostete Olivia mit der Flasche zu. »Ich habe ihn hängen sehen. Jetzt wird es doch nichts mit dem Widerruf des Geständnisses.« Langsam bewegte sich Greta durch die Zimmerflucht auf Olivia zu.

»Haben Sie Sperl getötet? Und Rosa?«, rief Olivia und balancierte über die Papierstöße bis zum nächsten Zimmer. »Geben Sie doch einfach alles zu. Sie sehen ja selbst, dass Sie keine Chance mehr haben.«

»Bleiben Sie mir vom Leib«, brauste Greta auf. Sie schleuderte die Whiskeyflasche nach Olivia, drehte sich um und lief davon.

»Greta, warten Sie!«, rief Olivia. Doch Greta war schon am Ende der Zimmerflucht angekommen und bog seitlich ab. Olivia folgte ihr und lief durch ein weiteres mit vergammelten Pferdesätteln vollgeräumtes Zimmer, um dann in das nächste zu gelangen. Dieser Raum war bis unter die Decke mit ausgestopften Tieren angefüllt, die Olivia mit aufgerissenen Mäulern und toten Knopfaugen anstarrten. Hier roch es so intensiv nach Mottenpulver, dass Olivia zu husten begann. Keuchend erreichte sie endlich das Ende der Zimmerflucht und tauchte ein in ein rosa Spielzimmer. In der Mitte des Raums standen Dutzende von lebensgroßen Kinderpuppen, die alle blonde Perücken und rosa Tutus trugen. Es waren so viele, dass sie sich bis zu den großen Flügeltüren drängten. An die Wände ringsum hatte man Hunderte von Ballettschuhen genagelt, deren seidene Spitzen alle blutig waren.

»Das ist der totale Irrsinn«, flüsterte Olivia, während sie langsam an den befleckten Schuhen vorbeiging, die wie unzählige kleine Kokons aussahen, aus denen die schönsten Schmetterlinge schlüpfen. Aber hier war kein schillerndes Leben entstanden, sondern in diesen verblichenen Seidenschuhen wachte der Tod. Der Tod, vor dem es für Rosa kein Entrinnen gegeben hatte.

An einer Seite des rosa Zimmers standen zwei Flügeltüren weit offen. Dahinter lag ein hell erleuchteter Saal, in dessen verspiegelten Wänden sich das Licht tausendfach brach und bunte Muster hervorbrachte wie in einem Kaleidoskop. Vorsichtig betrat Olivia den lang gestreckten Raum. Seit Rosas Tod hatte anscheinend niemand mehr diesen Saal betreten, denn der Boden war schmutzig und an einigen Stellen bereits eingebrochen. Die großen Löcher klafften auf wie schwarze Wunden.

»Das rosa Zimmer hat Max eingerichtet«, hörte Olivia plötzlich die Stimme von Greta hinter sich. »Das war seine Art, den Tod von Rosa zu verarbeiten.«

Greta lehnte an einem zugedeckten Klavier und beobachtete Olivia, die bedächtig auf sie zukam.

»Hier hat Rosa immer mit mir geübt«, sagte Greta und machte eine ausladende Handbewegung, um die Dimension des Saals zu verdeutlichen. Dann schob sie das Tuch von dem Klavier und eine Wolke Staub stieg auf. Greta klappte den Deckel nach oben und schlug einen Ton an. Mit geschlossenen Augen summte sie eine Melodie und versuchte, sich dazu auf dem Klavier zu begleiten. Doch die Töne schossen grell und atonal durch den Raum. Greta stoppte und versuchte es erneut. Es ertönte nur ein abgehacktes Inferno und schließlich klappte Greta mit einem lauten Seufzer den Deckel wieder zu.

»Alma kann viel besser Klavier spielen als ich«, entschuldigte sich Greta. »Sie hat Rosa immer beim Tanzen begleitet.«

»Lassen wir diese Spielchen, Greta«, sagte Olivia. »Ich will endlich wissen, warum Sie diese Morde begangen haben. Sie merken doch selbst, dass alles keinen Sinn mehr hat.« Vorsichtig umrundete Olivia ein Loch im Boden, wo die mürben Balken zerbrochen waren. Das wurmstichige Parkett knackte und ächzte unter ihren Schritten. In den Spiegeln sah sie ihre Silhouette und plötzlich hinter sich Rosa, die höher und immer höher sprang, bis sie in der Unendlichkeit des Raums verschwand.

»Alles nur Einbildung.« Olivia schüttelte den Kopf und stampfte kurz mit dem Schuh auf, um wieder klar denken zu können.

Mit einem Mal knarzte und knackte es unter ihren Füßen, Olivia schwankte vor und zurück, mit einem lauten Krachen brach der tragende Balken entzwei und Olivia stürzte in die Tiefe. Reflexartig krallte sie ihre Finger in einen heil gebliebenen Querbalken, zog sich daran hoch und umklammerte ihn wie ein Schiffbrüchiger ein Stück Treibholz.

»Warum müssen Sie sich überall einmischen? Reicht es nicht, dass Ihr Mann und Ihre Tochter verschwunden sind?« Das Gesicht von Greta tauchte über ihr auf. »Jetzt kann ich es Ihnen ja sagen. Juli hat das rosa Halstuch Rosa geschenkt, genau an dem Tag, an dem Ihr dummer Mann mit mir Schluss gemacht hat.«

»Warum musste Rosa sterben?«, brachte Olivia mühsam hervor und versuchte, ein Bein über den Balken zu legen, aber sie schaffte es nicht.

»Rosa wird durch Ihre Schnüffelei auch nicht wieder lebendig«, sagte Greta und beugte sich hinunter.

Olivia wusste, dass ihr nicht mehr viel Zeit blieb. Sie aktivierte die Psychiaterin in sich und fragte: »Wieso haben Sie Sperl getötet? War er eine Gefahr für Sie? Wie haben Sie ihn dazu gebracht, einen Mord zu gestehen, den er nicht begangen hat?« Nach der letzten Frage spürte Olivia, dass ihre Kräfte langsam nachließen.

»Ich habe keine Ahnung, was Sie meinen. Sperl war bereits tot, als ich mit dem Ausweis der Psychiaterin in das Zimmer kam. Aber er hat den Mord an Rosa gestanden und jetzt ist er tot und kann nichts mehr widerrufen. Sie können unsere Familie nicht zerstören.«

»Nein, sicher nicht. Das erledigen Sie selbst«, entgegnete Olivia.

»Was sollen diese Vermutungen? Dafür fehlen Ihnen doch die Beweise«, gab Greta zurück.

»Das mag sein. Aber können Sie mit dieser Schuld leben? Max kann es nicht. Bald wird er die Wahrheit sagen. Das wissen Sie. Dann müssen Sie auch Max töten. Und was ist mit Alma? So geht es immer weiter und hört nie auf.« Olivias rechter Arm begann zu zittern und die Muskeln verkrampften sich. Ein stechender Schmerz schoss durch ihre Schulter. »Aber zuerst müssen Sie mich töten«, sagte Olivia mit schmerzverzerrtem Gesicht.

»Das erledigen Sie schon selbst«, wiederholte Greta die Worte, die Olivia zuvor ausgesprochen hatte, und stand auf.

»Sie können mich doch hier nicht hängen lassen, Greta«, rief Olivia panisch. »Bitte helfen Sie mir!«

»Ich trage die Verantwortung für unsere Familie. Diese Bürde hat mein Leben zerstört«, hörte sie von oben die dumpfe Stimme von Greta, die sich langsam entfernte und immer leiser wurde.

41

Levi hatte ein komisches Gefühl, als er mit seinem Saab nach Hause fuhr. Etwas an Olivias Verhalten war ihm merkwürdig erschienen. Doch er konnte nicht weiter darüber nachdenken, denn sein Handy klingelte. Es war Reiter.

»Du hattest recht mit deiner Annahme. Sperl ist tatsächlich ermordet worden. Das hat Grünberg soeben festgestellt. Er fand Würgemale an Sperls Hals. Und noch etwas ist auffällig. Es gibt eine DNA-Spur bei Sperl.« Reiter machte eine Pause und Levi hörte das ständige Klicken eines Feuerzeugs.

»Weiß man, von wem die DNA stammt?«, fragte Levi.

»Leider nein. Aber es ist dieselbe, die wir auf den Resten der Kleidung von Rosa gefunden haben.«

»Das heißt, der Mörder von Rosa und Sperl ist ein und dieselbe Person. Habt ihr eine Probe von Greta oder von Max?«

»Das erledige ich morgen.«

Als Reiter auflegte, parkte Levi seinen Wagen am Straßenrand und versuchte, Olivia zu erreichen, um ihr die Neuigkeit mitzuteilen. Aber er landete nur auf ihrer Mailbox. Hastig scrollte er sich durch sein Telefonverzeichnis, um Olivias Festnetznummer zu finden.

»Ist Olivia zu Hause?«, fragte er, als sich eine Frauenstimme, vermutlich die der Pflegerin Erna, meldete.

»Nein, aber sie hat angerufen und Bescheid gesagt, dass sie noch eine Verabredung in einem Schloss hat«, antwortete die Pflegerin. »Ist etwas nicht in Ordnung?«

»Keine Sorge, ich kümmere mich darum«, sagte Levi, um der Pflegerin keine unnötige Angst zu machen.

Dann wendete er den Saab mitten auf der Straße und raste zurück auf die Stadtautobahn. Kurz darauf tauchte das Schloss in der Ferne auf. Das Tor stand offen und Levi fuhr bis zu dem gekiesten Vorplatz. Hastig sprang er aus dem Wagen und lief die geschwungene Treppe zu dem verbarrikadierten Eingang hoch.

»Hallo, ist da jemand?«, rief er und schlug mit der Faust gegen das Holz.

Aber nichts rührte sich. Wie besessen rüttelte Levi an der Klinke und hörte erst auf, als er bemerkte, dass man das Entree zugenagelt hatte. Nervös blickte er sich um, denn sein Gefühl sagte ihm, dass Olivia in Gefahr war. Hastig ging er die Terrasse entlang und versuchte, die bodentiefen Fenstertüren zu öffnen, doch diese waren ebenfalls verrammelt. Endlich erreichte er die Ecke des Schlosses und sah zu seiner Erleichterung eine Tür, die halb offen stand. Lautlos schlich Levi durch den Spalt und stand in einer großen, unaufgeräumten Küche. Plötzlich hörte er einen Schuss, der aus dem Nebenraum kam.

»Olivia!«, rief Levi laut und der Name hallte von den Wänden wider. Er rannte durch die Küche bis zu einem schmalen Durchlass und gelangte in einen großen Salon. In der Mitte des Raumes stand ein vor diversen Gegenständen überquellender Tisch, an dem ein Mann saß. Sein Kopf lag auf der Tischplatte und in der Hand hielt er eine Pistole.

Verdammt, hier hat sich jemand erschossen, dachte Levi und lief um den Tisch herum. In diesem Augenblick schreckte der

Mann hoch und Levi blickte in das blasse Gesicht von Max Hohenwald.

»Wo ist Olivia?«, schrie Levi und packte Max am Arm.

»Ich wollte mich erschießen wie mein Vater. Aber ich bin zu feige, mit einer Schuld zu leben, und zu feige, um mich zu töten«, flüsterte Max und hob seine altmodische Pistole.

»Mich interessiert Ihr Gejammer nicht.« Levi schlug Max die Waffe aus der Hand. »Reden Sie, Mann! Wo ist Olivia?«, fragte er erneut und fasste Max an den Revers seines karierten Sakkos.

»Sie ist bei Greta. Greta trägt die Verantwortung.«

»Los, sagen Sie schon, wo die beiden sind.« Levi zog Max am Revers hoch.

»Greta wird das nicht gutheißen«, jammerte Max. »Sie hat mir verboten, über all das zu sprechen.«

»Wenn Sie auch nur ein wenig Mumm in den Knochen haben, dann reden Sie«, sagte Levi und schüttelte Max, dessen Arme wie bei einer Puppe willenlos hin und her schlenkerten.

»Sie sind oben im Spiegelsaal«, murmelte Max.

»Na endlich.« Angewidert stieß Levi Max zurück auf seinen Stuhl und griff nach der Pistole. Dann lief er hinaus ins Foyer und über die Treppe hinauf auf die Galerie.

»Sie können mich doch hier nicht hängen lassen, Greta«, hörte Levi plötzlich die panische Stimme von Olivia. »Bitte, helfen Sie mir.«

»Olivia, wo bist du?«, rief er und riss eine Tür auf.

»Hier, im Spiegelsaal.« Olivia musste ganz in der Nähe sein. Er gelangte in einen hell erleuchteten Saal mit Spiegelwänden. Levi sah ein Klavier und ein großes Loch, wo der Boden durchgebrochen war. Dort hing Olivia. Sie hatte einen Arm um den tragenden Balken der Bodenkonstruktion geschlungen und hielt sich daran fest.

Ein Stück davon entfernt hockte Greta mit ihrer tief ins Gesicht gezogenen Mütze auf dem Boden. Als Levi in den Saal stürmte, blickte Greta verwirrt hoch und stand auf.

»Bleiben Sie, wo Sie sind!«, rief Levi ihr zu und hob die Waffe. In diesem Moment stöhnte Olivia laut auf.

»Ich habe keine Kraft mehr«, keuchte sie und Levi sah, wie ihr Arm langsam von dem Balken rutschte.

»Keine Angst, ich bin gleich bei dir!« Levi warf die Pistole zur Seite, ging in die Knie und rutschte vorsichtig nach vorne, um nicht selbst durch den morschen Boden zu brechen. Langsam kam er näher. Olivias Gesicht war kreidebleich und sie glitt an dem Balken immer tiefer nach unten.

»Ich kann mich nicht mehr halten!«

Levi streckte die Hand aus. Nur noch ein Meter trennte ihn von Olivia. »Gleich hast du es geschafft!«

Wie in Zeitlupe löste sich plötzlich Olivias Arm von dem Balken. Levi machte einen Satz nach vorne und bekam ihren Arm zu fassen. Dann packte er Olivia unter den Achseln und zog sie ruckartig in die Höhe. Teile des Parketts brachen unter dem Gewicht und fielen krachend nach unten, doch Levi ließ nicht locker, sondern zerrte Olivia immer weiter aus dem Loch. Endlich schaffte er es, sie auf den unbeschädigten Teil des Bodens zu ziehen. Beide lagen keuchend auf dem Rücken und starrten an die Decke.

»Danke! Du hast mir das Leben gerettet«, sagte Olivia schwer atmend. Langsam setzte sie sich auf und sah sich um. »Wo ist Greta?«

»Ich habe sie gerade noch gesehen«, antwortete Levi. Er blickte umher, erkannte aber nur seine und Olivias Umrisse gebrochen und ins Unendliche vervielfältigt in den Spiegeln. Greta war verschwunden.

»Wir müssen sie finden«, sagte Olivia und stand auf. Noch immer war ihr der Schrecken ins Gesicht geschrieben und sie zitterte ein wenig, als sie gemeinsam mit Levi auf dem knackenden Parkett vorsichtig zurück in das Puppenzimmer ging.

»Das hier ist doch komplett krank.« Levi deutete auf die Kinderpuppen, die mit ihren starren Augen und den rosa Tutus wie Wesen aus einer unheimlichen Welt wirkten.

Plötzlich hörten sie von unten ein lautes Schreien, das abgehackt und unverständlich zu ihnen hochdrang und sich in den leeren Räumen verlor.

»Das ist Max«, sagte Levi und lief auf die Galerie. Jetzt wurden die Schreie lauter und er konnte einzelne Worte unterscheiden.

»Du kannst mich nicht alleine lassen!« Dann brach der Lärm ab und es folgte eine unheilvolle Stille.

»Max ist wahrscheinlich in dem großen Esszimmer«, flüsterte Levi und gemeinsam schlichen sie die Treppe nach unten. Vorsichtig gingen sie durch das düstere Foyer und blieben vor den geöffneten Flügeltüren stehen, die ins Speisezimmer führten.

»Was hast du vor?«, fragte Olivia und starrte entsetzt auf die Waffe, die Levi in der Hand hielt. »Steck die Pistole weg. Max wird auf mich hören.«

Geduckt huschte Levi in das riesige Speisezimmer. Durch die morschen Holzlatten vor den Fenstern schimmerte das Mondlicht in den Raum und erhellte die Umrisse einer Gestalt an der Kopfseite des Tisches. Es war Greta. Sie saß kerzengerade auf einem Stuhl und hatte ihre Mütze auf die Tischplatte gelegt. In dem diffusen Licht wirkte sie wie eine verwunschene Märchenfigur. Neben Greta stand ein altmodischer Koffer auf dem Boden.

»Ist das Ihr Fluchtgepäck?«, fragte Levi. »Daraus wird nichts. Sie bleiben hier.«

»Ich will nicht fliehen«, erwiderte Greta ruhig. »Ich warte auf Sie, denn ich vertraue Ihnen.«

»Warum das denn?«, fragte Olivia.

»Damit Sie mich zur Polizei bringen. Ich übernehme natürlich die volle Verantwortung.«

In diesem Moment ertönte ein lauter Schrei und Max stürzte aus dem Dunkel des Saals auf Levi zu. In der Hand hielt er eine Axt.

»Greta bleibt hier!«, kreischte Max und hob die Axt drohend in die Höhe.

»Max, bleiben Sie stehen!« Levi richtete die Pistole auf ihn. »Sie machen alles nur noch schlimmer.«

»Nein, nein, nein. Ich brauche Greta«, heulte Max und schlug die Axt mit aller Kraft in den Parkettboden. »Was soll ich denn ohne sie machen?«

»Lass es gut sein, Max.« Greta drehte sich zu ihrem Bruder. »Ich bin dafür verantwortlich.«

»Das musst du nicht tun, Greta«, sagte Max mit weinerlicher Stimme und riss verzweifelt an dem Stiel, doch das Axtblatt steckte zu tief in dem Parkett. Schließlich sank er auf dem Boden in die Knie. »Sie können doch nichts beweisen. Bitte, bleib bei mir.«

»Nein, Max. Ich stehe dafür gerade. Rufen Sie die Polizei«, sagte Greta zu Levi.

Kurze Zeit später stand ein Streifenwagen in der gekiesten Auffahrt und in dem rotierenden Blaulicht wirkte Greta wie aus Eis.

»Ich möchte zu gern wissen, wann dieser Frau das Herz erfroren ist«, sagte Levi zu Olivia.

»Als sie begriffen hat, dass es für sie auf dieser Welt keine Liebe mehr gibt.«

42

Zwei Tage später

Es war ein windiger Tag und die Wolken rasten wie eine Horde grauer Reiter über den bleiernen Himmel. Die Fackeln, die rund um die Grabstätte der Familie Hohenwald in den Boden gerammt worden waren, flackerten unruhig, und die Mäntel der Trauergäste, die sich beim Tor versammelt hatten, bauschten sich in dem kalten Wind.

Auf ein Zeichen der Pompfüneberer setzte sich der Trauerzug langsam in Bewegung. Zwei schwarze Ponys zogen den goldenen Karren, auf dem der Sarg von Rosa ruhte. Ein Kammerensemble spielte dazu schwermütige Weisen, während als schwarze Schwäne verkleidete Ballettmädchen den Sarg tanzend begleiteten. Direkt dahinter gingen Alma und Max. Alma hatte einen Strauß weißer Lilien fest an ihre Brust gedrückt, während Max mit teilnahmslosem Gesicht den Sarg fixierte. In angemessener Entfernung folgten Johannes und eine stattliche Anzahl an Trauergästen, die er persönlich eingeladen hatte. Am Ende des Trauerzuges ging Olivia, die der kleinen Rosa ebenfalls die letzte Ehre erweisen wollte. Arnheim war zwar dagegen gewesen, aber Max hatte darauf bestanden, dass Olivia dabei sein durfte.

Als die Trauergemeinde die Grabstätte erreicht hatte, hielt zunächst der Bürgermeister eine Rede und dann Johannes eine kurze, aber sehr emotionale Ansprache, der alle gebannt lauschten. So bemerkten sie auch nicht, dass ein Streifenwagen langsam die Allee hinauffuhr und vor dem Schloss hielt.

»Die Zeremonie ist gleich vorbei.« Levi blickte aus dem Seitenfenster nach oben zur Grabstätte, wo gerade der Sarg von Rosa in die Gruft gebracht wurde.

»Da hat Brenner also doch den richtigen Riecher gehabt«, meinte er und betrachtete das Abzeichen, das Reiter mitgebracht hatte.

»Die Spurensicherung hat es neben dem Skelett von Rosa gefunden. Es ist dieselbe DNA darauf wie bei Sperl und den Kleidern von Rosa«, resümierte Reiter.

»Jetzt brauchen wir nur noch den Besitzer«, sagte Levi. Er wusste natürlich, um wen es sich handelte, denn Brenner hatte ihm eine SMS geschickt. Gemeinsam mit Reiter hatte Levi die Fotos von dem Sommerfest durchgesehen, bis sie fündig wurden. Reiter konfrontierte Greta damit. Sie hatte eingesehen, dass es sinnlos war, weiter zu schweigen, und war bereit zu kooperieren.

»Sie müssen das nicht tun«, sagte Reiter zu Greta, die schweigend auf dem Rücksitz saß. »Sie können hier im Wagen warten.«

»Nein, ich komme mit. Das bin ich Rosa schuldig.«

»Dann gehen wir«, sagte Levi und öffnete die Wagentür.

Als sie über die Wiese hinauf zu der Grabstätte gingen, begann es leicht zu regnen. Einige Trauergäste kamen ihnen bereits entgegen, stutzten und gingen tuschelnd schnell weiter. Dann kam Alma mit verweintem Gesicht aus der Familiengruft und ihr Blick war in sich gekehrt. Erst als sie die Stufen hinabging, schreckte sie auf. Sie blieb wie angewurzelt stehen und starrte auf die kleine Gruppe, die langsam immer näher kam.

»Was machst du hier?« Alma starrte entsetzt auf ihre Schwester Greta. »Bist du wieder frei?«

»Ich erweise Rosa die letzte Ehre«, erwiderte Greta traurig und drehte eine schwarze Rose zwischen ihren Händen. »Diese Rose ist für sie.«

»Du machst keinen Schritt weiter, Greta.« Arnheim tauchte hinter Alma auf und legte die Hände beschützend auf die Schultern seiner Frau. »Du siehst doch, was du Alma angetan hast. Verschwinde aus unserem Leben.«

Wütend drehte sich Arnheim zu Reiter und Levi. »Das wird ein Nachspiel haben«, drohte er. »Sie lassen diese Frau einfach aus dem Gefängnis hierherkommen? Damit eine Mörderin vor allen Leuten ihre Mitleids-Show abziehen kann? Das ist ein unglaublicher Skandal.«

»Passen Sie auf. Hier liegt etwas auf dem Boden«, sagte Levi und deutete auf ein kleines Abzeichen, das neben den Stufen auf der Erde lag. Er hob es auf und betrachtete es neugierig.

»Das gehört mir«, sagte Arnheim unwirsch und griff danach. »Das habe ich schon ewig gesucht. Und jetzt verschwinden Sie.«

Greta schien die Worte von Arnheim nicht zu registrieren, sondern machte einen Schritt auf ihre Schwester zu. »Alma, ich muss dir etwas sagen.« Greta streckte ihre Hand aus, um ihre Schwester zu berühren.

»Rühr mich nicht an!«, gellte Alma und wich zurück, als hätte ihre Schwester eine ansteckende Krankheit. Panisch wandte sie sich an Arnheim. »So tu doch endlich etwas!«

Durch Almas Schreien waren auch die anderen Trauergäste auf den Streit aufmerksam geworden und beobachteten neugierig die Szene.

»Es reicht. Ich hole jetzt die Security.« Arnheim winkte einen Wachmann herbei. »Bringen Sie diese Frau wieder zurück zu dem Polizeiwagen.«

»Wir sind noch nicht fertig, Herr Arnheim«, sagte Levi. »Lassen Sie Greta doch ausreden.«

»Hör mich bitte an, Alma. Es geht um Rosa und um Andreas. Das, was ich jetzt sage, ist sehr schmerzlich für dich.«

43

FÜNF JAHRE ZUVOR

Die Nacht von Rosas Tod

Rosa schlendert ziellos zwischen den Gästen umher, die sich das köstliche Essen schmecken lassen. Ein Stehgeiger wandert von Tisch zu Tisch und lässt seine zuckersüßen Weisen erklingen. Zwischen den silbernen Leuchtern, deren Kerzen ein sanftes Licht verströmen, sieht Rosa fröhliche Gesichter und hört Sätze, die ihr schmeicheln.

»Wie hübsch du heute bist, Rosa«, sagt eine Frau und streicht ihr über die Haare.

»Du wirst sicher bald die Primaballerina der Staatsoper«, meint ein Mann jovial und kneift sie in die Wange.

»Warte nur ab, wenn sie älter ist. Rosa wird einmal eine ausgesprochene Schönheit«, hört sie zwei Männer hinter ihrem Rücken tuscheln.

Rosa weiß, was sich gehört, und lächelt bei jedem Kompliment anmutig. Langsam vergisst sie den Streit zwischen Michael und Greta. Als sie das Halstuch aus ihrer Schürze zieht, das Juli ihr zum Trost geschenkt hat, muss sie an das kleine

Mädchen denken. Irgendwie tut es ihr leid, dass sie jetzt nicht mehr gemeinsam ins Dorf zum Autoscooter gehen können. Ein Mädchen in ihrem Alter läuft mit einem jungen Retriever an der Leine vorbei.

»Ach, ist der süß«, sagt Rosa und streichelt den Welpen. »Wie heißt er denn?«

»Das ist Max«, sagt das Mädchen.

»Max, so heißt auch mein Bruder«, sagt Rosa und beide Mädchen kichern. Das Mädchen läuft zur Bühne und Rosa überlegt, ob sie Max fragen soll, ihr einen Hund zu besorgen. Während sie darüber nachdenkt, wie sie Max das am besten beibringt, versperrt ihr plötzlich eine Gestalt den Weg. Es ist Johannes.

»Ein schönes Fest, das ich für euch organisiert habe, nicht? Gefällt es dir?«, fragt er und lächelt breit. Er hat schon einiges getrunken, denn seine Augen sind glasig und er schwankt leicht, als er Rosa über die Haare streicht. »Hast du dich für mich so besonders hübsch gemacht?«, meint er und tätschelt ihren Rücken. Dann fasst er Rosa unter den Achseln und hebt sie hoch. Er drückt sein Gesicht in ihr duftendes Kleid.

»Du riechst heute so gut.«

Schwungvoll stellt er Rosa wieder zurück auf den Boden.

»Ich habe ein Geschenk für dich«, sagt er.

»Ein Geschenk? Was ist es denn?«, fragt Rosa neugierig.

»Komm mit, dann zeige ich es dir.« Johannes nimmt Rosa an der Hand und geht mit ihr an den Rand der Festwiese. Wieder atmet er ihren Duft ein. Rosa riecht so unschuldig, so rein. So wie Johannes die kleinen Mädchen mag. Dieser Geruch öffnet eine geheime Tür in seinem Inneren, dann kann er sich nur schwer beherrschen. Schnell eilt er mit dem Mädchen hinunter auf den Parkplatz.

»Das Geschenk ist in meinem Auto«, sagt er beruhigend und hält Rosas Hand fest umklammert. Sein Jaguar steht im

Dunkeln am Rand des Parkplatzes. Mit der Fernbedienung öffnet Johannes die Verriegelung. Dann macht er die rückwärtige Tür auf und schiebt Rosa hinein.

»Hier ist aber nichts«, stellt sie enttäuscht fest und will wieder aussteigen.

»So warte doch«, hält sie Johannes zurück. Er greift in das Seitenfach und holt seine Kamera hervor. »Machen wir zuerst ein paar Bilder. Dann gibt es das Geschenk.«

»Ich will das nicht mehr«, sagt Rosa. Sie versucht Johannes wegzustoßen, als er die weiche Haut ihres Halses mit Küssen bedeckt.

»Jetzt hab dich doch nicht so.« Harsch schiebt Johannes Rosa weiter auf den Rücksitz. »Früher hat dir das doch auch nichts ausgemacht.«

Er zerrt an dem Reißverschluss ihres Kleides, schiebt es hoch und nestelt an ihrer Unterhose herum. »Du bist so hübsch, wenn du deine Luftsprünge machst«, flüstert er. »Ich kann mich an deiner schlanken Erscheinung gar nicht sattsehen.« Langsam streicht er mit seiner Hand an ihrem nackten Bein nach oben.

»Lass mich los. Ich will aussteigen«, bettelt Rosa mit Panik in der Stimme. Sie rutscht immer weiter über die Sitzbank, bis sie mit dem Rücken an die Tür stößt. Blitzschnell dreht sie sich um und packt den Türgriff. Die Tür schwingt auf und Rosa will schnell nach draußen kriechen.

»Jetzt erzähle ich allen, was du immer mit mir machst!«, kreischt sie.

»Das tust du nicht«, schreit Johannes ihr nach. Er springt aus dem Wagen und packt Rosa, ehe sie davonlaufen kann. »Denk an deine Familie«, flüstert er und drückt sie zu Boden.

»Hilfe, du tust mir weh«, schreit sie und versucht verzweifelt, sich aus seiner Umklammerung zu befreien.

»Du bist so undankbar.«

»Hilfe!«, jammert Rosa, doch die laute Musik verschluckt das Wort und ihre Schreie bleiben ungehört.

»Wirst du wohl still sein.« Jetzt befällt auch Johannes ein Gefühl von Panik. Ihm kommt es so vor, als würde er sich mit rasender Geschwindigkeit auf ein Hindernis zubewegen und könnte nichts dagegen tun. »Ich bezahle euch mehr Geld. Aber jetzt sei um Himmels willen still.«

»Hilfe. Greta, so hilf mir doch!«, kreischt Rosa in höchster Not und Johannes ist ratlos. Wenn er Rosa freilässt, wird sie seine Karriere, sein Leben zerstören. Ihr Kleid ist zerrissen, sein Speichel auf ihren Schenkeln, es gibt keinen Ausweg. Fast wie von allein umklammern seine großen Hände Rosas schlanken Hals und drücken zu. Fest und immer fester. Rosa schnappt nach Luft, strampelt mit den Beinen und schlägt mit den Armen um sich. Aber Johannes drückt und drückt, seine Hände können nicht loslassen, denn es geht jetzt um alles. Sein Leben oder das von Rosa. Plötzlich sackt Rosa zusammen und rührt sich nicht mehr.

»Hast du Rosa gesehen?« Greta steht hinter ihm und erkennt im Bruchteil einer Sekunde, was passiert ist.

»Rosa hatte einen Unfall.« Unter Aufbietung seiner letzten Kräfte hebt Johannes seine Hände. »Ich bin unschuldig.«

»Du hast Rosa getötet«, stammelt Greta fassungslos.

»Sie wollte alles erzählen.« Johannes rauft sich die Haare und hockt neben der toten Rosa auf dem Boden. Er atmet hektisch, öffnet den obersten Kragenknopf und seine Gedanken rasen. »Was hätte ich denn tun sollen?«

»Du hast meine Schwester ermordet«, wiederholt Greta und stützt sich an dem Jaguar ab.

»Ihr müsst mir helfen. Du kriegst von mir alles, was du willst. Denk an die Familie«, flüstert Johannes und erhebt sich ächzend. Angewidert betrachtet er seine Hände. *So also sehen die Hände eines Mörders aus*, denkt er. Mittlerweile ist es völlig dunkel geworden. Bei den Zelten und rund um die Tanzfläche werden bunte Lampions angezündet und die Band spielt Hits der Achtzigerjahre.

»Da bist du ja, Greta, ist Rosa bei dir?« Max stockt und starrt auf die Szene. Greta und Johannes stehen angelehnt an den Jaguar, daneben liegt Rosa auf dem Boden und rührt sich nicht.

»Rosa ist tot«, sagt Greta tonlos.

»Was passiert jetzt mit uns?«, ist der erste Impuls von Max.

»Nichts, wenn ihr mir helft«, sagt Johannes. »Es war ein Unfall. Aber das wird mir die Polizei nicht glauben. Du weißt auch, warum.«

»Wegen der Fotos, die du von Rosa machst«, antwortet Max mit weinerlicher Stimme. »Ich war immer dagegen.«

»Davon hast du gut gelebt«, zischt Johannes. »Die Fotos von Rosa haben euch das Überleben gesichert. Wenn ich untergehe, reiße ich euch alle mit ins Verderben.«

»Wir müssen einen kühlen Kopf bewahren«, ruft Greta erschöpft dazwischen. »Rosa wird nicht mehr lebendig. Aber wir können sie doch nicht hier liegen lassen. Lass mich nachdenken.« Greta geht nervös auf und ab. Dann bleibt sie stehen. »Jetzt muss zunächst einmal die Leiche weg.«

»Gute Idee.« Johannes wirft Max den Autoschlüssel zu. »Max, öffne den Kofferraum.«

»Ich habe nichts damit zu tun.« Max streicht sich nervös die Haare aus dem Gesicht.

»Hör auf zu jammern und hilf Johannes«, sagt Greta.

Greta bückt sich und streichelt Rosa noch einmal zärtlich über die Wangen, küsst die kalten Lippen. Schluckt die Tränen hinunter, denn jetzt muss sie stark sein. Sie weiß, dass sie an einem Verbrechen mitschuldig ist.

»Hör auf damit«, hört Greta die Stimme von Johannes. »Wir haben keine Zeit für Sentimentalitäten.«

»Aber Rosa war meine kleine Schwester«, flüstert Greta. »Ich mache das nur für die Familie«, sagt sie leise. Sie erinnert sich an die Worte ihres Vaters. »Greta trägt jetzt die Verantwortung für die Familie.« Ja, sie muss dafür sorgen, dass ihrer Familie nichts geschieht.

Dann steht sie auf und sieht zu, wie Johannes und Max die tote Rosa in den Kofferraum des Jaguars legen und wie Johannes den Deckel schließt, als würde man ein Buch zuklappen, das man zu Ende gelesen hat.

»Und was jetzt?«, fragt Max. »Man wird Rosa suchen. Es werden Spürhunde kommen und dann wird man ihre Leiche finden. Und wir sind mitschuldig, obwohl wir gar nichts getan haben.« Er rauft sich die Haare. »Es ist entsetzlich.«

»Wir müssen eine falsche Fährte legen«, sagt Johannes, der mittlerweile wieder klar denken kann, und sieht sich um. »Wem gehört der Lieferwagen?«

»Der gehört Andreas Sperl aus dem Prater«, antwortet Max.

»Das ist doch der nichtsnutzige Typ, der Alma nachstellt«, sagt Johannes grimmig. »Wir lenken die Spur auf diesen Sperl. Los, Max, du kümmerst dich darum.«

»Ich bin dazu nicht in der Lage«, stottert Max und hebt abwehrend die Hände.

»Halt den Mund. Schwäche hilft uns jetzt nicht weiter«, herrscht Johannes ihn an und blickt nervös umher. »Wenn jemand kommt, dann sind wir geliefert.«

Im Schutz der Dunkelheit schleicht Johannes zu dem Lieferwagen. Mit einem Taschentuch umwickelt er seine Hand, um keine Fingerabdrücke zu hinterlassen. Er versucht, die Hintertür zu öffnen. Zum Glück ist sie nicht abgeschlossen, sondern klappt auf.

»Max, gib mir Rosas Jacke. Mach sie vorher blutig«, flüstert er.

»Wie denn?«, stöhnt Max auf.

»Rosa hat sich das Knie aufgeschürft, da ist eine blutige Stelle«, sagt Greta, die danebensteht.

»Mach du das.« Max schüttelt den Kopf und wendet sich ab.

»Gib her«, sagt Greta tonlos. Mit zitternden Händen öffnet sie den Kofferraum des Jaguars erneut. Dann streicht sie die Jacke über das aufgeschürfte Knie von Rosa und bringt sie zu Johannes.

»So, die platzieren wir hier«, sagt Johannes und nimmt die Jacke. Er versteckt die blutige Jacke von Rosa unter einem Haufen Plastiktüten und schließt leise die Türen des Lieferwagens. Mit einem Mal glaubt er, jemanden am Rand des Parkplatzes zu sehen. Angestrengt blickt er in die Richtung, doch dort ist nichts.

»Puh, das wäre geschafft.« Johannes atmet erleichtert aus. Er winkt Max zu sich. »Fahr mit dem Auto zum Donaukanal, parke in der Nähe der Trabrennbahn. Im Laufe der Nacht vergraben wir dann die Leiche. Du fährst mit der S-Bahn zurück. Achte darauf, dass dich keine Kamera erwischt.«

»Schaffst du das?«, fragt Greta. Sie drückt Max fest an sich und greift dann in die Tasche ihres Kleides. »Setz meine Mütze auf.«

Als Max weggefahren ist, streicht Greta ihr Kleid glatt und schaut Johannes an.

»Du wirst für all das bezahlen. Das ist dir hoffentlich klar.«

»Natürlich«, erwidert Johannes, der sich langsam wieder beruhigt.

»Was machen wir mit Alma?«, fragt Greta.

»Alma erzählen wir, dass ihr Freund Andreas Sperl unsere Rosa getötet hat«, sagt Johannes. »Dann bin ich den Kerl ein für alle Mal los.«

»Aber Sperl wird die Tat leugnen«, erwidert Greta.

Johannes beugt sich zu Greta und sieht ihr direkt ins Gesicht. »Dieser Sperl liebt doch Alma. Das müssen wir ausnutzen.«

»Und wie?«

»Lass das meine Sorge sein«, sagt Johannes. »Sperl soll erfahren, dass Alma ihre Schwester Rosa aus Eifersucht getötet hat. Alma ist viel zu sensibel für das Gefängnis und würde das nicht überleben.«

»Wer soll ihm das sagen?«

»Mein Bruder ist Staatsanwalt. Der findet Mittel und Wege, um Sperl diese Botschaft zukommen zu lassen.«

»Du glaubst, Sperl nimmt den Mord auf sich?«, fragt Greta ungläubig.

»Warum nicht?«, gibt sich Johannes wieder siegessicher. »Für die Liebe begehen manche Menschen einen Mord. Weshalb also nicht auch einen Mord gestehen, den man nicht begangen hat?«

44

»Es war Johannes, der Rosa ermordet hat«, sagte Greta.

»Das stimmt nicht«, flüsterte Alma und hielt ihr Gesicht in den Regen, der kalt und mitleidlos auf sie niederprasselte und jäh ihr Leben wegspülte. »Das kann einfach nicht wahr sein.«

»Oh doch. Ich habe Johannes in jener Nacht gedeckt. Er hat mich unter Druck gesetzt. Ich tat es für die Familie, obwohl ich wusste, dass es falsch war. Aber ich musste doch an euch denken. Es geschah nur zum Wohl der Familie. Rosa konnte ich ja doch nicht mehr helfen.« Greta umfasste die Hände ihrer Schwester. »Alma, bitte vergib mir.«

»Schluss jetzt mit dieser Farce.« Arnheim trat zwischen die Schwestern und versuchte, Greta von Alma wegzustoßen. »Bist du verrückt? Was redest du für einen Blödsinn«, rief Johannes, packte Greta an den Schultern und schüttelte sie. »Du wirst im Gefängnis verfaulen, dafür sorge ich. Hör endlich auf zu lügen.«

»Das ist die Wahrheit, Herr Arnheim«, sagte Reiter und hielt ihm ein Papier entgegen. »Das ist ein Haftbefehl, den die Oberstaatsanwaltschaft ausgestellt hat, denn Ihr Halbbruder wurde inzwischen vom Dienst suspendiert.«

»Ein Haftbefehl? Gegen mich, den Staatsoperndirektor? Hat man so etwas Absurdes schon einmal gehört?« Beifall heischend drehte sich Arnheim zu den Trauergästen, die irritiert zu Boden blickten und dann verstört an ihm vorbei zu ihren Autos huschten. Nur zwei Journalisten blieben zurück, die mit ihren Handys eifrig Fotos von Arnheim und Greta schossen.

»Keine Fotos!«, brüllte Arnheim und hielt sich die Hand vor das Gesicht. »Das ist ein Missverständnis! Eine Verleumdung, gegen die ich gerichtlich vorgehen werde.« Zitternd vor Wut drehte sich Arnheim zu Reiter. »Sie wissen nicht, mit wem Sie sich da anlegen, Sie mieser kleiner Bulle. Sie haben nichts gegen mich in der Hand«, rief Arnheim und hob drohend die Fäuste.

»Sie irren, Herr Arnheim«, sagte Reiter ganz ruhig. »Wir haben Ihre DNA auf der Kleidung von Rosa und von Andreas Sperl gefunden. Beide haben Sie ermordet.«

»Und wir haben das Abzeichen, das Ihnen gehört«, sagte Levi.

»Was ist damit?«

»Dieses Abzeichen mit Ihrer DNA lag neben der Leiche von Rosa.«

»Du Scheusal, du Monster, du wolltest wieder Fotos von Rosa machen und sie hat sich gewehrt!« Jetzt war auch Max aus seiner Erstarrung erwacht und ging wütend auf Arnheim los. »Du hast unsere Schwester getötet.«

»Bist du jetzt auf einmal unschuldig, Max? Hast du plötzlich vergessen, dass du die Leiche zum Donaukanal gefahren hast? Und dass du Rosa immer zu mir gebracht hast, in mein geheimes Studio?« Arnheim fuhr sich mit der Hand durch seine regennassen Haare. »Diese blöde kleine Göre wollte mich wegen ein paar Fotos verpfeifen. Plötzlich hat sie totale Zicken gemacht. Was hätte ich denn tun sollen? Dann taucht dieser pensionierte Polizist Brenner wieder auf und verbeißt sich erneut in den Fall. Leider ist er nicht mit verbrannt, als ich das Feuer legte. Und Sperl, dieser Kretin, war sowieso bereits am Ende. Er glaubte ja wirklich, dass meine Alma die kleine Rosa ermordet hat, dieser verliebte Idiot. Es war kein Problem, mir einen Arztmantel aus dem Dienstzimmer im Erdgeschoss zu besorgen. Der Wachebeamte hat mir zugenickt, als ich an ihm vorbeigegangen bin. Er hat sich nicht einmal sonderlich gewehrt, als ich ihm die Wahrheit ins Gesicht gesagt habe, ehe ich ihn erwürgte. Es war ein Kinderspiel, ihn zu töten und dann aufzuhängen. Zum Glück konnte ich gerade noch rechtzeitig verschwinden, ehe Greta in das Krankenzimmer kam.«

»Dann stimmt es also. Du hast Rosa und Andi getötet.« Alma stand vor ihrem Mann und auf ihrem Gesicht vermischten sich Regen und Tränen. Vergeblich rang sie nach Worten, streckte verzweifelt ihre Hände in die Luft, so als würde sie auf ein Zeichen von oben warten.

Mit einem Mal wurde es totenstill. Nur der Regen prasselte auf die Grabstätte, die weißen Blätter der Lilien trieben wie unschuldige Schiffe in einem Rinnsal davon, die Fackeln verlöschten zischend. Alma stürzte wie ein Racheengel zu dem Mann vom Sicherheitsdienst, riss ihm die Pistole aus dem Halfter, packte die Waffe mit beiden Händen und zielte auf Arnheim. Ihr Mund öffnete sich zu einem lautlosen Schrei. Dann drückte sie ab und ein Schuss zerriss die Stille.

»Du hast mich um mein Leben und meine Liebe gebracht«, rief Alma laut und grell, um den Regen zu übertönen, um es in die Welt hinauszuschreien. »Du bist ein Mörder!« Alma schoss erneut und böse Tränen der Rache strömten über ihr Gesicht.

Als Arnheim, von mehreren Kugeln in die Brust getroffen, tot auf die Stufen sank, warf Alma die Waffe zu Boden und wankte auf Greta zu.

»Was habe ich nur getan?«, fragte sie ihre Schwester.

»Das Richtige. Ich verzeihe dir.«

45

»Ein böser Fluch liegt über dieser Familie«, sagte Olivia, als sie mit Levi im Regen die Allee hinunterging. Ein letztes Mal drehte sie sich um, dachte an Greta, Alma und Max, die sich in ein Lügengebilde verstrickt hatten, aus dem es kein Entrinnen gab. Sie sah die abbröckelnde Fassade des Schlosses und für einen kurzen Augenblick glaubte sie das ausgelassene Lachen von Rosa und Juli zu hören, die über die Wiese tobten. Es stimmte, die beiden waren Freundinnen gewesen. Olivia blieb stehen, doch das Kinderlachen verschwand und zurück blieb die harte Wirklichkeit.

Noch immer warfen die rotierenden Blaulichter der Polizeifahrzeuge ihr kaltes Licht auf die Mauern des Schlosses. Noch immer war die Spurensicherung bei der Arbeit. Noch immer saßen die Geschwister Hohenwald in einem Streifenwagen und warteten auf den Abtransport ins Gefängnis. Und noch immer stand der Leichenwagen mit dem toten Johannes Arnheim in der Einfahrt.

Als Olivia und Levi endlich in einem Taxi saßen und das Schloss der Familie Hohenwald hinter sich ließen, sagte Olivia:

»Ich habe gestern Nacht in der Schreibtischschublade meines Vaters verschiedene Postkarten gefunden.«

»Sind es *diese* Postkarten?«, fragte Levi, der sofort wusste, was Olivia damit meinte. In den vergangenen fünf Jahren, seit dem Verschwinden von Michael und Juli, hatte Olivia an jedem Jahrestag anonym eine Postkarte erhalten.

»Ja. Es sind alles Motive von Orten, die ich mit Michael und Juli gesehen habe oder gern besucht hätte. Und auf den Rückseiten stand ›Es tut mir leid.‹«

»Wie kommen die Karten zu deinem Vater?«, wunderte sich Levi.

»Ich glaube, er hat sie geschrieben, um mich zu trösten«, antwortete Olivia. »Ich frage ihn, wenn er wieder einen seiner klaren Momente hat.«

»Wenigstens hast du dann in diesem Punkt Gewissheit«, sagte Levi.

Das Taxi hielt vor Olivias Wohnung und sie stieg aus. »Das nächste Mal lade ich Rebecca und dich zum Essen ein«, sagte sie zu Levi und ging zum Eingang.

In der Wohnung war es kalt und ungemütlich. Leopold schlief, und Olivia machte sich eine Tasse Tee. Während sie ihren Tee trank, sah sie in einem Online-Nachrichtenmagazin einen Bericht über die Festnahme der Geschwister Hohenwald und den Tod Arnheims. Verärgert stellte sie fest, dass auch ihr Name erwähnt und Fotos von Michael und Juli eingeblendet wurden. Schnell schaltete Olivia den Computer aus und ging in ihr Zimmer. Als sie im Bett lag und schon halb eingeschlafen war, schrillte das Festnetztelefon laut und durchdringend. Schnell sprang Olivia aus dem Bett, damit ihr Vater von dem Lärm nicht aufwachte, und hob den Hörer ab.

»Kann ich mit Olivia Hofmann sprechen?«, hörte sie eine weibliche Stimme mit Dialekt.

»Am Apparat.«

»Es geht um den Bericht im Internet«, sagte die Frau. »Ich rufe aus Semmering an.«

»Wenn Sie von einer Zeitung sind, ich gebe keine Interviews«, unterbrach Olivia die Anruferin.

»Ich bin nicht von einer Zeitung, sondern vermiete Pensionszimmer«, antwortete die Frau geduldig.

»Wollen Sie mir etwa ein Zimmer vermieten?«, fragte Olivia perplex.

»Aber nein.« Die Frau lachte kurz auf. »Ich habe nur die beiden Personen in dem Beitrag erkannt und mir dann Ihre Nummer herausgesucht.«

»Welche Personen meinen Sie?«, fragte Olivia.

»Na, die beiden auf den Fotos.«

»Können Sie nicht ein wenig konkreter werden?« Langsam wurde Olivia ungeduldig, denn sie stand mit nackten Füßen im Flur und die Kälte kroch langsam ihre Beine hoch.

»Den Mann und das kleine Mädchen.«

»Sie meinen Michael und Juli?« Damit war die Kälte vergessen, und Olivia spürte, wie ihre Wangen zu glühen begannen.

»Wieso kennen Sie die beiden?«, fragte Olivia mit belegter Stimme.

»Weil sie bei mir gewohnt haben.«

FSC
www.fsc.org
MIX
Papier | Fördert
gute Waldnutzung
FSC® C083411

Zeitfracht Medien GmbH
Ferdinand-Jühlke-Straße 7
99095 Erfurt, Deutschland
produktsicherheit@kolibri360.de

Druck:
CPI Druckdienstleistungen GmbH
im Auftrag der
Zeitfracht Medien GmbH
Ein Unternehmen der Zeitfracht - Gruppe
Ferdinand-Jühlke-Str. 7
99095 Erfurt